José María Llanas Aguilaniedo

PITYUSA

edición crítica
Alba del Pozo García

 - STOCKCERO -

Foreword, bibliography & notes © Alba del Pozo García
of this edition © Stockcero 2014
1st. Stockcero edition: 2014

ISBN: 978-1-934768-73-0

Library of Congress Control Number: 2014940071

Set in Linotype Granjon font family typeface
Printed in the United States of America on acid-free paper.

Published by Stockcero, Inc.
3785 N.W. 82nd Avenue
Doral, FL 33166
USA
stockcero@stockcero.com

www.stockcero.com

José María Llanas Aguilaniedo

PITYUSA

José María Llanas Aguilaniedo

Indice

José María Llanas Aguilaniedo

Introducción

José María Llanas Aguilaniedo y el contexto finisecular Español

Llama la atención el olvido crítico generalizado en el que la obra de José María Llanas Aguilaniedo (Fonz, 1875-Huesca, 1921) ha estado sumida. No obstante, su producción ensayística y literaria resulta ineludible para cualquier lector o investigador interesado en la cultura finisecular española. Su limitada producción literaria está formada únicamente por tres novelas: *Del jardín del amor* (1902), *Navegar pintoresco* (1903) y *Pityusa* (1907), que constituyen tres calas del modernismo y decadentismo hispánico apenas estudiadas, plagadas de sexualidades torcidas y sujetos enfermos de refinada sensibilidad. Estos intereses estéticos, atravesados por un espíritu científico en crisis, también aparecerían en una cantidad notable de artículos y cuentos en prensa, que abarcan publicaciones especializadas como el *Boletín Farmacéutico*, periódicos regionales como *El Porvenir de Sevilla* y *La Andalucía* y publicaciones de la «gente nueva» como *Revista Nueva*, *Juventud* y *Electra*, entre otras. Además de estas creaciones, Llanas publicaría en 1899 el ensayo sobre estética, *Alma contemporánea*, que comentaré en las páginas siguientes, y en 1901 un manual de criminología escrito con el antropólogo Constancio Bernaldo de Quirós titulado *La mala vida en Madrid*.

Este eclecticismo, muy propio de la época, constituye también su biografía, que resumiré brevemente. Indica Justo Broto, el autor del que hasta ahora es el mejor estudio biobliográfico sobre su figura, que Llanas nace en un pueblo de Huesca (Fonz) en 1875, aunque en septiembre de 1891 se traslada a Barcelona, donde residirá hasta 1895 para estudiar la carrera de Farmacia (Broto 37). En esta etapa empezará a publicar sus primeros escritos en el citado *Boletín Farma-*

céutico. Además de estudios científicos, también escribirá cuentos y narraciones que ya anuncian la imbricación entre positivismo, ideales estéticos y modernismo que se gestaba en el contexto cultural de la época, y que vehiculará gran parte de su producción.

Aunque ya había tenido noticia de las nuevas corrientes en Barcelona, no será hasta su traslado a Andalucía, en 1896 y gracias a una oposición como farmacéutico militar, donde el escritor empiece a tener contacto estrecho con círculos modernistas[1]. Será por estos años, indica Broto (101 y ss.), cuando se geste la escritura de *Alma contemporánea*, compaginada con la publicación de diversos artículos en la prensa andaluza sobre la modernidad estética dedicados, por ejemplo, a Richard Wagner, Ángel Ganivet, Pompeu Gener, Jacinto Benavente y Sarah Berhnardt, entre otros.

En 1898, Llanas se muda a Madrid por cuestiones de trabajo, donde seguirá indagando en el modernismo mientras incorpora a sus preocupaciones otro de los temas candentes de la época[2]: las teorías de la degeneración y su relación con la psiquiatría y la criminología. Especialmente, aquellas popularizadas por el célebre médico italiano Cesare Lombroso[3]. Acude al Ateneo y al Laboratorio de Criminología dirigido por Rafael Salillas y publica con Bernaldo de Quirós *La mala vida en Madrid* (1901). Al año siguiente aparecería su primera novela, *Del jardín del amor* (1902) y *Navegar pintoresco* en 1903. Unos

---

1   Según autores como Cardwell («Cómo se escribe una historia literaria»), Gullón (123) o Correa (93-120), Andalucía tiene un protagonismo decidido como introductora del modernismo español. Sus tesis sostienen que el ambiente de renovación estética y cultural del fin de siglo no se limita a Cataluña y las zonas industriales.

2   Llanas Aguilaniedo no es el único escritor en cuya producción conviven los intereses por la psiquiatría y la criminología con obras literarias vinculadas al modernismo y a narrativas que, en general, ponen en crisis el modelo de conocimiento positivista. Así, Azorín había publicado una *Sociología criminal* (1899), Pío Baroja una «Patología del Golfo» en la *Revista Nueva* (1899) y Eduardo Zamacois había realizado alguna incursión en el terreno médico con un breve manual sobre *El misticismo y las perturbaciones del sistema nervioso*. Tampoco hay que desdeñar las producciones literarias de los propios médicos y científicos, entre las que pueden mencionarse los *Cuentos de vacaciones* (1905) de Santiago Ramón y Cajal, las tres delirantes novelas de Juan Giné y Partagás (*Un viaje a Cerebrópolis*, 1884; *La familia de los Onkos*, 1888; *Misterios de la locura*, 1890) o la obra teatral *Los degenerados: drama en tres actos* (1897) del alienista Tomás y Maestre.

3   El italiano Cesare Lombroso fue uno de los nombres más conocidos en el ámbito de la ciencia, la criminología y la antropología decimonónica. Sobre todo, por su teoría sobre el criminal nato, que defendía que algunos comportamientos –entre los que se incluían cuestiones variopintas como el alcoholismo, el asesinato o la prostitución– dependían de la herencia biológica. Para justificar esta hipótesis, desarrolló todo un sistema antropométrico que medía los cuerpos en busca de la anormalidad física. Estas ideas, de un éxito aplastante en toda la ciencia europea, circularon en numerosos volúmenes como *L'uomo delinquente* (1876), *La donna delinquente, la prostituta e la donna normale* (1893) o *Gli anarchichi* (1894), entre muchos otros.

años más tarde escribiría la novela que nos ocupa, *Pityusa* (1907). En estas cuatro obras hallamos una línea común, característica del fin de siglo: la presencia de identidades marcadas por alguna patología psiquiátrica. Así, en *La mala vida en Madrid* se examinaban los bajos fondos de la sociedad madrileña, entre los que se incluía, al lado de estafadores, asesinos y atracadores, un capítulo dedicado a las «patologías» sexuales de la homosexualidad, la pederastia o el masoquismo. En sus tres novelas trata el lesbianismo de María de los Ángeles Pacheco en *Del jardín del amor*, el deseo neurótico de su hermano Álvaro Pacheco en *Navegar pintoresco* y el triángulo sexual centrado en la histérica Pityusa en la novela que nos ocupa.

Su actividad literaria se reduce considerablemente a partir de *Pityusa*, limitándose a escasos artículos en prensa, hasta el último publicado en 1911. Los últimos años son quizá el período más opaco de su figura, en los que según Broto (391 y ss.) sufre algún tipo de locura que lo aparta de la vida literaria y laboral: ingresa en diversos hospitales militares, y va variando de destino, para finalmente ser dado de baja del ejército por enfermedad en 1918 y retirarse a Huesca, donde muere en 1921. Esta narración biográfica me parece reveladora del propio período cultural que rodea al autor, ya aparecen una serie de elementos —los discursos científicos, los ideales estéticos o la locura— que resultan claves para abordar tanto el fin de siglo como la propia obra del autor.

Alma contemporánea: EL ESPÍRITU DE FIN DE SIGLO

Antes de entrar en la novela, resulta clarificador detenerse en dos textos clave para abordar la producción literaria de Llanas. Por una parte, el volumen *Degeneración* del médico austro-húngaro Max Nordau, aparecido en 1892. Por otra, el ensayo de estética *Alma contemporánea*, que Llanas publica en 1899. En el primero, Nordau diagnostica como enfermos y degenerados a casi todos los artistas del fin de siglo. En el segundo, Llanas parte de las mismas ideas, según las cuales la sociedad atraviesa un período de degeneración física y decadencia moral, para darle la vuelta y reivindicar a los artistas enfermos como motores del progreso cultural. Asimismo, propondrá una teoría estética, el emotivismo, destinada a paliar los males de la modernidad, y que más adelante podrá reseguirse en sus novelas.

A pesar de ser uno de sus principales críticos, Nordau ofrecía en *Degeneración* una de las mejores definiciones sobre el período finisecular:

> A primera vista, un rey que vende sus derechos de soberano por un *chèque* o letra de cambio considerable parece que tiene poca semejanza con unos recién casados que hacen en globo su viaje de novios, y la relación entre un *barnum* episcopal y una señorita bien educada que aconseja a su amiga un matrimonio de interés mitigado por un amigo de la casa, no se reconoce así de buenas a primeras. Y sin embargo, todos estos casos «fin de siglo» tienen un rasgo común: el desprecio de las conveniencias y de la moral tradicionales. (Nordau 9)

El autor subraya un elemento cabal a la hora de abordar la producción cultural del momento: la desestabilización de los valores morales. Además, esa moral que se pierde por momentos, ya no depende de criterios éticos o religiosos, sino que viene marcada por la ciencia, la objetividad y la verdad. La inmoralidad queda retratada así como una desviación de los sólidos principios biológicos que marca el positivismo médico.

La presencia del discurso médico es otra noción insoslayable en estos volúmenes, que sirve como elemento en el que apoyar las valoraciones estéticas. Así, Nordau se legitima, ya no como crítico de arte, si no como médico:

> el médico, singularmente el que se ha dedicado al estudio especial de las enfermedades nerviosas y mentales, reconoce al primer golpe de vista en la disposición de espíritu «fin de siglo», en las tendencias de la poesía y del arte contemporáneos, en la manera de ser de los creadores de obras místicas, simbólicas, «decadentes», y en la actitud de sus admiradores, en las inclinaciones e instintos estéticos del público a la moda, el síndroma [sic] de dos estados patológicos bien definidos que conoce perfectamente: la degeneración y la histeria. (27-28)

Como indicaba Cardwell («Médicos y chiflados» 95), el uso de la medicina para sostener debates sobre la literatura y el arte resulta una constante de la época, que se reproducirá en gran parte de las discusiones estéticas en la España de fin de siglo. La escritura se va a convertir en un síntoma, pero, a su vez, el síntoma, el diagnóstico y toda la parafernalia médica se van a desplazar hacia el terreno de la estética.

También el catalán Pompeu Gener tomaría este modelo para escribir sus *Literaturas malsanas: estudios de patología literaria* en 1894. Gener, por cierto gran amigo de Llanas (Broto 64 y ss.), retoma la misma idea, añadiendo a la lista una serie de patologías nacionales. Tanto Nordau como Gener resultan ejemplos paradigmáticos del uso de las teorías médicas en el terreno de la producción cultural, pero también del ambiente generalizado que marca el fin de siglo, en el que las metáforas de degeneración, declive y decadencia permean el imaginario cultural.

Estas teorías, provenientes de la antropología médica encarnada por Bénédict Augustin Morel, Valentin Magnan, Maurice Legrain o Cesare Lombroso, construyen el sustrato cultural en el que se insertará también *Alma contemporánea*. Se trata de un tratado estético que se divide entre una revisión del arte finisecular muy cercana a Nordau y Gener, y una segunda parte que delinea una propuesta estética distanciada de estos modelos, que plantea la necesidad de asumir la decadencia y la enfermedad como elementos imprescindibles del progreso cultural.

El volumen de Llanas, cuya propuesta estética resulta una clave de lectura importante en *Pityusa*, oscila entre el modelo médico de la degeneración y la conceptualización de la decadencia como una cuestión estéticamente atractiva: «No obstante ser el sol tan bello al salir como al ponerse (Verlaine), el alma contemporánea, por analogía sin duda, comprende mejor la belleza de la puesta que la de la aurora» (*Alma contemporánea* 7).

Esta declaración, que ya marca distancias con los modelos médicos y psiquiátricos, viene seguida del diagnóstico habitual, en el que se anuncia que la modernidad ha traído, básicamente, individuos degenerados:

> el trabajo intelectual o físico crea fatigados de los dos órdenes y éstos no pueden engendrar más que escrofulosos, tísicos, impotentes, es-

taturas bajas, etcétera, e histéricos. De todo este *deshecho* de la raza, están llenas nuestras ciudades, en las cuales, lejos de abundar los genios primitivos, inventores con inteligencia de niño y facultad inventiva de gigante, no se ven más que inteligencias viejas, cansadas ya por herencia. (8)

En lugar de progreso y civilización, la modernidad presenta aquí su reverso en forma de neurosis y agotamiento orgánico. No obstante, Llanas no se va a quedar únicamente en la mirada médica sobre la realidad y la cultura, si no que va a examinar esa «alma contemporánea» desde la sensibilidad estética, para trazar un escritor/lector ideal, aunque neurótico.

Ya de entrada, la referencia al «alma» del título sitúa a Llanas en un conjunto de textos que, más allá de distinciones improductivas entre noventayochismo y modernismo, trazan una obsesión común durante el fin de siglo por la psicología de los sujetos:

> A nuestro favor quedan los títulos que en el período repiten *ad nauseam* la palabra: desde la revista *Alma Española*, pasando por *Alma viajera* de José Francés; nuestra *Alma contemporánea* de J. Mª Llanas Aguilaniedo; *Alma castellana*, de Martínez Ruiz; *Alma andaluza*, de José Sánchez Rodríguez; *Alma americana*, de Santos Chocano; *Alma*, el poemario de M. Machado; el poema «Almas paralíticas», de *La Paz del sendero*, de R. Pérez de Ayala; la obra de teatro póstuma de A. Ganivet, *El escultor de su alma*; *Almas y cerebros*, de E. Gómez Carrillo; *Huellas de almas*, de F. Acebal; *Almas de jóvenes*, de M. de Unamuno; hasta el *Alma y vida* de Galdós. (Ara 47-48)

Llanas parte de una idea que teñirá toda su producción literaria: la enfermedad, en forma de neurosis y degeneración, afecta a la gran mayoría de los sujetos. A pesar de incidir en el estilo de vida de las grandes ciudades como particularmente pernicioso, tampoco el espacio rural se salva de los males modernos, puesto que resulta imposible aislar a sus habitantes de todas las amenazas patológicas que gobiernan la vida contemporánea. La enfermedad ocupa así un lugar preeminente, configurándose más allá de la oposición entre normalidad y anormalidad. La salud, paradójicamente, se sitúa en los márgenes, como una excepción al conjunto social (Bernheimer 142). Este marco supone la erosión de los dispositivos taxonómicos que producen al sujeto patológico, y en última instancia, el colapso de la distinción entre el cuerpo sano y el cuerpo enfermo.

En este contexto, *Alma contemporánea* aborda este marco de enfermedad y locura generalizada como el lugar de creación y lectura en el que el que deben situarse tanto los artistas como los lectores. Esta redefinición marca la clave de la visión estética de Llanas Aguilaniedo: tanto en su tratado como en sus novelas, y a pesar del subtexto positivista, el narrador o personaje degenerado se va a colocar, ambiguamente, en una posición privilegiada.

ESCRITURA, LECTURA Y ESTÉTICA: EL EMOTIVISMO

En los últimos capítulos de *Alma contemporánea* Llanas llega a su principal interés: la propuesta emotivista, una tendencia estética de su invención que debería insertarse en el contexto patológico de la modernidad, pero también servir como terapia a creadores y lectores para minimizar sus males. Se trata, además, de una propuesta que quiere ser global y abarcar todas las artes:

> Una tendencia así, grande, al par que delicada, que tenga más que de ninguna otra cosa que sienta y exprese lo mismo la belleza pictórica que la musical, etc., haciendo de cada elemento de éstos una especie de instrumento de orquesta wagneriana, es la tendencia que he soñado, no como realización de las aspiraciones de los *nuevos*, sino sencillamente como medio de revelación de esa especial aristocracia de espíritus que han alcanzando el grado máximo de diferenciación de su tiempo. (147)

La neurosis, los excesos de cerebrales de vida interior, deben llevar a la producción de un arte superior. De hecho, Llanas retoma la idea que había formulado varias décadas antes Baudelaire en el conjunto de artículos que forman *Le Peintre de la vie moderne* (1863), al relacionar al artista con un convaleciente y su producción con la congestión y la sacudida nerviosa:

> Le convalescent jouit au plus haut degré, comme l'enfant, de la faculté de s'intéresser vivement aux choses, même les plus triviales en apparence. […] J'oserai pousser plus loin ; j'affirme que l'inspiration a quelque rapport avec la *congestion*, et que toute pensée sublime est

accompagnée d'une secousse nerveuse, plus ou moins forte, qui re-
tentit jusque dans le cervelet (Baudelaire 1159).

De un modo muy similar, Llanas relacionará sencillez, psicología
y arte contemporáneo: «Todo tiende hacia manifestaciones de superior generalidad, más sencillas y comprensibles, aunque resultando
siempre esa sencillez, de un gran trabajo cerebral anterior de la uni-
ficación de ideas complejas» (169-170). No obstante, ya no se sitúa en
el terreno de la mimética realista o naturalista, si no que hace evidente
que el arte y su posible naturalidad dependen de una mirada compleja, subjetiva y cercana a la neurosis. Asimismo, esa sencillez se va
a constituir en una terapia adecuada para la mente de un lector
agotado, convaleciente de la vida moderna.

Esta relación entre sencillez, patología y estética se hará patente a
través de los colores, que en *Pityusa* tendrán una importancia fundamental, especialmente para el desenlace de la novela. Así, subrayará
«la preferencia que el hombre moderno siente por los tonos discretos,
en oposición a los colores llamativos que le impresionan desagrada-
blemente» (168). Según Nordau y Lombroso, una de las características que definirán al genio es su retina enferma y los problemas a la
hora de percibir distintas tonalidades. Así, Lombroso (*L'uomo di genio*
31-40) destacaba la hiperestesia y las alucinaciones visuales (sinestés-
ticas) como una de los rasgos del genio degenerado. Nordau, por su
parte, relaciona la tendencia a los colores oscuros y apagados en el arte
moderno con esta misma explicación médica. En esta línea, afirmará
sobre el violeta que «es fácil de comprender que histéricos y neurasténicos, al pintar, tendrán tendencia a extender [...] sobre sus cuadros,
un color que responde a su estado de fatiga y agotamiento» (Nordau
47-48). Llanas, sin embargo, le da la vuelta a estas nociones, y reco-
mendará que el emotivismo explore estos tonos vinculados al cansancio y el agotamiento mental, con el propósito de emocionar o tran-
quilizar al neurótico contemporáneo.

El emotivismo también se va a vertebrar a través de numerosos
textos en prensa. Por ejemplo, en el artículo «¡Ave Orquídea!», publicado en *El Porvenir de Sevilla* el 11 de diciembre de 1897, en el que
se establece dicha flor como el signo por excelencia de la sensibilidad
moderna, sólo apreciable por algunos neurasténicos privilegiados:

Tal vez algún hijo de la época la encuentre en su camino, y viendo reflejados en ella los estados de su alma y descubriendo en sus pétalos un fondo de sensibilidad, de delicadeza y sentimientos refinados, la acariciará, soñará complacido a su lado y por ella se hará acompañar en el camino que al ideal conduce. («¡Ave Orquídea!» s.p.)

El artículo apunta otro de los elementos emotivistas, clave a la hora de abordar *Pityusa*. La naturaleza, representada aquí por la orquídea, deja de funcionar como el objeto de la mirada científica y se convierte en un tropo estético. Igual que la estilizada vegetación del *art nouveau*, lo natural abandona el terreno de la representación mimética o del conocimiento empírico para entenderse como una experiencia estética. De este modo, la revisión del modelo de conocimiento positivista modifica también al observador, que ya no se sitúa en el aséptico marco de la objetividad naturalista, sino en el de una subjetividad patológica, puesto que sólo los individuos con un sistema nervioso desarrollado en exceso son capaces de apreciar ciertas bellezas. En otras palabras, el neurótico ocupa el lugar del científico a la hora de examinar el universo. La naturaleza, además, ya no es accesible y clasificable, si no que se constituye en un mundo regido por símbolos como la orquídea.

Esta propuesta de arte emotivo se origina en la retina enferma diagnosticada por Lombroso y Nordau. Asimismo, está destinado a la mirada del lector, igual de patológica, con el objetivo de ofrecer un alivio a los males finiseculares. Este propósito terapéutico, supone, en última instancia, la erosión del modelo médico que entiende la escritura como un síntoma, para resituarla en la mirada de un lector que accede al emotivismo en busca de placer y curación.

Al situarlo como el observador ideal del arte y la naturaleza, Llanas convierte también al neurótico en el receptor perfecto del emotivismo, que debe funcionar como un paliativo a su estado nervioso. El arte que propone, por lo tanto, se perfila como una consecuencia y a su vez una necesidad de los tiempos:

En estos estados de exaltación, producidos por cualquier excitante (en cuya categoría podemos incluir la fiebre de la vida moderna), las manifestaciones intelectuales superiores dejan su puesto a la emoción y todo hasta que lo más insignificante constituye materia harto apropiada para despertar y sacudir violentamente la emotividad del individuo, que ríe y llora sin causa, apreciando de cada objeto o situación únicamente la fase que impresiona su sensibilidad extraordinaria y anormal. Un arte, pues que tradujera exactamente el estado de alma de los hombres de esta época, sería un arte esencialmente emotivo. (*Alma contemporánea* 153-154)

Tanto el lector como los personajes de sus novelas se van a presuponer como sujetos marcados por una necesidad emotiva constante, que la modernidad no puede saciar: «El hombre busca, y seguirá buscando cada vez con mayor apasionamiento, a la emoción, por vicio, como el dipsómano busca el alcohol y el morfinómano, el alcaloide del opio» (237). A pesar de que este nuevo «vicio» se basa en la noción de enfermedad nerviosa, Llanas realiza un giro conceptual, ya que presenta sus textos como un modo de canalizar el ansia de emociones. De igual modo, las identidades que pueblan novelas como *Pityusa* se van a caracterizar por la búsqueda incesante de la belleza, el amor, el ideal o la emoción, a menudo con poco éxito. A diferencia del lector que traza Llanas, sus personajes no lograrán encauzar esa necesidad hacia un lugar productivo y caerán en la enfermedad (*Del jardín del amor*), la locura (*Navegar pintoresco*), o el crimen (*Pityusa*).

El emotivismo se va a legitimar así como una necesidad médica, imprescindible para paliar los males de gran parte de la población. Sin embargo, la propuesta de Llanas tampoco pretende restaurar un estado primitivo de virilidad y salud, sino que se orienta a fomentar el reposo y la contemplación de las vicisitudes del yo. El objetivo terapéutico o regenerador queda en un plano secundario: si la emoción es un vicio contemporáneo, el emotivismo no parece estar enfocado a erradicarlo, sino a fomentarlo, al ofrecer únicamente el mismo alivio momentáneo que dan las drogas cuyos abusos denuncia.

Si para la psiquiatría el arte moderno se constituía en síntoma de enfermedad y decadencia, Llanas le da la vuelta a esta argumentación, ofreciendo la escritura y la producción artística como la posible solución a las patologías de la modernidad. El emotivismo está, por lo tanto, destinado a una mirada enferma que ha perdido las cualidades del observador naturalista –estudiar efectos objetivos– en aras del sensorialismo y la subjetividad.

Me he detenido en *Alma contemporánea* y su concepción del arte porque ofrece una serie de claves de lectura importantes para abordar

Pityusa. Así, el desplazamiento de lo natural al terreno de la estética, el ansia de emociones, la presencia del discurso médico y criminal y la importancia de estímulos como los colores a la hora de modificar la conducta de los sujetos serán elementos indispensables para entender la novela, que de otro modo corre el riesgo de ser interpretada como un mero ejercicio de opacidad retórica.

PITYUSA

Publicada sin fecha en 1907[4], la última novela de Llanas Aguilaniedo narra un triángulo amoroso entre tres personajes, Pityusa, el joven Nikko y su tío Tinny, que transcurre en gran parte en la Isla de Menorca, con París como telón de fondo. Pityusa, originaria de Ibiza, ejerce la alta prostitución en París, donde conoce a Nikko, un débil heredero marcado por la inacción y la debilidad física. Éste le ofrece regresar con él a Menorca y disponer allí de su fortuna, propuesta a la cual la joven, estancada en su carrera, accede. Sin embargo, en la isla conocerá al tío de Nikko, Tinny, antiguo conocido del cosmopolitismo parisino. Finalmente, deja al sobrino para irse con Tinny, que intentará convertirla, a través de herramientas psiquiátricas como la hipnosis, en una autómata a sus órdenes. Pityusa, no obstante, acaba rebelándose contra su amante/creador y lo asesina para huir de vuelta a París.

La novela puede relacionarse con una estancia que Llanas Aguilaniedo había realizado durante 1904 en Mahón, en la isla de Menorca, donde se queda desde marzo hasta septiembre como miembro de una comisión militar en el hospital de la ciudad (Broto 422). Fruto de aquel viaje ya había publicado, en 1905 y 1907, dos colaboraciones sobre Mallorca y Menorca en la cosmopolita revista *Por esos mundos*: el artículo sobre edificaciones megalíticas «La cultura prehistórica: *talaiots* y las grandes piedras antiguas de Menorca» (1905) y el cuento «Flirtation» (1907). En el primero, indaga en los primitivos habitantes de Menorca

---

4   Broto (356) señala la disparidad de criterios a la hora de datar la novela entre 1907 y 1908. Así, Cejador y Frauca (260) la sitúa en 1907, mientras que Entrambasaguas (1125), quien rescataría el texto en su volumen *Las mejores novelas contemporáneas* en 1958, la sitúa al año siguiente. Igual que Broto, he optado aquí por fechar la novela en 1907, basándome en los anuncios que he encontrado, el 11 de noviembre de 1907 en *El Imparcial*, así como otro similar publicado también el 12 de noviembre de 1907 en *El Liberal* en los que se indicaba la puesta a la venta del libro.

y sus construcciones que todavía a día de hoy salpican la isla. La mirada de Llanas focaliza, sobre todo, en el atavismo de aquellos primeros pobladores, rasgos que en la novela volverá a asignar a los habitantes de la isla, descendientes de aquellos sujetos primitivos y herederos de muchas de sus cualidades degenerativas. El segundo texto narra una historia de amor frustrada entre dos neuróticos cosmopolitas que transcurre en Mallorca: Sanromán, viajero incansable y hombre de acción que suele fracasar en sus proyectos, y Any, que acaba encerrada en un manicomio. Se trata de dos personajes cuyos perfiles, marcados por las teorías psiquiátricas del momento, volverán a reproducirse en la novela a través de los caracteres de Tinny y Pityusa.

Espacio: Menorca y la degeneración

Menorca, el escenario principal de la trama, no opera únicamente como un marco más o menos pintoresco en el que situar a los personajes. Todo lo contrario, se configura como un espacio determinante de sus acciones y los estados degenerativos y neuróticos en los que se hallan. Aunque parte de la premisa naturalista sobre el ambiente y la herencia, el texto, como otras novelas finiseculares, se adentra en esa concepción con un estilo y una voluntad muy distinta. La mirada sobre el paisaje va a convertir la isla en un lugar de extrañamiento, a menudo difícil de reconocer más allá de la presencia del mar y algunos topónimos concretos.

La isla se va a convertir en un motor de la decadencia que impregna el texto y espacio en el que cohabitarán los tres protagonistas *fin de race*. Igual que los personajes remiten a diversos intertextos médicos, la configuración de este escenario a través del calor, el abandono y la abulia también responde al marco científico. Broto (359-365) señala la relación de estos elementos con las teorías de Ferri y Lombroso respecto a la influencia del clima en el carácter de los pueblos, que puede resumirse en la máxima de que el calor y algunos entornos naturales producen indolencia, erotismo vago y poblaciones, en general, degeneradas. A finales de siglo, estas nociones científicas se darán la mano con los debates sobre la decadencia de las civilizaciones latinas, una polémica que trasciende las esferas especializadas y circula por el ámbito intelectual y político. La cuestión del declive de los países latinos frente a la pujanza nórdica, eslava y sajona –sobre todo por parte de los Estados Unidos– resulta materia de discusión corriente en la época[5].

Como representantes de una raza primitiva, los habitantes de Menorca encarnan el atavismo latino que el criminólogo italiano Enrico Ferri (155) recogía en *I delinquenti nell'arte*. El clima del lugar también era entendido por la ciencia de la época como un agente de abulia y degeneración. Por ejemplo, el sociólogo y médico francés Armand Corre señalaba que el calor «énerve plus qu'elle ne stimule, affadit plus qu'elle n'excite, et c'est précisément quand elle devient, sinon plus tempérée dans sa moyenne, au moins plus heurtée, grâce à des écarts saisonniers entre ses extrêmes, que l'organisme semble renaître à une vie active» (Corre 117).

Máxima expresión del territorio latino y mediterráneo, Menorca ejemplifica la decadencia, la inactividad y la imposibilidad de entrar en el progreso moderno, ya que únicamente está habitada por aldeanos primitivos y débiles aristócratas. Aunque este subtexto recorre la novela, Llanas no se limita a reproducir los diagnósticos degenerativos, sino que la estética de la decadencia subvierte la mirada científica sobre el paisaje y los personajes.

A pesar de la abundancia de términos técnicos del mundo de la botánica, el texto presenta una naturaleza estilizada, que colapsa los discursos científicos de los que bebe la trama, ya que incide en lo imposible de un conocimiento objetivo sobre lo natural. Es más, lleva a cabo una operación inversa, puesto que la categoría de «naturaleza» se revela como un constructo de la mirada del observador, y no como un objeto estable que espera a ser clasificado.

La novela desarrolla así una mirada sobre el paisaje, que ya se trazaba, desde el naturalismo, como sensual, amenazante y femenino. Sin embargo, las leyes naturalistas de la herencia y el ambiente se transforman en el decadentismo, y concretamente en *Pityusa*, en la construcción de una naturaleza mórbida (Bernheimer 74) representada por la isla menorquina. De este modo, lo natural deja de ser

---

5   Litvak (155-200) resume los principales debates en torno al panlatinismo y el concepto de raza latina, enfrentado al de raza anglosajona. Éstos oscilaban entre la decadencia latina, su negación o la necesidad de regeneración y renacimiento. Estos movimientos se sitúan en la segunda mitad del siglo, con procesos paralelos en el germanismo, el teutonismo y eslavismo. Sobre la decadencia latina se expresarían numerosos autores como Cánovas, Castelar, Menéndez y Pelayo, Emilia Pardo Bazán, Pérez Galdós o Valera.

el lugar de anclaje de las verdades científicas: el decadentismo le da la vuelta a esa premisa, al convertir el ambiente en el agente creador de enfermedades y degeneración (Bernheimer 241).

Este marco resulta imprescindible a la hora de abordar los personajes. Aunque la ciencia usaba la naturaleza y la biología como la gran justificación de las diferencias sexuales, la mirada decadente revela que, en realidad, es el lugar donde se desarticulan. El hombre feminizado, la mujer masculinizada y las sexualidades torcidas que campan por la novela son, al fin y al cabo, consecuencia del propio medio natural. Menorca, por lo tanto, se constituye como un contexto productor de identidades patológicas y artificiales, anulando en última instancia este tipo de oposiciones.

Un triángulo clínico-amoroso

Los personajes que protagonizan la trama –Pityusa, Tinny y Nikko– se configuran, igual que el espacio, según los discursos médicos sobre la degeneración hereditaria, la histeria y la criminalidad. Paralelamente, también puede reseguirse su relación con los héroes de la literatura decadentista. Broto (358-375) ya ha indicado muchos de los intertextos clínicos y literarios que los componen, entre los que destacan escritores como el italiano Gabriele D'Annunzio o el francés Paul Bourget, pero también nombres famosos de la criminología, encabezados por Enrico Ferri, Cesare Lombroso y Raffaele Garofalo, así como todo un corpus de tratados provenientes de la medicina francesa, que ya habían aparecido años atrás en *La mala vida en Madrid*.

No obstante, *Pityusa* resulta mucho más compleja que las fuentes científicas en las que bebe, ya que colapsa la voluntad positivista de diagnóstico y clasificación de las identidades. De hecho, sus tres protagonistas entran en la categoría de «degenerados superiores» desarrollada por los franceses Valentine Magnan y Paul Maurice Legrain y que Llanas empleaba en *Alma contemporánea*[6]. La neurosis, la de-

---

6   Magnan y Legrain formularían la posibilidad de existencia de un tipo de degenerado superior, viniendo a complicar la relación entre genio y neurosis establecida por el discurso médico: «Mais à côté de ces lacunes, de ces atrophies, il n'est pas rare de constater de véritables hypertrophies: au milieu de cet irrégulier ensemble se détache, en une saillie d'autant plus frappante que le reste est plus nul, une faculté brillante, une prodigieuse mémoire, une remarquable facilité d'élocution, une imagination vive, riche manteau qui cache bien des misères» (39).

bilidad o la histeria configuran así a estos sujetos cosmopolitas, cuya paradójica superioridad estriba precisamente en su condición degenerada. En la novela este estado corresponde a un grupo social muy concreto: aquellos cosmopolitas que comparten vagón de tren con Tinny en el segundo capítulo. Almas errantes en busca de emociones y excesos, su condición enferma y perversa les hace más interesantes que la gran mayoría de sujetos.

El ámbito rural, sin embargo, tampoco va a ofrecer ninguna vía regeneradora. Por el contrario, funciona como un contexto mucho más opresivo y degenerado que el de la vida mundana en París de la cual llegan los tres protagonistas. En ese sentido, el texto pone en cuestión cualquier posibilidad de salud y liberación, trazando una hegemonía de la enfermedad que permea toda la trama.

A continuación, examinaré brevemente los personajes de la novela. En primer lugar, atenderé a Nikko y Tinny como modelos de una masculinidad en crisis incapaces de llevar a cabo sus proyectos, sea por declive hereditario o por falta de energías. En segundo, me centraré en la principal protagonista, Pityusa, que encarna diversas ansiedades respecto a la feminidad y la histeria. La joven, además, se rebelará contra sus dos amantes, mostrando que las mujeres ideales con las que soñaba el discurso médico presentan también un reverso peligroso.

Nikko: el héroe feminizado

Los grandes héroes de la literatura decadentista, como ya mostró Huysmans en la obra paradigmática de esta corriente estética, *À rebours* (1884), suelen ser aristócratas que, como Nikko y Tinny, representan a los últimos descendientes de estirpes familiares con más glorias pasadas que presentes.

El caso de Nikko resulta especialmente paradigmático, ya que es retratado como la consecuencia del ambiente isleño que anula a sus pobladores y la encarnación de una progresiva degeneración hereditaria. Ambos factores se traducen en la debilidad física del joven, que será subrayada en varias ocasiones a lo largo de la novela.

Esta condición, además, está inscrita en una serie de metáforas de género ineludibles. Tanto en los discursos médicos como artísticos finiseculares, degeneración equivale a feminización (Kirkpatrick 86). Nikko, por lo tanto, será descrito como un cuerpo carente de virilidad, que no entra dentro de la masculinidad hegemónica y que, en consecuencia, no logrará atraer sexualmente a Pityusa. Siguiendo la estructura del naturalismo y el caso clínico, la novela presentará los antecedentes de Nikko, descendiente de una familia de aristócratas que según su propia amante no ha hecho nada de provecho en la historia. En el texto se irán incluyendo referencias históricas de las numerosas guerras, batallas y asedios que ha sufrido la isla por parte de turcos, franceses, ingleses y españoles: en esta relación, la familia Vela de Heroued a la que pertenecen Nikko y Tinny no se destaca por ninguna clase de acto heroico.

A este destino hereditario se van a contraponer los intentos de madre y tío por mejorar su salud y carácter. Su madre Fuensanta programa un régimen de vida basado en los baños en el mar, destinado a fortalecerle. A su muerte, tío Celestino (Tinny) decide optar por un programa más directo y lo matricula en un prestigioso internado en el que se educan jóvenes de todos los países mediante un programa basado en la higiene, el deporte y la moral. Nikko parece completar con éxito sus estudios, y su tío lo empieza a introducir en la vida frívola de París, momento en el que conoce a Pityusa y se revela el verdadero carácter, débil y erótico, del joven.

Aunque el aplastante peso de las leyes de la herencia hace inútiles los intentos de enderezarlo, Nikko no sólo se constituye en un caso clínico, sino que también resulta un personaje literario recurrente, que desafía el binarismo de género. Así, será descrito como un hombre artificial, extremadamente sensible y marcado por una sexualidad problemática. Este carácter le llevará a encapricharse de Pityusa y llevársela con él a Menorca. Sin embargo, no podrá llegar nunca a satisfacerla, ya que su libido se va a caracterizar por la insuficiencia o el exceso mal canalizado. El texto narra cuidadosamente diversas escenas sexuales de la vida del joven en las cuales únicamente es capaz de ocupar la posición de un voyeur paralizado. Por ejemplo, cuando desde la ventana del pensionado ve a dos niñas en el bosque, o cuando oculto entre las rocas contempla a dos mujeres bañarse en la playa. Su capacidad para la emoción excesiva contrasta así con su torpeza o inhabilidad sexual, fruto de su propia debilidad.

Estas características sitúan a Nikko en el lado opuesto de la masculinidad hegemónica destinada por naturaleza a atraer a la mujer. Sin embargo, ya he comentado que la novela diluye algunos conceptos absolutos que gobernaban los discursos científicos, como el de la propia oposición entre naturaleza y artificialidad.

El texto indaga en la dimensión artificial de Nikko, que surge, paradójicamente, a partir de una cuestión tan biológica como las leyes de la herencia. El marco natural de Menorca, al que se le hubieran podido asignar valores de sano primitivismo unas décadas atrás, también permite la aparición de identidades artificiales, patológicas y femeninas como Nikko. La naturaleza, por lo tanto, desestabiliza el sistema binario de diferencia sexual, que teóricamente justificaba las diferencias entre hombres y mujeres. Por el contrario, contribuye a su confusión, al producir hombres feminizados. Así, personajes como Nikko se articulan en iconos de una época marcada por la desestabilización de los sexos (Showalter), que problematizan la relación entre naturaleza, anatomía e identidades de género. Dicho de otro modo, en el fin de siglo lo natural tiende a feminizar, debilitar o hacer enfermar a sus creaciones, en lugar de producir individuos sanos y establecer unas fronteras de género claras.

También el nombre de Nikko apunta al contexto cultural de la época. De igual modo que el rústico tío Celestino se convierte en París en el cosmopolita Tinny, Nikko adquiere su nombre debido a la moda oriental: una pariente suya decide apodarlo así. El orientalismo viene por lo tanto a participar en el artificio que constituye su identidad: «Las montañas de Nikko, en Japón, y los templos de la misma denominación gozaban en Europa a principios de siglo de un cierto renombre gracias a los relatos de Kipling, Loti y Dresser, peregrinos de estos santos sitios» (Broto 261).

Partiendo ya de su propio nombre, Nikko se desliga de una madre/naturaleza ideal para resituarse en el terreno de una artificialidad promovida por ese mismo contexto, que se origina ya en la adopción de un mote exótico. De hecho, ni siquiera se menciona el nombre original por irrelevante: no hay, por lo tanto, una contraposición entre la identidad original del joven y la artificialidad que encarna su apodo, sino que el conjunto del sujeto se organiza desde los parámetros del personaje decadente, en el que este tipo de oposiciones se desautomatizan y se revelan como una construcción puramente retórica.

Tinny: la masculinidad en decadencia

Frente a la debilidad de Nikko, Tinny/tío Celestino se caracteriza como un personaje opuesto a la feminidad y la pasividad de su sobrino. Será descrito como un hombre práctico, cosmopolita, que ha llevado a cabo múltiples viajes y hazañas. Ha recorrido mundo, vivido innumerables aventuras y emprendido un sinfín de proyectos. En la isla lo recuerdan como un héroe algo extravagante. De hecho, hace su entrada en la novela llegando a Menorca en una embarcación que él mismo viene pilotando desde Francia: Tinny, en definitiva, es un hombre de acción como el Sanromán de «Flirtation».

A pesar de su cercanía con un paradigma de masculinidad y salud, su configuración no es tan transparente como parece a simple vista. Primero, porque se halla en una época de vejez y decadencia. Mientras la debilidad de Nikko depende de cuestiones hereditarias, la de su tío se ha producido por los excesos asociados a la vida mundana, entre los cuales las actividades sexuales ocupan un lugar destacado. Segundo, su espíritu activo se contrapone, a lo largo de la novela, al fracaso continuado de todos sus proyectos: desde el intento de reforma sobre su sobrino, su propósito de escribir una historia de las catedrales góticas o la voluntad, de trágicas consecuencias, de convertir a Pityusa en un cuerpo a sus órdenes.

A pesar de que encarna en muchas ocasiones un carácter vinculado a una posible modernidad regeneradora, la vida que lleva a cabo en París le acabará pasando factura. Cabe destacar que el imaginario científico en el que se sitúa la novela concibe el cuerpo, sobre todo el de los hombres, según nociones de gasto y ahorro burgués (Shuttleworth). Recuérdese al Álvaro Mesía de *La Regenta*, que veía sus capacidades sexuales mermadas por el acecho de la edad y los excesos. Los hombres, por lo tanto, deben economizar sus energías libidinales si pretenden conservarlas.

En la novela, Tinny ha vuelto a Menorca de forma definitiva, puesto que sus energías ya no le permiten llevar a cabo la vida de hombre de acción cosmopolita desarrollada hasta ese momento. Después de un desmayo que le alerta de su declive, tendrá que renunciar a París y retirarse en la isla.

El que parecía modelo de salud y virilidad aparece como otro personaje decadente más, acorde al ambiente que impregna el lugar. Igual que su sobrino, el personaje también problematiza los límites del género y la noción de naturaleza. Su incapacidad para llevar a buen puerto ninguno de sus proyectos, unido a su tendencia a buscar emociones en el arte y la estética, primero con el gótico y luego a través de la propia Pityusa, permiten relacionarlo con otra figura característica del fin de siglo como es la del esteta finisecular, escéptico que no cree en nada a la búsqueda permanente de belleza y emociones (Calvo 172). El hombre de acción, por lo tanto, también acaba devorado por la parálisis, la abulia y la falta de virilidad, colapsando así el modelo de una masculinidad productiva, económica y libidinalmente, que imperaba en el siglo XIX.

Esta inacción puede relacionarse con toda una genealogía de personajes paralizados y dolientes del fin de siglo español, entre los que destacan los protagonistas de *Diario de un enfermo* (1901) o *La voluntad* (1902) de Azorín y *Camino de perfección* (1902) de Pío Baroja, por mencionar dos autores totalmente canónicos, y que trazan un contexto parecido al que explora el decadentismo.

Parte de la ironía subyacente a la novela reside, de hecho, en esta contradicción que encarna Tinny, puesto que la masculinidad que debía ser modelo de salud y capacidad de acción se presenta, igual que el resto de personajes, desde la debilidad y el declive. Este mar de fondo revela uno de los elementos clave del texto: la ausencia de masculinidades normativas que puedan imponerse a los caracteres patológicos de Pityusa y Nikko. En su lugar, Tinny formará parte de esa confusión moral y sexual propia de período.

Pityusa: histeria e identidad artificial

Pityusa resulta una heroína finisecular paradigmática, que aglutina muchas de las ansiedades en torno a la feminidad que se daban en los discursos científicos y artísticos del momento. Para acabar esta introducción, desgranaré algunas de ellas y las pondré en relación con el personaje. Además de constituirse como histérica y prostituta, dos categorías a menudo intercambiables y muy presentes en el imaginario del período (Felski, Hustvedt), la protagonista desborda su propia condición, ya que va a problematizar todo el discurso médico e ideológico que la configura como una atrayente neurótica. El final abierto de la novela, en el cual la joven huye a París después de asesinar a Tinny, apunta precisamente a esa ambigüedad: no muere, ni acaba seducida, ni encerrada en una cárcel, manicomio u hospital. A través de este personaje Llanas revela la profunda crisis de los modelos científicos que venían a estudiar y disciplinar este tipo de identidades, al tematizar a través de Tinny y el uso fallido de la hipnosis su completo fracaso.

Igual que Nikko, se van a abordar los antecedentes familiares de Pityusa: nacida en Ibiza, es huérfana de madre desde su nacimiento y su padre se suicida mientras ella es una niña. Se criará en Menorca bajo la tutela de un pariente que vive en un faro. El texto incidirá, primero, en su temprano despertar a la sexualidad, y segundo, en un carácter que se muestra maleable a primera vista, aunque oculta una identidad independiente y autónoma.

Ya desde su propio nombre –las islas Pitiusas engloban Ibiza y Formentera–, la joven plantea un paralelismo con el territorio balear y la propia noción de naturaleza. Al fin y al cabo, la relación de la feminidad con lo natural era un tópico artístico y científico muy común (Dijkstra). La mujer se configura así como una naturaleza reproductora y primitiva, aunque salvaje e impredecible, características que también constituyen al personaje. No obstante, Pityusa resulta ser mucho más compleja que una mera trasposición del ambiente a su persona. En primer lugar, porque rechazará las Islas Baleares por ser entornos vulgares y aburridos, que le hunden el carácter y el humor. En segundo, porque ya desde su particular bautizo por parte de unos oficiales a caballo, quienes le ponen el nombre de Pityusa debido a su origen ibicenco, la joven muestra un carácter artificial que se revela como un lienzo en blanco para la inscripción del deseo masculino. De hecho, no alcanza a tener nombre propio hasta el umbral de su adolescencia, cuando su cuerpo puede ser contemplado ya como un objeto de deseo incipiente. De este modo, también esta mujer artificial, como Nikko, aparece en un medio natural.

El descubrimiento de su sexualidad con Solduga pronto la alejará del plácido faro menorquín en el que vive. Se desplaza con él a Barcelona, aunque su espíritu independiente hace que acabe abandonando a su amante y descubriendo el mundo de la prostitución. No es casual tampoco que la caída definitiva de la joven se produzca en una ciudad industrial y portuaria, alejada del entorno rural del que proviene, que le permite anonimato y múltiples clientes. En *Alma contemporánea* Llanas ya situaba los grandes centros urbanos como lugares para la degeneración y la corrupción de toda clase de caracteres.

La relación entre prostitución e histeria resulta otro elemento definitorio del imaginario de la «mala vida» decimonónica y finisecular, que describía estos cuerpos como organismos peligrosos (Corbin, Fernández). El propio Llanas establecía esta relación en *La mala vida en Madrid*, al señalar la condición enferma de la mayoría de prostitutas:

> los datos anamnésicos de las prostitutas revelan taras hereditarias morbosas más o menos graves (alcoholismo, tisis, sífilis, enfermedades nerviosas y mentales de los ascendientes, y, sobre todo, de la madre). Presentan estigmas de degeneración física y psíquica incontestables, merced a las cuales la mayoría de ellas no podrían ser clasificadas entre los sujetos sanos y normales. (*La mala vida en Madrid* 244)

A pesar de la rotundidad de las afirmaciones, *Pityusa* marca muchas distancias con la criminología que Llanas había estudiado y divulgado en años anteriores. La narración distante y en apariencia objetiva de *La mala vida* se trastoca aquí en una estilización de lo natural y en la indagación complaciente –casi celebración– de identidades perversas y marginales. Así, en lugar de resolverse en conocimiento, la retórica literaria tematiza el reto que la histeria femenina supuso para la medicina, al conceptualizarse como una dolencia sin síntomas propios, que según los discursos médicos mantenía una correspondencia con una lesión interna (Didi-Huberman 99).

La histeria funciona así como una perfecta excusa narrativa para poder detallar los excesos de la feminidad de Pityusa e indagar en ataques, llantos, desmayos y poses exageradas. Por las primeras décadas del siglo XX, cuando se publica la novela, las imágenes asociadas a esta enfermedad estaban ya muy diseminadas en el imaginario cultural. El patrón médico del personaje, por lo tanto dialoga con una genealogía de textos que exploran toda clase de feminidades patológicas. A lo largo del XIX numerosas novelas muestran personajes de sintomatología similar: desde las protagonistas de las dos grandes novelas de Clarín, Ana Ozores en *La Regenta* (1884-85) y Emma Valcárcel en *Su único hijo* (1890), a otros textos de escritores finiseculares de título inequívoco, como *La enferma* (1895) de Eduardo Zamacois y *La histérica* (1885) de Eugenio Antonio Flores, entre otros. Igual que sus antecesoras, Pityusa se pasará gran parte de la novela sufriendo toda clase de síntomas histéricos, muy reconocibles en 1907: se desmayará, tendrá alucinaciones, llantos, cambios de humor, hipersensibilidad y finalmente será un sujeto ideal para someterse a las técnicas de sugestión e hipnosis de Tinny.

En este modelo entre la histérica literaria y la criminal degenerada, la problemática maternidad de Pityusa también se presenta como un rasgo muy reconocible. En *La mala vida en Madrid* Llanas había establecido la esterilidad de las prostitutas, en tanto que degeneradas incapaces de reproducirse. La protagonista, aburrida por la vida de la isla, adopta a Morixo, un niño hijo de labradores menorquines al que termina por abandonar. De hecho, la novela se cierra con la mirada de Pityusa contemplando su figura alejándose desde el barco. Aunque ese hijo adoptado puede pasar desapercibido, su presencia en ese momento final da cuenta de la insistencia del texto en la condición antinatural, y por lo tanto más allá de la moral al uso, de Pityusa. Su esterilidad y ese instinto maternal tan particular, que la lleva a adoptar a Morixo por puro aburrimiento, la sitúan fuera de la feminidad normativa y «natural». La histeria, por lo tanto, no sólo resulta una exageración de la feminidad, sino que también constituye su versión artificial.

Esta articulación en degenerada peligrosa también constituye al personaje, como gran parte de las histéricas literarias, en un atrayente objeto de deseo. A diferencia de otros textos similares, Llanas no se limita a anunciar los peligros de la feminidad y la degeneración, sino que los exhibe, indaga en ellos y a menudo parece celebrarlos por su belleza, planteando pocos moralismos al respecto. Así, además de constituirse en una peligrosa naturaleza similar a la que enmarca la trama, Pityusa también se presenta como un cuerpo artificial que encandila a Nikko y a Tinny.

La enfermedad femenina, y especialmente la histeria, deviene ya desde los propios discursos médicos un elemento atrayente para la mirada masculina. Se ha estudiado por extenso cómo el ojo de la psiquiatría contempla a la histérica desde una posición no tan objetiva ni aséptica como parece (Didi-Huberman, Hustvedt). Especialmente, a partir de los célebres estudios y sesiones públicas realizados por Jean Martin Charcot en el hospital francés de la Salpêtrière, en las que se exhibía a las pacientes, hipnotizadas y representando distintos papeles ante el público. El conocido lienzo de Brouillet *Une leçon clinique à la Salpêtrière* (1887) muestra la naturaleza performativa de estas actividades. En el cuadro aparece Charcot, rodeado por su equipo, mostrando ante un auditorio el ataque de una de las histéricas. Estas exhibiciones se daban una vez a la semana, y eran conocidas como las *leçons du mardi*. Además de autoridades médicas, acudían a ellas todo tipo de gente de la sociedad parisina, e incluso los extranjeros lo consideraban un reclamo turístico (Hustvedt 23).

Además de estos espectáculos, Charcot y su equipo se hicieron famosos por el desmedido uso de la fotografía a la hora de retratar las distintas poses que según ellos componían las fases de los ataques de histeria. Cada una de ellas, caracterizada por una serie de gestos específicos, sería fijada visualmente en dibujos y fotografías de toda clase, cuya muestra más relevante la forman los cuatro volúmenes de la *Iconographie photographique de la Salpêtrière* (1878-1880), y que proseguiría a la muerte del maestro con la *Nouvelle Iconographie de la Salpêtrière* (1888-1918) y otros estudios editados o firmados por alumnos destacados como Paul Richet, Pierre Janet o Desiré-Magloir Bourneville (Micale). Esta abundancia de textos alrededor de los cuerpos histéricos se contrapone, no obstante, al estrepitoso fracaso de la psiquiatría a la hora de relacionar la histeria con la existencia de una lesión orgánica, situada, en función de las distintas teorías, en el aparato reproductor, el sistema nervioso, el cerebro o el mismo haber de la feminidad. Incluso Charcot reconocía estos problemas al describir la enfermedad como un enigma: «l'epilepsie, l'hystérie même la plus invétérée, la chorée et bien d'autres états morbides qu'il serait trop long d'énumérer, s'offrent à nous comme autant de sphinx qui défient l'anatomie la plus pénétrante» (Charcot 14-15).

En estos primeros años del siglo XX las teorías charcotianas sobre la histeria ya estaban en declive –Charcot muere en 1893–, pero el psicoanálisis todavía no había alcanzado demasiada repercusión, especialmente en España. Paralelamente, la histeria había desbordado el discurso médico para instalarse en el imaginario cultural y el terreno artístico: escritores, médicos, fotógrafos, pero también celebridades del teatro se reapropiaron de este modelo. La histeria entra así en un circuito de producción y consumo cultural, que la desligará, en última instancia, de sus formulaciones médicas.

La exhibición de un cuerpo deseable –puesto que Charcot seleccionaba cuidadosamente a las enfermas que fotografiaba– se revela en todos estos casos como un signo inherente a la representación de la histeria. El lienzo de Brouillet revela que detrás de todos los dispositivos ópticos y de la obsesión por las imágenes subyace una fantasía mucho menos científica: la que prometía convertir a las histéricas en cuerpos obedientes. Mediante la hipnosis, el médico podía vaciar el cuerpo de su paciente de todo significado y darle las órdenes oportunas para convertirlo en el de una autómata obediente (Hustvedt).

En la novela la constitución de Pityusa como una neurótica queda vinculada con una serie de fantasías masculinas ineludibles. La histérica, igual que la actriz, se convertirá en «el sueño de los decadentes: seres aparentemente vacíos articulados tras una máscara» (Clúa 164). La misma estructura de los ataques –basada en llantos, contorsiones y desmayos– permite al narrador ofrecer toda una serie de escenas en las que la joven aparece como un cuerpo pasivo, próximo al ideal mecánico, que queda a expensas de Nikko, y sobre todo de Tinny.

De hecho, la primera escena de la novela muestra con cierta ironía este juego entre la artificialidad histérica y el marco natural. Nikko llega a casa en busca de Pityusa, y ésta, en su lugar, deja a una de las criadas para gastar una broma a su amante. Nikko rechaza, como buen decadente, la visión de una mujer de campo que la joven coloca en sustitución de su cuerpo, producido artificialmente en París. Esta entrada ya revela la ambigua posición con la que el decadentismo representa a la mujer, entre la deseable artificialidad y el atavismo asociado a la naturaleza.

Esta doble cualidad converge también en la histeria, signo de la voluble feminidad natural, pero también promesa de cuerpo artificial. Antes incluso de quedar atrapada bajo la red de Tinny, Pityusa ya aparece en numerosas ocasiones como una muñeca y su piel es comparada a menudo con porcelanas y refinados tejidos.

En la modernidad, el viejo mito de Galatea y Pigmalión se reactualiza a través de la preeminencia de autómatas, estatuas y muñecas para pasar en décadas posteriores al *cyborg* y al robot (Pedraza). En este imaginario puede incluirse, según Pedraza, el cuerpo de la histérica y la prostituta que aquí encarna Pityusa. De hecho, Lombroso definía a las prostitutas como «vere *filles de marbre*» (Lombroso, *La donna delinquente* 389) debido a su insensibilidad al dolor. Fernández, por su parte, también ha justificado su dimensión estatuaria, debido al «deseo inerte y deletéreo, incapaz de la procreación, máximo valor fisiológico de la moral burguesa, de ahí que se la compare permanentemente con figuras estatuarias, bellezas marmóreas que contaminan de muerte y degeneración» (85). Tampoco es casual que en la célebre *Venus im Pelz* (1870) de Sacher Masoch el protagonista inicie su andadura enamorándose de una estatua, ni que ese texto fuese objeto de atención de sexólogos y decadentes por igual.

Obviamente, esta belleza artificial posee también un reverso amenazador, escenificado en el desenlace de la novela y el asesinato de Tinny: «la advertencia del arte es clara en el sentido de que no se puede vivir y crecer amándolas. Dicho de otro modo: cuidado con tu muñeca, porque si no acabas con ella, ella acabará contigo» (Pedraza 113). A pesar del deseo que inspira su condición artificial de autómata, el personaje no se convertirá en simple objeto obediente, puesto que se resistirá al dominio de Tinny y finalmente acabará rechazando el abúlico contexto natural de la isla.

Dado que Nikko está biológicamente incapacitado para retener a Pityusa a su lado, la joven acabará fijándose en su tío Tinny, que en plena crisis por el acecho de la vejez ve en la muchacha una manera de realizar una última gesta amorosa y de paso adquirir una refinada y exótica compañera para sus días de declive. Paralelamente, la protagonista languidece en Menorca: en numerosas ocasiones se revela el desosiego que a Pityusa le produce el ambiente de la isla. Al fin y al cabo, se trata de un retiro obligado que la aleja de sus propósitos de triunfar en París. De hecho, el recuerdo de la capital francesa estará presente en todo momento. En un par de ocasiones llega incluso a superponer imágenes de la modernidad cosmopolita al paisaje menorquín: por ejemplo, recuerda las carreras de coches o las casacas rojas de los jugadores de polo. En ambas escenas, además, la descripción estática de la isla se ve inundada de imágenes llenas de dinamismo, colores y movimiento, amén de extranjerismos ingleses que acentúan todavía más la diferencia entre la vida mundana y el primitivismo balear.

Frente a Nikko y Tinny, en pleno declive, Pityusa representa la verdadera mirada de la modernidad. Uno por débil y el otro por viejo, ninguno de ellos puede aspirar a pertenecer al mundo de la regeneración y el progreso al que debían aspirar los países latinos. Por el contrario, es en Pityusa donde se tematiza esta problemática, colapsando el citado vínculo entre naturaleza y mujer, pero también la figura del artista masculino encarnación de la modernidad que se retrataba en *Alma contemporánea*. Además de hacer presente una serie de imágenes opuestas a la isla, Pityusa procura en todo momento transformar su entorno: trae muebles nuevos al predio, se viste con una exquisitez que llama la atención en Menorca y en última instancia procura amar a Nikko con poco éxito. La protagonista se erige así en el único personaje realmente cosmopolita y activo, con capacidad de acción para volver a la vida parisina que tanto añora y que desprecia el mundo que representan sus amantes.

El espacio va a funcionar de esta manera como un elemento que irá desencadenando la acción y los nervios de Pityusa, que pasa del aburrimiento a la desesperación ante la posibilidad de quedarse allí por el resto de su vida. Buen conocedor de ello, Tinny la seduce con la promesa de ofrecerle la vida que se merece y llevarla de nuevo a París,

donde pueda ser admirada por el mundo. Recuérdese también que, al
cerrar el trato, Pityusa exige dejar de ser esclava algún día, un escollo
que Tinny no va a tomar demasiado en serio y que le costará la vida.

A pesar del pacto que realizan Pityusa y Tinny, éste no parece
tener intenciones de devolver a la joven al mundo para lucirla ante la
alta sociedad de París. Sus intenciones son muy distintas, ya que pretende emplear las técnicas de hipnosis y sugestión de la psiquiatría
para tener a la joven bajo su control.

Además del espacio y los personajes, el esquema médico que sos-
tiene la novela va a organizar también la relación entre Tinny y
Pityusa. De hecho, su historia puede leerse como una metáfora de la
crisis que atraviesa la psiquiatría finisecular y las ansiedades masculinas respecto al dominio de la feminidad. Tinny encarna una mirada
médica que, igual que el objetivo fotográfico de Charcot, se sitúa entre
el dominio de los cuerpos y la contemplación estética. Por parte de
Pityusa, ya he comentado su cercanía a la feminidad histérica, unida
a un cosmopolitismo que celebra la imagen, la exterioridad y la fri-
volidad. Del mismo modo que los discursos de la psiquiatría desple-
garon todo un dispositivo de control sobre la feminidad, Tinny decide
llevar a cabo con su amante una operación similar. Su estrategia ve-
hicula también las promesas psiquiátricas sobre a la histeria: cons-
truirse una mujer a medida, que responda siempre a sus órdenes.

El proceso de dominación que inicia Tinny está basado en las teorías científicas de la época, que Llanas conocía muy bien y sobre las
que había escrito artículos de prensa en más de una ocasión. Así, empezará a aturdir a Pityusa a base de un exceso de estímulos y actividades: grandes cabalgadas por el campo, salidas en barco, cacerías que
la dejan exhausta... Igual que el criado Mic, a quien se explica que sus
compañeros le han anulado la voluntad por venganza, Tinny empieza
por dejar a su amante sumida en un marasmo psicológico que la convierte en un ser ideal para la hipnosis. La relación entre neurosis y un
ritmo acelerado de vida había sido ya comentada por Nordau, para de-
nunciar que la modernidad ponía de los nervios a cualquier individuo:
«Cada línea que leemos o escribimos, cada rostro humano que vemos,
cada conversión a que nos entregamos, cada escenario que percibimos
por la ventanilla del tren a todo vapor, pone en actividad nuestros

nervios y nuestro cerebro» (63). Estas técnicas revelan la problemática noción de progreso que recorre la novela: al fin y al cabo, lo que aplicará sobre la joven no deja de ser el ritmo de la vida moderna.

La novela irá relatando como Pityusa va «vaciándose», quedándose sin fuerzas, sin carácter ni personalidad y perdiendo toda capacidad de acción. Acabará así comportándose como una muñeca imitativa, que al igual que las histéricas exhibidas en las *leçons du mardi*, reproduce todos los gestos que se le indican. Esta constitución en un cuerpo vacío la convierte en el proyecto definitivo de Tinny. El cuerpo histérico, como ocurría en los textos e imágenes de la Salpêtrière, se constituye en la obra magna del médico o del hipnotizador (Hustvedt).

La constitución de Pityusa en un objeto estético a las órdenes de Tinny explora, por un lado, la línea que une el discurso médico al esteticismo finisecular. En última instancia, Tinny convierte a su amante en su gran creación, mucho más bella y perfecta que el resto de sus proyectos fracasados. Por otro lado, incide en la dimensión erótica y libidinal de la aparente objetividad médica, puesto que Tinny ocupa la posición del médico/hipnotista. A pesar de la aparente pasividad de Pityusa y la parafernalia médica puesta en práctica por su amante, la protagonista no se va a limitar a convertirse en un cuerpo vacío obediente, sino que se va a rebelar de una forma repentina y violenta. Este final, además, puede leerse como una metáfora de un fin de siglo en el que las creaciones artificiales de la ciencia se resisten a su destino de bellezas complacientes.

Ya incluso en algunos registros clínicos de la Salpêtrière, la efectividad de la hipnosis para controlar a las histéricas había quedado puesta en duda. En muchos casos, no estaba nada claro quién estaba manipulando a quién (Clúa 164). Por ejemplo, una de las pacientes más famosas y fotografiadas del hospital francés, Augustine[7], se volvió

---

7   Se ha señalado por extenso cómo la Salpêtrière instaura su propio *star-system* de celebridades histéricas (Didi-Huberman, Husvedt, Clúa). Hustvedt recorre la biografía y los casos clínicos de las tres pacientes más famosas: Blanche Whitman, Louise Augustine Gleizes y Geneviève Vasile. La primera llegó a ser conocida, fuera del hospital, como «la Reina de las Histéricas», apodo que ella misma fomentaba. Al morir Charcot cesaron sus ataques, y se quedó como empleada en el mismo hospital en el que había pasado gran parte de su vida, trabajando de asistente de fotografía y luego en el departamento de radiología. Augustine, aunque en su época no llegó a la celebridad de Blanche, ha sido la más conocida a posteriori, rescatada del olvido en 1928 por el surrealismo de André Breton y Louis Aragon, que publicarían en *La Revolution Surréaliste* varias fotos de la joven para celebrar «La cinquantière de l'hystérie». Geneviève, en cambio, carecía del carisma de Blanche y de la fotogenia de Augustine, pero, según Hutsvedt, era especialmente apta para reencarnar todas las teorías charcotianas en torno al misticismo y las posesiones demoníacas como una forma de histeria.

inmune a la hipnosis de un día para otro y acabó huyendo del centro
vestida de hombre (Bourneville y Regnard 197-198). Por su parte
Blanche Whitman, protagonista del cuadro de Brouillet, rechazó des-
nudarse en pleno estado hipnótico, interrumpiendo su estado con un
ataque de histeria muy oportuno (Gilles de la Tourette, *L'hypnotisme
et les états analogues* 139-140).

Tampoco Pityusa se va a someter totalmente Tinny. Una mirada
en profundidad al devenir psicológico de la protagonista ya revela que
desde su relación con Solduga, pasando por su fallido intento de hacer
las Américas con otro de sus amantes, la joven no está demasiado dispuesta a convertirse en una posesión definitiva para nadie.

Tanto la prostituta como la histérica se articulan así en un cuerpo
que no sólo recoge las fantasías sobre las mujeres como objeto de
deseo, sino que también encarna las ansiedades sobre sus peligros,
sobre todo fuera del control masculino del médico, el marido o la autoridad competente. Pityusa, por lo tanto, también se presenta como
un sujeto con capacidad para el deseo y la acción. Aunque aparece
descrita como una autómata, una muñeca y una estatua, incluso como
un ser voluble que se deja llevar por las circunstancias, sus actos de-
muestran que la feminidad perfecta y vacía soñada por los finiseculares pronto adquiere una autonomía inesperada.

El último capítulo precipita el desenlace de la trama: después de una
fiesta preparada por Tinny en honor a Pityusa, con el propósito de hu-
millarla de forma definitiva, la joven amanece dispuesta vengarse:
asesina a Tinny y huye de la isla. Estas últimas escenas marcan un punto
de inflexión respecto al resto del texto: centradas en un espacio interior
y asfixiante, contrastan con las habituales descripciones pictóricas de
paisajes abiertos y vegetación mediterránea. Así, la fiesta y sus asistentes
aparecen bajo un ambiente onírico que produce un efecto de extrañamiento y distancia respecto a cualquier referente real: parecerá que
Pityusa y Tinny han cruzado un umbral hacia una realidad grotesca,
aunque no por ello carente de múltiples referencias científicas.

La celebración del banquete estará marcada, en todo momento,
por la presencia del rojo, cuyo uso era referido en la psiquiatría para
tratar algunas neurosis y sobre todo estimular los ánimos del enfermo.
El alcohol, la iluminación y la música han sido cuidadosamente se-

José María Llanas Aguilaniedo

leccionados por Tinny para exaltar a la joven. La medicina francesa
ya había formulado en su día la relación entre la histeria y este tipo de
estímulos. Alfred Binet (150) señalaba por ejemplo que el rojo era especialmente útil para excitar a los histéricos, ya que se trataba de sujetos especialmente sensibles a los estímulos externos. Charles Feré
(248) también refería experiencias similares, en los que una luz roja
intensa cambiaba el estado de ánimo de sus pacientes. Por su parte,
Gilles de la Tourette (338 y ss.), mucho más drástico, afirmaba en su
Traité clinique et thérapeutique de l'hystérie que los histéricos captaban
de manera distinta los colores y las luces, sufriendo habitualmente
de lesiones en la vista que les impedía captar la realidad correctamente. También el omnipresente Max Nordau (47) relacionó el rojo
con la degeneración y el arte moderno, al afirmar que los pintores histéricos lo usaban para excitar sus sensaciones.

Además de aclarar la lectura, estos intertextos vuelven a remitir
al emotivismo de *Alma contemporánea*. No hay que olvidar que, cum-
pliendo los preceptos de su propia teoría estética, Llanas también pre-
tendía modificar el ánimo de un lector presuntamente neurótico. El
texto, por lo tanto, no quiere limitarse a aplicar al modo naturalista
una serie de teorías científicas sobre los personajes, sino que pretende
transmitir al lector un conjunto de sensaciones muy concretas.

Pityusa acabará siendo humillada al subir a bailar a un escenario
estratégicamente situado en la sala, con un personaje malasio, Bob,
retratado en términos más animales que humanos. De hecho, cabe su-
brayar la presencia, sobre todo en el momento de la fiesta, de hombres
comparados continuamente con simios. Los invitados a la celebración
serán descritos como bestias que buscan saciar sus más bajos instintos
contemplando la danza de Pityusa. Así, aunque el origen asiático de
Bob se entiende como una marca de degeneración en sí misma, acorde
a las teorías racistas de la antropología del momento, el resto de asistentes también van a estar situados en la esfera de la degeneración y
el atavismo. España estaba, al fin y al cabo, en pleno debate sobre el
darwinismo, en sintonía con un contexto europeo en el que la cultura
visual iba a producir multitud de hombres convertidos en monos,
faunos y sátiros, ante la amenaza del declive y la feminización masculina (Dijkstra 272-281). Estos sujetos, además, aparecen en los dis-

cursos científicos como una amenaza para el progreso, ya que se sienten atraídos por histéricas estériles como Pityusa.

El baile final que realiza Pityusa antes de perder la conciencia apunta también a la reelaboración de la histeria por parte del mundo del teatro y la danza (Gordon 14). Los movimientos de Bob también son descritos desde el vocabulario de la psiquiatría, y no por casualidad, puesto que las enfermedades nerviosas estaban intrínsecamente conectadas con el teatro. Gordon ya ha señalado la existencia de un conjunto de artistas francesas conocidas como las «chanteuses épileptiques» (12), que se presentaban como locas histéricas al escuchar la música. Hacia 1907, la histeria era ya una cuestión que no sólo concernía a los manicomios, sino que también era bien conocida sobre las tablas de los escenarios europeos. No es casual, por lo tanto, que la novela incluya un escenario y un baile entre la danza y el ataque de nervios, al que Pityusa se entrega con frenesí e inconsciencia a partir de los estímulos recibidos.

Al día siguiente, Pityusa despierta con un vago recuerdo de lo ocurrido. La novela resulta muy ambigua en ese sentido, y no explicita en qué ha consistido la humillación de la joven, a quién vemos desvanecerse sobre el escenario la noche anterior. El impulso de venganza, sin embargo, la lleva a asesinar a Tinny clavándole un pasador de pelo en el ojo.

Si relacionamos la novela con un discurso médico que consagraba la mirada como fuente de poder y saber, resulta incluso irónico que Tinny acabe asesinado por el ojo. Recuérdese, por ejemplo, que únicamente era necesaria una ojeada del hipnotizador para dominar a alguien correctamente preparado, y que se especifica cómo a Tinny le bastaba una mirada para tener a Pityusa bajo su control.

En otro nivel de lectura, el ojo del proyecto disciplinario moderno, el célebre panóptico que describió Foucault, se basa precisamente en la mirada vigilante de la medicina. El final de la novela muestra, de un modo metafórico, que sujetos vigilados como la histérica y la prostituta se rebelan, primero, contra los dispositivos destinados a clasificarlas, recluirlas y convertirlas en cuerpos dóciles. Segundo, también se vuelven en contra de las fantasías eróticas producidas por los mismos discursos que establecían su peligrosidad.

Al acabar con Tinny a través del ojo, Pityusa no solo termina con una relación de poder, sino que pone en juego un marco mayor, correspondiente a la crisis de fin de siglo: el entusiasmo positivista que celebraba la mirada como herramienta de saber y dispositivo de control aparece aquí como un proyecto fracasado. Por una parte, debido a que la interrelación entre medicina y erotismo revela un discurso científico muy poco aséptico y objetivo, recorrido por una estructura de poder y dominación de género. Por otra, porque la protagonista pone en evidencia la poca fiabilidad de las técnicas que la psiquiatría empleaba para controlar la feminidad, y de paso fabricarse mujeres a medida. Así, el atacar al órgano soberano del conocimiento científico, pero también del placer y la seducción, colapsa de forma simbólica los discursos que pretendían convertirla en un cuerpo obediente, destinado al manicomio, o como máximo a ser una mera autómata controlada por Tinny.

La novela, finalmente, anula una serie de oposiciones –masculinidad/feminidad, salud/enfermedad, naturaleza/artificio– cuyos límites se muestran inestables, puesto que ya no se perciben como categorías absolutas. En la línea del decadentismo, el texto revisa la categoría de naturaleza que representa Menorca/Pityusa, descritas ambas como espacios perturbadores y artificiales. En este marco, la protagonista rechazará tanto el discurso médico que la convierte en una mera neurótica como el esteticismo de Tinny, que pretende convertirla en un bello objeto de su creación.

El ambiguo final de la novela, en el que Pityusa se aleja en un barco de Menorca, plantea una identidad de género que se resiste a catalogaciones sencillas: aunque no deja de ser un cuerpo vacío en tanto que enferma e histérica amoral, eso no significa que pueda ser dominado tan fácilmente como creía Tinny. La masculinidad en declive que retrata la novela ya no puede controlar su creación, que no es otra que la propia feminidad, rebelada contra sus artífices.

ESTA EDICIÓN

Toda edición implica un proceso de reescritura: desde la actualización de la ortografía a la inclusión de una introducción y unas notas a pie que sugieran una lectura a seguir. Del texto de *Pityusa*, además, existen dos versiones: la original aparecida en 1907 y publicada sin fecha por la popular editorial madrileña Fernando Fé, y el texto que Joaquín de Entrambasaguas recogió en 1958 en su colección de *Las mejores novelas contemporáneas*, reproducido a partir de un manuscrito que le facilitaron los descendientes de Llanas Aguilaniedo. Fue publicado con numerosas correcciones y algún cambio de escena que no afectaban al conjunto de la trama. En esta edición, se ha recogido íntegramente el texto original de 1907, que circuló y se leyó en el contexto que se intenta trazar en la introducción.

En algunos casos se ha modernizado la ortografía y la puntuación según las normas actuales de la RAE y se han enmendado las erratas tipográficas. Se ha procurado en todo momento mantener la cursiva que aparecía en el original, tanto para enfatizar algunas expresiones como para indicar extranjerismos que hoy ya se han incorporado al idioma. También se ha respetado el uso retórico de algunas mayúsculas. Con unas mínimas intervenciones, se ha procurado que el texto reproducido respete en todo lo posible al de la edición original.

***

Mi descubrimiento de Llanas Aguilaniedo es fruto de un conjunto de casualidades que derivan en esta edición y otros trabajos críticos que he podido realizar sobre el autor. En cualquier caso, he tenido la suerte de toparme con la gente adecuada, a los que quiero agradecer aquí. A Pau Pitarch, que no sabe el rédito que hemos sacado de aquel trabajo de doctorado. A Isabel Clúa, instigadora y compañera en la pasión –y quizá la locura– por Llanas. A Justo Broto Salanova, por sus generosos comentarios, y cuyo trabajo ha sido una puerta de acceso para cualquier investigador. También debo agradecer al Instituto de Estudios Altoaragoneses por facilitarme el acceso a todo tipo de documentación y por su ayuda para proyectos de investigación. Y finalmente, a Aitor Pérez, por su constante apoyo técnico en el proceso de digitalización, y en todo lo demás.

BIBLIOGRAFÍA

OBRAS CITADAS

Ara, Juan Carlos. «El alma contemporánea de *Alma contemporánea*, claves ideológicas para un libro y un cambio de siglo». *Alazet: Revista de Filología* 2 (1990): 9-54.

Baudelaire, Charles. *Œuvres complètes*. Ed. Claude Pichot. Paris: Gallimard, 1963.

Bernheimer, Charles. *Decadent Subjects: The Idea of Decadence in Art, Literature, Philosophy, and Culture of the Fin de Siècle in Europe*. Baltimore: The John Hopkins UP, 2002.

Binet, Alfred. «Recherches sur les altérations de la conscience chez les hystériques». *Revue Philosophique de la France et de l'Étranger* 27 (1889): 135-170.

Bourneville, Desiré-Magloire y Paul Regnard. *Iconographie photographique de la Salpêtrière*. Paris: Bureux de Progrès Médical, V. A. Delahaye & Lecrosnier, 1879-1880.

Broto, Justo. *Un olvidado: José María Llanas Aguilaniedo*. Huesca: Instituto de Estudios Altoaragoneses, 1992.

Calvo, José Luis. *La cara oculta del 98: místicos e intelectuales en la España del fin de siglo (1895-1902)*. Madrid: Cátedra, 1998.

Cardwell, Richard. «Médicos chiflados: medicina y literatura en la España de fin de siglo». *Siglo Diecinueve* 1 (1995): 91-116.

_____. «Cómo se escribe una historia literaria: Rubén Darío y el modernismo en España». *El cisne y la paloma: once estudios sobre Rubén Darío*. Ed. J. Issorel. Perpignan: Presses Universitaires de Perpignan, 1995. 19-46.

Cejador y Frauca, Julio. *Historia de la lengua y literatura castellana*. Madrid: Revista de Archivos, Bibliotecas y Museos, 1915. Tomo 11.

Charcot, Jean Martin. *Œuvres complètes. Leçons sur les maladies du système nerveux*. Paris: Bureaux du Progrès Mèdical, Lecrosnier, 1890. Tomo 3.

Clúa, Isabel. «El cuerpo como escenario: actrices y histéricas en el *fin de siècle*». *Dossiers Feministes* 10 (2007): 157-172.

Corbin, Alain. *Les filles de noce: misère sexuelle et prostitution: 19e et 20 siècles.* Paris: Aubier Montaigne, 1978.

Corre, Armand. *Le Crime en pays créoles, esquisse d'ethnographie criminelle.* Lyon: A. Storck, 1889.

Correa, Amelina. *Hacia la re-escritura del canon finisecular. Nuevos estudios sobre las «direcciones» del modernismo.* Granada: Universidad de Granada, 2006.

Didi-Huberman, Georges. *La invención de la histeria. Charcot y la iconografía fotográfica de la Salpêtrière.* Madrid: Cátedra, 2007.

Dijkstra, Bram. *Idols of Perversity: Fantasies of Feminine Evil in Fin-de-siècle Culture.* Oxford, New York: Oxford UP, 1986.

Entrambasaguas, Joaquín de. «José María Llanas Aguilaniedo». *Las mejores novelas contemporáneas.* Ed. J. de Entrambasguas. Planeta: Barcelona, 1958. Tomo 3. 1113-1166.

Felski, Rita. *The Gender of Modernity.* Cambridge, London: Harvard UP, 1995.

Féré, Charles. «Sensation et mouvement. Contribution a la psychologie du fœtus». *Revue Philosophique de la France et de l'Étranger* 21 (1886): 247-264.

Fernández, Pura. *Mujer pública, vida privada: del arte eunuco a la novela lupanaria.* Woodbridge: Tamesis, 2008.

Ferri, Enrico. *I delinquenti nell'arte.* Genova: Librería Editrice Ligure, 1896.

Gener, Pompeu. *Literaturas malsanas: estudios de patología literaria contemporánea.* Madrid: Fernando Fé, 1894.

Gilles de la Tourette, Georges. *L'hypnotisme et les états analogues au point de vue médico-légal.* Paris: E. Plon, Nourrit et Cie, 1887.

_____. *Traité clinique et thérapeutique de l'hystérie.* Paris: E. Plon, Nourrit et Cie, 1891.

Gordon, Rae Beth. *Dances with Darwin, 1875-1910. Vernacular Modernity in France.* Farnham, Burlington: Ashgate Publishing, 2009.

Gullón, Ricardo. *La invención del 98 de otros ensayos.* Madrid: Gredos, 1969.

Hustvedt, Asti. *Medical Muses. Hysteria in Nineteenth-Century Paris.* London: Bloomsbury, 2011.

Kirkpatrick, Susan. *Mujer, modernismo y vanguardia en España (1898-1931).* Madrid: Cátedra, 2003.

Litvak, Lily. *España 1900. Modernismo, anarquismo y fin de siglo*. Barcelona: Anthropos, 1990.

Llanas Aguilaniedo, José María. *Alma contemporánea: estudio de estética* [1899]. Ed. Justo Broto Salanova. Huesca: Instituto de Estudios Altoaragoneses, 1991.

_____. «¡Ave, Orquídea!». *El Porvenir de Sevilla*. 11 Dic. 1897.

Lombroso, Cesare. *L'uomo di genio in rapporto alla psichiatria, alla storia ed all'estetica*. Torino: Fratelli Brocca, 1894.

_____. *La donna delinquente, la prostituta e la donna normale* [1898]. Torino: Fratelli Bocca, 1903.

Magnan, Valentin y Paul-Maurice Legrain. *Les dégénérés (état mental et syndromes épisodiques)*. Paris: Rueff et Cie, 1895.

Micale, Mark. «The Salpêtrière in the Age of Charcot: An Institutional Perspective on Medical History in the Late Nineteenth Century». *Journal of Contemporary History* 20.4 (1985): 703-731.

Nordau, Max. *Degeneración* [1892]. Madrid: Fernando Fé, 1902.

Pedraza, Pilar. *Máquinas de amar. Secretos del cuerpo artificial*. Madrid: Valdemar, 1998.

Showalter, Elaine. *Sexual Anarchy: Gender and Culture at the Fin de Siècle*. London, New York: Penguin, 1990.

Shuttleworth, Sally. «Female Circulation: Medical Discourse and Popular Advertising in the Mid-Victorian Era». *Body Politics: Women and the Discourses of Science*. Ed. M. Jacobus, et al. London, New York: Routledge, 1990. 47-68.

Obras de Llanas Aguilaniedo

Novelas y ensayos

Resumen de los trabajos realizados por el último Congreso Antropológico Criminalista de Ginebra. Folleto. Sevilla: Imprenta de Francisco de P. Díaz, 1897. 24p.

Alma contemporánea. Estudio de estética. Huesca: Tipografía de Leandro Pérez, 1899. 314p. Reeditada por Justo Broto. Huesca: Instituto de Estudios Altoaragoneses, 1991.

La mala vida en Madrid. Estudio psico-sociológico con dibujos y fotografías del natural. Escrito con Constancio Bernaldo de Quirós. Madrid: Imprenta de B. Rodríguez Serra, 1901. 366p. Reeditada en facsímil. Madrid: Asociación de Libreros de Lance de Madrid, 2010.

Del jardín del amor (Novela). Madrid: Fernando Fé, 1902. 134p. Reeditada por José Luis Calvo. Huesca: Instituto de Estudios Altoaragoneses, 2002.

Navegar pintoresco. Madrid: Fernando Fé, 1903. 320p.

Pityusa. Madrid: Fernando Fé, sin fecha (1907). 306p. Reeditada por José de Entrambasaguas en *Las mejores novelas contemporáneas*. Planeta: Barcelona, 1958. Tomo 3. 1167-1351.

Selección de artículos y cuentos publicados en prensa

«Memorias de un glóbulo rojo. I. En las venas». *Boletín Farmacéutico* 136 (1893): 56-57.

«Memorias de un glóbulo rojo. II. Arterias y arteriolas». *Boletín Farmacéutico* 138 (1893): 102-104.

«Memorias de un glóbulo rojo. III. Impresiones de viaje». *Boletín Farmacéutico* 139 (1893): 102-103.

«Memorias de un glóbulo rojo. IV. Conclusión». *Boletín Farmacéutico* 140 (1893): 150-153.

«Una caverna de la época secundaria I». *Boletín Farmacéutico* 156 (1894): 248-250.

«Una caverna de la época secundaria II». *Boletín Farmacéutico* 157 (1894): 276-279.

«Una caverna de la época secundaria III». *Boletín Farmacéutico* 158 (1895): 11-13.

«Una caverna de la época secundaria IV». *Boletín Farmacéutico* 159 (1895): 25-29.

«Una caverna de la época secundaria V». *Boletín Farmacéutico* 160 (1895): 47-50.

«Una caverna de la época secundaria VI». *Boletín Farmacéutico* 161 (1895): 71-76.

«Una caverna de la época secundaria VII (Conclusión)». *Boletín Farmacéutico* 162 (1895): 100-104.

«Interioridades del cuarzo hialino (una incursión extraordinaria)». *Boletín Farmacéutico* 141 (1893): 187-189.

«¡¡Pro Vita!!». *Boletín Farmacéutico* 174 (1896): 104-107.

«Fitopsiquia». *Boletín Farmacéutico* 175 (1896): 131-133.

«Por esos mundos. La percepción de lo imperceptible». *El Porvenir de Sevilla*. 6 Dic. 1896.

«Por esos mundos. Sarah Bernhardt». *El Porvenir de Sevilla*. 16 Dic. 1896.

«Unas palabras tétricas al lector». *El Porvenir de Sevilla*. 29 Dic. 1896.

«Por esos mundos. Pompeyo Gener y su última obra». *El Porvenir de Sevilla*. 19 May. 1897.

«Un andante de Beethoven». *El Porvenir de Sevilla*. 1 Ago. 1897.

«Noche de luna». *El Porvenir de Sevilla*. 9 Oct. 1897.

«¡Ave, Orquídea!». *El Porvenir de Sevilla*. 11 Dic. 1897.

«Chrysanthæma». *El Porvenir de Sevilla*. 18 Nov. 1898.

«Loved Dog». *La Andalucía*. 28 Sept. 1897.

«La literatura en Granada: Ganivet y su última obra». *La Andalucía*. 30 Oct. 1897.

«Modernismo artístico». *El País* (hoja literaria), 15 May. 1899.

«Notas críticas. Literatura erótica». *Revista Nueva* 24 (1899): 23-24.

«Ideas actuales». *Electra* 2 (1901).

«Iberia la desconocida». *Electra* 6 (1901).

«Eva futura». *Juventud* 1 (1901).

«Las gentes medias». *Juventud* 3 (1901).

«Los golfos». *El Globo*. 10 Nov. 1902.

«Matrimonios entre mujeres». *Nuestro tiempo* 4.44 (1904): 235-247.

«La cultura prehistórica. *Talaiots* y las grandes piedras antiguas de Menorca». *Por esos mundos»* 120 (1905): 3-15

«Flirtation». *Por esos mundos* 150 (1907): 59-61.

«Hoy como ayer». *Vida Socialista* 100 (1911): 5-6.

Bibliografía complementaria sobre el autor

Calvo, José Luis. «*Alma contemporánea*: una estética de la modernidad». *Castilla: Revista de Estudios de Literatura* 15 (1990): 33-52.

_____. «Fin de siglo y novela (*Del jardín del amor*, una "novela de 1902")», *Anuario de Estudios Filológicos* 14 (1991): 63-74.

_____. «La heroína modernista (la mujer finisecular en las novelas de Llanas Aguilaniedo)». *Anales de Literatura Española Contemporánea* 8 (1992): 25-36.

Cardwell, Richard. «Deconstructing the Binaries of Enfrentismo: José María Llanas Aguilaniedo's *Navegar pintoresco* and the Finisecular Novel». *Spain's 1898 Crisis: Regenerationism, Modernism, Postcolonialism*. Ed. J. Harrison y A. Hoyle. Manchester: Manchester UP, 2000. 156-169.

Clúa, Isabel. «Las hijas bastardas de Descartes: el dandysmo y la artificialización política del cuerpo y la identidad». *Corporizar el pensamiento. Escrituras y lecturas del cuerpo en la cultura occidental*. Ed. M. Torras. Pontevedra: Mirabel, 2006. 93-113.

Del Pozo, Alba. «Refinada histeria: el cuerpo femenino en *Pityusa* (1907) de José María Llanas Aguilaniedo». *El cuerpo del significante: la literatura contemporánea desde las teorías corporales*. Ed. N. Acedo y D. Falconí. Barcelona: EdiUOC, 2011. 325-336.

_____. «El alma de la modernidad: los artículos inéditos de José María Llanas Aguilaniedo». *Castilla. Estudios de Literatura* 4 (2013): 137-156.

Fillière, Carole. «Esthétique d'un autre Modernisme: l'"emotivismo" de José María Llanas Aguilaniedo». *Le socle et la lézarde en Espagne contemporaine*. Ed. S. Salaün y F. Étienvre. Paris: Centre de Recherche sur l'Espagne Contemporaine, Université Paris 3, 2010. 224-287. 29 Feb 2014 <http://crec-paris3.fr/wp-content/uploads/2011/07/ancien-et-nouveau-09-FI-LLIERE.pdf>.

Mainer, José Carlos. «La crisis de fin de siglo a la luz del "emotivismo": Sobre *Alma contemporánesa* (1899) de Llanas Aguilaniedo». *¿Qué es el modernismo? Nueva encuesta, nuevas lecturas*. Ed. R. Cardwell y B. McGuirk. Boulder, Colorado: Society of Spanish and Spanish-American Studies, 1993. 147-164.

Pitarch, Pau. «La "mujer superior" modernista en *El jardín del amor* (1902)». *Actas del IV Seminario de la Asociación Universitaria de Estudios de las Mujeres, Sevilla 17-19 de octubre de 2002*. Sevilla: Universidad de Sevilla, 2003. 29 Feb 2014 < http://www.escritorasyescrituras.com/publicaciones.php/id/15>.

PITYUSA

Al señor don Emilio Iglesias Serrano [8]

---

8   *Emilio Iglesias Serrano*: Farmacéutico militar destinado en Mallorca, con el que coincidió Llanas durante su paso por las Islas Baleares.

I

Acercábase la hora del mediodía; un fuego tenue, africano, doraba las hinchazones de las rocas y hacía centellear el polvo encendido de los caminos.

A una y otra parte, cabezos y monte bajo, desgarraduras del rojo terreno alternando con el gris de las piedras, componían fondos sobre los cuales el resplandor de los predios[9] dejaba sentir sus imperiosas voces blancas.

Los árabes pozos, de resquebrajadas vigas y herrumbroso mecanismo, dormían.

Ni un soplo en el aire; ni un solo campesino en las vertientes; ni el grito del labrantín que encamina las yuntas hacia el establo.

Como enorme carbunclo[10] la isla entera ardía y destellaba.

Una cigarra hubo de cantar en la corteza de montaraz olivo, o tal vez desde la arista de una piedra, sintiéndose acariciada por el espejeo de diminutos cristales que al brillar bajo sus ojos reventones les abrían otras tantas puertas sobre un cielo.

El monótono estridor volvió a dejarse oír. Agriaba el aire, lo hacía más achicharrante, partiendo esta vez de un grupo de higueras, cuyas ramas, hinchadas tras las cercas de un hortezuelo, dormían a la sombra de su frondoso manto, entre verde y obscuro, como aguas abismales que, traidoras, esperan bajo su sosiego fatídico.

Del fondo variegado del huerto eleváronse dos mariposas blancas.

Eran piéridas[11] que subían vivificando el aire, llevando al campo, sobre cuyo verdor se destacaban, alegres notas de jardín, un rayo de la gloria de los pensiles[12].

La luz, desbordando por las alas mates, dilataba su claridad, las hacía parecer mayores.

Traspusieron líneas plomizas de cercas; formaron contrastes sobre

---

9   *Predio*: Heredad, hacienda, posesión de tierra.
10   *Carbunclo*: Rubí.
11   *Piéridas*: Especie de mariposas, habitualmente blancas o amarillentas con manchas negras.
12   *Pensiles*: Jardines.

desnudas márgenes que el hierro teñía de amaranto; posáronse, para volver a remontarse, sobre lentiscos[13] y arbustos de olor; descendieron, al fin, hasta la cinta caldeada del camino, siguiéndola dudosas, agitando con cadencia igual las alas de nevado tul.

Parecía una de ellas porfiar, obstinarse delante o en torno de la otra.

Mas una intrusa se les incorporó, turbando con sus giros el descuidado afán que las aventaba sin rumbo y persiguiendo a la de vuelo más vivo sin fijarse en su rival que, rezagada, acabó por desaparecer; tal vez para devorar atroces tristezas subida en una roca, sobre el terciopelo abigarrado de los líquenes; quizá para llegar a las fauces de una flor, de las que reventaban en rojas explosiones sobre el verde continuo de los prados, buscando en ella purificada sepultura y sudario de llamas para su cuerpo.

Junto al huertecillo de las higueras alzábanse hasta no grande altura las paredes de una casa hecha con piedras sin trabar, vigilando su mísera puerta el plazolín donde un altivo gallo picoteaba, ante el cortejo de concubinas que le seguían con descuido propio de hembras satisfechas.

A la otra parte dormía un edificio de ruindad increíble. Por sus paredes presentíase el paso de copiosos y repugnantes insectos, contando las piedras careadas larga historia de todas las miserias.

Penosamente un medio portón cerraba la desastrosa corraliza, asomando sobre él su cabeza un animal pacífico que miraba el paisaje, el suceso de las piéridas blancas, con ojos dilatados por la atención.

Dios sabe las reflexiones que haría; lo que en claro sacaba para su interior fuero de mulo, de aquel inefable análisis.

Hubo un momento en que las grandes pupilas se animaron, las orejas se irguieron con avidez, la cabeza dobló en dirección al camino, y en el convexo espejo de los ojos pintáronse una escena y personajes inesperados.

Por la candente cinta adelantaban una ternera y un mozuelo: venían peleando desde la costa; la vida, el color, la juventud trotona y sanguínea estaban en ella; el chico era un muñeco, y hacía lo imposible por sujetar a aquel demonio vivo que, con la cuerda en los pitones, tiraba de él, brincando y contrayéndose.

A él le llamaban Morixo; vestía un calzón sujeto a la cintura por estrecha correa, dejando libres pierna y pie de adolescente, blandos y

---

13   *Lentiscos*: Tipo de arbusto muy habitual en España.

curvos. Bajo el desgarrón de la camisa, un pecho dorado y sudoroso asomaba, protegido por la grande y abatida falda del sombrero.

Al fin, Morixo se enfadó; con la mano cerrada y toda su fuerza fue descargando muchos golpes sobre los ijares, cubiertos por suave pelo, de la brincona.

El animal bajó la vista, miró de través, siguió por fin; en sus ojos y ceño cualquiera hubiese leído:

—Si lo hacía por jugar, ¡tonto!

Y en los de él, arrepentido ya del zarandeo, lo que sigue, o algo análogo:

—¿Son horas éstas para juegos, bruta?

El mulo había contemplado aquel tránsito filosofando, quizá también con gratitud; diariamente podía verlo rompiendo la calma del paisaje, comunicando un poco de alegría a la tierra, apacible como país de promisión.

El grupo se alejó por entre cercas. Durante buen espacio, sobre las líneas grises que el aire temblando deformaba, viéronse adelantar el gran sombrero, el anillo plateño de una pipa atravesada en el adorno y el lomo de la chota[14] que, ganosa de fiesta, volvía a corcovar[15].

Por fin hasta ello acabó por no verse, quedando todo quieto, como antes, como de costumbre, entregados los gritos y revuelos a la voracidad de los humildes dueños del campo, asomados a la boca de sus agujeros, rastreando por entre los hierbajos y briznas secas o perdidos en soledades a la sombra difusa de las foliolas[16] del monte.

El buen mulo resopló, agitó la cabeza y, desengañado sin duda de su vano esperar o tal vez por apremios del estómago, volvió tranquilamente al amor del pesebre.

Un alma egoísta, una indiferencia abrumadora brotaban de aquel marco, degradado otros días bajo sol más benigno que protegía el tibio alentar de los medios tonos y el ensueño de las coloraciones difumadas.

Sentíase frente a él una impresión aplanante de soledad y aniquilamiento; esa encantada inercia de las cosas que ahoga y hace encanecer.

El gorgoleo de un noble cascabel hirió aquel silencio. Eran *señores* que venían montando un tartanicho[17] cuya caja de roble espejeaba, ondeando su toldo con los vaivenes como vela en el mar.

---

14   *Chota*: Cría y hembra de cabra.
15   *Corcovar*: Doblarse. En el caso de animales de monta, bajar la cabeza para hacer caer al jinete.
16   *Foliolas*: Partes de de una hoja.
17   *Tartanicho*: Carruaje.

Los cristales de tres o cuatro predios enviaron sus caricias centellosas y ardientes.

Por *señores* se entienden en Menorca cuantas personas de regular educación y dueñas de algún bien parecen en el campo.

Alguna vez el viandante les oye sin verlos, cuando ocupan los cortijos diseminados por la isla. A través de las ventanas en expectación sus voces salen indistintas y huecas, comparables al hervor de graves líquidos en calderas sonoras.

Los que venían camino adelante eran dos; joven uno de larga cara pálida, ojos dilatados y azules de mirar aguanoso, como cuajados por la miseria hereditaria.

Hablaban asuntos indiferentes al correr temblón del vehículo, flexible y estrecho de caja como sus similares en la isla; los más a propósito por su ligereza y solidez para atravesar caminos cercados cuya anchura es pequeña, tortuosos siempre y genéricamente mal tenidos.

Según iban corriendo, el paisaje accidentábase, las colinas menudeaban, y las masas roqueñas con alcaparros derramándose en cascadas, brotaban desordenadamente acá y allá, entre matorrales de lentiscos olorosos, de acres enebros[18] y aladiernas[19].

Apenas si distinguían ya edificios, ni brocales[20] caducos, ni el entrecruzamiento lactescente de líneas que en torno a los predios, o rasgueando el declive de montículos, forman cercas de encalado lomo, cruzándose con alma, como esas redes que en los dibujos de estructuras nerviosas componen con sus rasgadas cabelleras células danzarinas, caprichosas y locas.

De tanto en tanto, la pestaña del toldo, desvaída, oscilante, tragaba una onda de brisa perfumada. Era el saludo que las madreselvas y esparragueras silvestres, rastreando o trepando, enviaban desde las juntas de las piedras, desde las márgenes roquizas.

La escabrosidad fue poco a poco suavizándose; las colinas se abrieron sobre horizonte más lejano; uniformóse la baja vegetación reducida a polígalas[21], alguna donacínea[22], escilas[23] y arenarias[24], hasta

---

18   *Acres enebros*: Arbustos ásperos y picantes al olfato.
19   *Aladiernas*: Arbusto de hoja perenne y unos dos metros de altura.
20   *Brocales*: Bocas de pozos.
21   *Polígalas*: Plantas herbáceas de tallo delgado y pequeñas flores violetas, azules o rosáceas.
22   *Donacínea*: Planta herbácea común en la zona del Mediterráneo.
23   *Escilas*: Plantas bulbosas, parecidas a una cebolla, características de la zona mediterránea.
24   *Arenarias*: Género de plantas muy común y diverso en la Península Ibérica con forma de arbusto.

descubrirse la difusa cabellera de los pinos vibrando sobre lecho de suelta arena frente a la extensión del mar, desierta y virgen, salpicada de innumerables trazos que señalaban las líneas espumosas sobre su azul primitivo, de ensueño.

Penetrando las ondas tierra adentro, formaban pequeñas y artificiales lagunas cobrizas, entre una multiplicación de tabiques hechos con tierra y hierbas, prolongados en toda la parte llana y en las gargantas de los cabezos.

La sombra de albufera[25] que Menorca posee estaba allí; en aquel cuadro abierto, refrescante, oreado por brisas continuas que alentaban rizando apenas el líquido.

Un lienzo de acantilados y grupos de rocas calcáreas la limitaban por el sur, elevándose algunos a la parte contraria con prolongación de mesetas y arrecifes, franjeados por la espuma continua de las rompientes.

Allí, como en la mayoría de sus paisajes, la isla sorprende por su soledad, por la ausencia inquietante del hombre, que huye y se esquiva.

En el fondo de la enorme cala, una elevación del terreno sostenía la casa predial como un esmalte sobre la canastilla de opuncias[26].

Imposible superar la belleza del sitio, la diafanidad y planetaria expresión de sus tonos.

Cerníanse las aves de rapiña una a una sobre él, acechando las parejas de pájaros salvajes que hacen sus nidos en los huecos del acantilado. Millares de peces corrían y saltaban y el rumor de las aguas prolongábase a lo lejos inofensivo y suave largueando el contorno de las isletas, la base de murallas rocosas que se erguían con el empuje y augusta solemnidad de un paisaje siluriano[27].

Nikko saltó del coche, tendió un saco de piel al zagal que, saludándole, abría el rastrillo de palos transversales y curvos, se despidió de su acompañante, y en tanto éste deshacía lo andado, el joven remontó la pendiente que faldeaba el cabezo hasta la puerta del edificio.

La voz fresca de una mujer gritó desde arriba, en impersonal,

---

25 *Albufera*: Laguna litoral de agua salina, separada del mar por una franja de arena.

26 *Opuncias*: Variedad de cactus, también llamada nopal. Procedente de México, se ha extendido por España.

27 *Siluriano*: Período geológico de hace 440 millones de años en el que se forman los mares continentales, aquí se usa para describir un paisaje desértico caracterizado únicamente por la presencia de la arena y el mar

como de madre a niño cuando se extasía viéndole llegar y en espasmo le estruja contra su regazo:

—¡Si es mi rey! ¿Quién quiere a mi rey? ¿Quién le quiere?

Había partido la voz de las habitaciones altas. No vio quién la daba, aunque pudo reconocer en ella el alma de Pityusa, que sin decaer ni abandonarse sabía cautivar la suya ideando y descubriendo saeteras por donde herirla.

Aquellas sencillas palabras le habían estremecido el corazón, inundándolo de juvenil frescura.

Subió rápidamente los tramos de una escalera con pasamano y bandas diagonales de lustroso nogal, empujó violentamente una puerta y halló dentro, no a su amante la muñeca de fondo cristalino y movible, sino el cuadro no por frecuente vulgar de una mujer del campo, que orgullosa y con los senos libres acariciaba al blando chuponcillo[28].

La decepción y el despecho le nublaron la vista.

Dura de cara, los ojos ardiendo, mal sujeto el cabello que caía soltándose a los lados, se hubiera dicho aquella mujer ejemplar de una raza arcaica y errante, detenida al borde del camino para lactar su cría.

Desentonaba en el cuarto, regularmente puesto, en el viejo rincón donde acabó sus días uno de sus antecesores, personaje excéntrico cuya sombra veían los campesinos vagar gesticulando, a la mañana y a la tarde.

Cuando la casa desapareció comida por un fuego, levantaron en su emplazamiento la que hoy existe, pequeña y sólo capaz para la familia de labradores que en ella tiene su habitación.

A la vista del joven la mujer tartamudeó un mensaje que le llevaba de Pityusa. Comprendiendo la significación de aquel infantil maquiavelismo y sosegado con la nota de amor que le traía, abrevió cuanto pudo las diligencias que allí quería despachar y emprendió el mismo día el camino del predio donde ella le esperaba, allá hacia el sur de la isla, aburrida ya de verse sola.

Su recuerdo le había hecho sufrir durante el tiempo pasado en la ciudad. Contaba los días que le faltaban para volver a verla; remataba de prisa y mal asuntos en que le iba mucho; descuidaba cobros importantes, arriesgando irreflexivamente cantidades de consideración a las primeras insinuaciones hechas por gentes hábiles, si sabían elevarse un poco sobre el nivel general de sociabilidad que en la isla domina.

---

28   *Chuponcillo*: Bebé o niño de corta edad.

La extensión y número de sus fincas le obligaban a moverse y ser activo menudeando viajes como aquel.

Temporalmente hacía su visita a la ciudad, cobraba alquileres, recibía a los arrendadores, tanteaba el estado y curso de los bienes que conservaba en la península, poniendo en ello un cuidado más que grande, toda la reflexión que cabía en un carácter escéptico y senil, habitualmente y sin violencia oculto bajo exterior inconsciente o aniñado.

Vástago de una de las familias más antiguas en la isla, los que del fruto de sus bienes vivían le miraban siempre como al polluelo larguirucho de piernas cilíndricas y paralelas, que habían conocido dando la mano a su madre y paseando así de predio en predio su delgadez macilenta que inspiraba compasión a las campesinas y embozadas sonrisas a los hombres de cabello lacio cuando desde la parva les veían salir, pasar agobiados como entes de otro mundo.

Habían corrido harto los tiempos desde aquellos en que la próspera señora doña Fuensanta Vela de Son Heroued, dueña absoluta y en posesión, por su viudez, de los bienes y título que enaltecieron los Algendar, llegada la época de la recolección enviaba criados y bagajes a los predios con los objetos de uso diario y bichos domésticos de su estima preferente, enfundaba con método muebles, arañas, lunas, retratos y lienzos, visitaba en sus cuadras a los dos caballejos que bien o mal la servían como para animarles en la empresa que dignamente iban a rematar, y con un día sano, de mañana, partía acompañándola aquella miseria de hijo todo místico y afinado como una estampa prerrafaélica[29], en el familiar polvoriento que saltaba y endiabladamente crujía sobre las calles en declive[30].

A Nikko aquel fragor de cristales, de viejas maderas que se astillaban, producíale mareos y un ansia desbordada de salir pronto al campo sobre el cojín de polvo que cubría la carretera.

Su partida era un acontecimiento para la ciudad, donde se llevaba cuenta del matalotaje que los precedía, considerándolo como anticipo del régimen que en los predios iba a dominar durante el veraneo de la viuda.

---

29   *Prerrafaélica*: Se refiere a las pinturas de la llamada Hermandad Prerrafaelita, (Pre-Raphaelite Brotherhood), asociación de artistas ingleses creada en 1848 por John Everett Millais, Dante Gabriel Rosetti y William Holman Hunt. Su esteticismo y el rechazo a los métodos de composición tradicionales los convirtió en un referente en los movimientos artísticos y literarios finiseculares. La comparación de Nikko con una imagen prerrafaelita acentúa su aire evanescente y feminizado.

30   Nikko es descrito en el texto como un ser débil, carente de virilidad y salud ya desde su primera aparición. Sobre esta omnipresencia de personajes que no corresponden a su sexo remito a la introducción.

Por fin, cuando el familiar se ponía en camino, dibujándose tras los cristales el perfil de Fuensanta y el rostro cadavérico del retoño, los balcones volados como feudales torrecillas en diferentes casas de las que coronan los pretiles[31], las ventanas de guillotina corrientes en todas las otras, se poblaban secretamente, y cien ojos ardiendo en envidioso fuego miraban, hasta no poder más, tras el resguardo de verdes celosías.

Eran mujeres de amos sin bien, venidos a menos y viviendo por la necesidad de vivir, contra toda razón económica que pudiera justificarlo, o familias del bajo elemento oficial, inestable y movedizo, que vive al día, sin posibles para fincar ni arraigo en el archipiélago.

Unas recibían socorros frecuentes de la viuda; otras, considerando la antigua importancia, los pergaminos, la aureola de respetabilidad y riqueza que a la casa y al título rodeaban, eran felices sabiéndose afectas a ella, con visitarla o detenerla un minuto en la calle, con poder interesarse y tomar parte en su duelo, con sólo sentirla cerca participando al exterior de una vida común. Socorros al fin de orden moral, más estimados cuanto de más alto procedan.

Para todas ellas el paso del coche, la partida de aquel representante que la vieja nobleza contaba en la ciudad, suponía una pérdida; pobres ilusiones defraudadas, la triste intuición de una dicha bucólica que nunca podrían disfrutar.

Algunas se arañaban el rostro; revolvíanse muchas como leonas; las mansas de corazón lloraban, y vueltas del lado del puerto dilataban la vista sobre el azul profundo o cárdeno del líquido rizado menudamente en torno a las falúas[32], botes y veleros, cuya aplastada proyección, como el entrecruzamiento de sus palos y cuerdas, dibujábase bajo la naciente claridad con la encantada y primitiva belleza de un repujado sobre piel.

Cuando el familiar llegaba al primero de los dos predios donde madre e hijo solían quedarse, el ruido advertía a criados y colonos. Los que trabajaban en el campo interrumpían su labor para mirar y saludar de lejos; los que en la casa esperaban abrían ventanas, iban hasta los rastrillos de las cercas. Durante un buen espacio, sobre la tierra concrecionada de los rastrojos, no se oían sino bienvenidas, humildes votos de gentes capaces de sentirlo todo menos envidia, rencor, animosidad hacia sus dueños.

---

31 *Pretiles*: Muro, banco o vallado de piedra.
32 *Falúas*: Embarcaciones ligeras y estrechas y alargadas, empleadas normalmente en puertos y ríos.

Familias de trotadores lechoncillos daban su geta al aire, huían gritando desde que el coche entraba en los cercados y las aves de corral avanzaban con tiento, cautelosas, ladeadas las cianóticas[33] crestas hasta que, erguido su guardián y señor con vanidad de indispensable personaje, las serenaba echando a vuelo su clarín.

Esta primera heredad estaba siempre en el interior; por espacio de unas quincenas se quedaban en ella. Con un gran sombrero y las piernas desnudas, paseaba Nikko mañana y tarde bajo los árboles del jardín o fuera, entre las piedras adornadas por cabelleras de secos y colgantes líquenes.

La luz y el aire lo quemaban, ponían alma en su mirar, encendían su sangre.

¿Qué más podía ambicionar un vástago de su estirpe?

La segunda etapa transcurría, invariablemente también, en un predio marítimo. La isla está rodeada por una cintura de ellos que sobre la línea levantada de la costa los ofrece, derramadas como en un paisaje de nacimiento sus casas de construcción elemental, sus florones de árboles agrupados al pie o llenando la depresión sinuosa de las gargantas.

Había establecido la viuda tal turno, atenta a la salud de Nikko, cuyo atenuado cuerpo no podía soportar sin preparación la fortaleza de los baños salados.

Este segundo predio era grande, magnífico, vario en tierras y productos, en construcciones y paisaje. Estaba situado en la costa sur y ocupaba una gran extensión, secarral y regadío. Tres vallas había que batir, desde el camino ordinario hasta la casa, por eriales cuya tierra sin jugo servía apenas para sustentar algunas labiadas y resecas gramíneas[34].

Llamábase toda aquella zona del Porter[35], como aún hoy se denomina, y sus tierras, dilatadas por las espaciosas márgenes del barranco que la atraviesa o extendiéndose fuera de él en un radio muy largo, venían sirviendo desde tiempo inmemorial para cultivos de cereales, flores, plantas y árboles de huerta. Una serie de casas, grandes y chicas, sencillos tinglados algunas, se sucedían a lo largo de las la-

---

33 *Cianóticas*: Coloración de la piel azul, negra o morada.
34 *Gramíneas*: Plantas de tallo flexible y flor en grano, de cuya familia forman parte la mayoría de los cereales.
35 *Porter*: Playa situada en el litoral del sur de Menorca. Actualmente conserva el mismo nombre y recibe mucha afluencia turística, siendo una de las más conocidas de la isla.

deras entre acequias y cursos de aguas puras que se deslizaban murmurando sobre gramas[36], violas[37], mentas y crucíferas[38].

La casa principal era muy pobre; hoy lo es incomparablemente más. Fuensanta se sacrificaba a vivir en ella por amor de su hijo y parte también para satisfacer cierta rústica sensualidad que le despertaba la sola vista de los sitios frondosos.

Con varios días de anticipación los criados disponían la vivienda, mejorábanla hasta dejarla como para servir a una señora antigua, de esas frecuentes aún en el medio provinciano, que enamoradas del terruño lo encuentran todo bueno si pueden andar por él, interesarse en la labor, bajar a cuadras y establos, estar al tanto de las altas y bajas ocurridas en los animales de trabajo como en los bichos de corral, sentirse dueñas, en una palabra, y gobernar una mesnada[39].

La condesa viuda, muy pegada a la tierra y convencida de que en ella estaban la salud, la verdadera vida, amaba el campo, sentía latir dentro de sí ese instinto pretérito de dispositora, quizá un anuncio de provechoso y despierto matriarcado.

He aquí por qué, si bien las comodidades eran en aquella finca menores que en otras suyas, la frescura y esplendidez de la huerta, las extensiones verdes de frutales moteados como en un paisaje de primitivos por frutos numerosos, la proximidad del mar, prisionero para ella sola allá abajo en el vado magnífico, la compensaban con creces de toda molestia.

Nikko sentía también afición a este lugar. Un espíritu oculto, intimador y riente se le revelaba en aquella fronda al borde del arroyo, inspirándole ideas, amables imágenes que llegaban hasta él y le abrazaban y partían riendo.

Para Fuensanta era una dicha verle correr torrente abajo, distraerse otras veces al pie de la casa, pacíficamente sentado horas enteras. La debilidad misma de aquel cuerpo, la flaqueza y flojedad aguanosa de los músculos, el enfermizo andar desmadejado prestaban interés a su figura, despertando deseos de protección y tutela en quienes le veían. La madre había llorado mucho frente a aquel insectillo sin vigor que se inclinaba a la impresión más pequeña, con el

---

36 *Gramas*: Tipo de gramíneas, planta medicinal de hojas planas y alargadas con flores en forma de espiga.

37 *Viola*: Violeta.

38 *Crucíferas*: Tipo de planta entre las que se cuentan muchas verduras comestibles como el nabo, la col o la mostaza.

39 *Mesnada*: Grupo de gente que trabaja para alguien.

acento triste de los sauces cuando doblan a las suaves brisas y son juguete suyo mientras pasan.

El niño entre los árboles, descansando junto a los cursos de agua, presentía mundos de nuevas sensaciones, el roce de labios adamascados y ardientes, el anuncio de carnes sedeñas que en vuelos se le acercaban, dejándole con una extraña turbación.

Diariamente, a poco de amanecer, él y Fuensanta descendían montados bajo toldo de frutales, la margen espaciosa transformada en vergel. Blancas casas, cobertizos y cercas se sucedían unos a otros eslabonados hasta la desembocadura del barranco, brindándoles frescura el aire y las plantas húmedas de un verde primitivo, sobre el cual restallaban miríadas de brillantes frutos. Desde arriba el efecto era inspirado. Parecía difuso alumbramiento de infinitos y esmaltados broches en un paisaje de metal.

Los pocos pájaros de tierra que la isla tiene poblando de preferencia estas floridas depresiones se animaban, saludándoles al paso.

La visión uniforme de la estepa agobia; los paisajes abundantes en formas, murmullos y color, emiten y prestan fuerza. El hombre, atravesándolos, gesticula, ríe, gana en lucidez[40].

Quizá por ello al final de la senda, removido y oxigenado, Nikko se sentía jovial, con vigor más grande.

Desembocaba allí la garganta, dilatándose mucho y dejando espacio a una playa de limpias arenas, sobre las cuales mansamente y tendido arrastraba su caudal el arroyo, verdeando por las esponjadas ovas de su cauce.

El cuadro no ha cambiado.

Hoy, como entonces, a derecha e izquierda se elevan dos cortinas acantiladas que avanzan mar adentro. Manchones de plantas trepadoras las matizan, contribuyendo a darles prodigiosa riqueza de entonación.

Al llegar madre e hijo, dejando sus monturas libres por el valle, seguían el contorno del arroyo hasta la tienda que, semejante a un casco persa, alzábase en un ángulo.

El sol llegaba ya hasta las arenas, donde gran número de gaviotas reposaban sus vientres, gimiendo y aleteando, enzarzándose en esca-

---

40   La relación entre el paisaje, los tonos de luz y estados emocionales del sujeto estará presente a lo largo de toda la novela, siendo además definitiva en la resolución de las últimas escenas. Como detalle en la introducción, Llanas se sirve en todo momento de las teorías psiquiátricas del momento tanto para trazar el estado nervioso de los personajes como para lograr un efecto determinado en el lector.

ramuzas entre tallos secos de *scolymus*[41], con gran gritería y crotoreo[42] de córneos picos.

Sólo cuando les veían muy cerca remontaban el vuelo y se perdían a lo lejos, cubriendo la boca de la ensenada. Sus cuerpos de una blancura jade animaban el mar, destacábanse, parecidos a grandes orquídeas, sobre el rosa encendido del acantilado e iban luego a perderse muy allá, por la planicie desierta y móvil que en gradación ininterrumpida desplegaba sus tonos del verde transparente al turquí, de éste al azul Prusia y al violeta, cresteados en cuanta extensión acertaban los ojos a ver por líneas de espumosos encajes, iridescentes bajo el sol.

La misma belleza planetaria del conjunto; el mismo aire salvaje y paleológico común a aquellos sitios, donde sólo los naturales y más primitivos elementos se reúnen.

Nikko recorría la arenosa quiebra, o subido al muro occidental tendía la vista por el paisaje, abundante en rocas sueltas que como pulsaciones coloreadas brotaban de entre arbustos sobre el mar perdurablemente inquieto, animado, deseoso de comunicación.

Volvía hasta el fondo para confiarse al líquido en cuyo seno Fuensanta, de cuerpo firme y esculturado, se desplazaba ya con la perfección y el gusto de un anfibio y juntos avanzaban, a la par, moviendo rítmicamente brazos y piernas, sin descomponerse una sola vez, sin embrollarse ni perder esfuerzo en línea recta hacia las rocas, para coger al paso blancos huesos de jibia[43] o algas cuyos talos[44] dendroides[45] reventaban entre espumas con el ardor de fuegos de artificio.

Otras veces iban hasta el límite del vado volviendo desde allá a grandes brazadas con alegres voces de triunfo; más niños, frente a la eternidad constante de las rocas y el mar.

El gran acantilado adelantaba como siempre su perfil aguas adentro con el aire de un enorme león que protegiese la feliz escena, y cuando vuelto Nikko a la playa se ofrecía a la vista de su madre con su carne floja, las piernas separadas y débiles, las espaldas en arco, ésta se desolaba, pedía alivio al mar buzando una hora y más, hasta varar sobre la arena sin aliento.

El veraneo para los dos no era otra cosa.

---

41   *Scolymus*: Plantas características del litoral mediterráneo, de tallo corto, hojas espinosas y flores amarillas.
42   *Crotoreo*: Sonido hueco característico que hacen algunas aves con sus picos.
43   *Jibia*: Molusco parecido al calamar y la sepia.
44   *Talos*: Tallos.
45   *Dendroides*: Con forma de árbol.

Debe añadirse que Fuensanta, además, dirigía, ponía en sitio seguro la cosecha trabajando por separar, clasificar, hacer el orden de puertas adentro en el bien que administraba.

Tenía condiciones de mando, heredadas sin duda de uno de sus ascendientes, que dos siglos antes había sido por real nombramiento gobernador regente de la isla.

Era cuando los almirantes de las escuadras españolas ancladas en Mahón turnaban en el mando superior de Menorca, siendo sucedidos en los intervalos por regentes isleños.

Conocía a la perfección estos puntos de historia que de cerca o de lejos tocaban a su alcurnia; y aunque no lo dejase traslucir, sin duda uno de sus orgullos mejor sentidos era el que le proporcionaba ver historiado que un Vela de Son Heroued fuese elegido por el gobierno central para sustituir a Oquendo[46].

Del antiguo gobernador eran, sin duda, aquella su decisión y severidad autoritarias, el conocer a sus hombres y saber imponérseles en la tarea y en el ocio, estuvieran alegres con la bebida o esquivos por el tormento del trabajo.

A la mañana era ella quien despertaba la casa, quien ponía la gente en movimiento, dando instrucciones particulares antes de despedir para la faena; ella también quien recibía los trabajadores al final de la jornada, cuando, sin mucha injuria de los cuerpos, le llegaban arracimados, arrastrando en la media luz de los caminos canciones tristonas de una sencillez india[47], cuyas sílabas decían moviendo apenas los labios y extinguiéndolas al final, larga e indolentemente, en guturales emisiones.

Eran hombres cuyas pupilas jamás se iluminaban. Vanamente se hubiese querido encontrar en ellas un solo rayo de la luz interior. Todos, más o menos, acusaban el mismo mal: una calma uniforme y dulzona que de extremo a extremo de la isla cuaja los ánimos, anula o retarda la vida.

Entre ellos habíalos de puro origen menorquín, y otros con indicios de sangre inglesa o franca. El sello impreso en los tipos como

---

46 *Oquendo*: Antonio de Oquendo y Zandategui (1577-1670) fue un militar y marino de la Armada Española, la rama marítima del ejército, muy conocido por sus éxitos militares y la disciplina que imponía a sus subordinados. En 1637 fue nombrado gobernador de Menorca, llevando a cabo reformas y mejoras en las fortificaciones de la isla.

47 En los siguientes párrafos se describe a los habitantes de Menorca desde la antropología que reinaba en la época, según la cual había razas primitivas mucho menos evolucionadas y biológicamente inferiores. Este modelo de evolución/primitivismo se aplicaba generosamente para establecer la diferencia entre occidentales y no occidentales, entre los habitantes del campo y las zonas urbanas, o entre las clases altas y la clase obrera.

en las costumbres por las dominaciones diferentes que en el espacio de dos siglos disputaron a España la posesión de Menorca.

Sin temor puede afirmarse que en su ingenuo mirar de almas abolidas o estáticas está retratada la isla entera: la pobreza del suelo; la benignidad sin oscilaciones del clima; la mansedumbre del ganado pidiendo a la tierra su esquilmado sustento; el paisaje casi uniforme, reducido en la época de esplendor más grande a innumerables manchas verdes, reticuladas al modo de vidrierías artísticas por las plomizas y gruesas líneas de las cercas; la quietud abrumadora del Mediterráneo que en las tardes de julio se dilata indefinido, desierto, sin el temblor más leve, como una pesadilla de eternidad y desolación, prolongada hasta más allá del límite que los ojos alucinados pueden descubrir[48].

En Nikko, estos recuerdos despertaban constantes y vagas tristezas; un velo transparente le desvanecía en la memoria los principales episodios que conmovieron sus primeros años de vida, ofreciéndosele tras él purificados, suavemente atractivos cuando en la soledad, queriendo de algún modo sortear el vuelo de las horas, los evocaba.

Había sido para Fuensanta un sostén, un apoyo moral y un derivativo de sus penas. El alma amiga a quien se alienta y en quien se reposa cuando las contrariedades que llegan de fuera son grandes y muy recia su furia.

Ella, la emprendedora, la incansable, no sabía de administración, le faltaban facultades organizadoras, disipando sin quererlo, a pesar suyo.

Originábanse de aquí quebrantos e inquietud, ironías que muy bien sabían prodigar cuantos conociendo las desgraciadas operaciones nada lograron resolver en ellas; profusión, en fin, de menudas e intolerables molestias para su orgullo.

No queriendo dar a extraños participación de esta malaventura, desahogaba su fiebre en Nikko.

Una serie de felices augurios habían anunciado su advenimiento. Desde el lejano Oriente, una parienta antigua, que divertía sus ocios en el pequeño y florentino mundo de las legaciones, llegó para apadrinarlo y encontrar a su nombre un buen diminutivo.

Cuando Fuensanta le juzgó capaz de entender y aun mucho antes,

---

48   A lo largo de toda la novela, el espacio de Menorca se configura como una naturaleza que anula la voluntad de sus habitantes, pero también como un espacio sensual y amenazador que enerva y excita a los personajes, acentuando sus neurosis.

hízole su paño de lágrimas, señalándole para lo futuro líneas de conducta con las gentes que, en su sentir, la expoliaban.

Nikko era el ídolo, el sosiego de todos los minutos, el bueno, el único, el insustituible. En él terminaba y resolvía sus más duras tormentas sentimentales.

De ahí la precocidad emotiva que le iluminó cuando niño, comunicándole expresión muy superior a sus años.

Como a esas mimosas olvidadas bajo la acción de un foco fuerte, Fuensanta le hizo víctima de un eretismo intenso, anticipando en él mucho, para retardar también no poco.

El hombre artificial había nacido dentro de un marco natural[49].

Algunos años después, las cosas cambiaron. Fuensanta murió de enfermedad común, quedando su hijo dueño de la hacienda bajo la tutela de tío Celestino, galano señor, de piel sedeña, buen gesto, gran empaque y firmes barbas de nieve.

Tío Tinny había corrido mucho; era un hombre cabal, limpio, humeante, práctico en diversiones y en sacar partido a cualquier estado o disposición de cosas.

La isla entera gemía con el recuerdo de sus hazañas.

No se contaban, porque esas cosas no se cuentan en Menorca; pero muchos mirábanle con duda o ingenua admiración, no pocos con envidia, y los más rechinando de impotente coraje. Vivía en un predio cercano a la costa norte, levantado atrevidamente a la mitad de una colina, cuyo radio abarcaba los vados este-sur-este hasta más allá de Fornells[50], en el amplio y dentellado sector que el calcáreo o las rocas antiguas tendían sobre el mar.

Tío Celestino vivía muy bien, aunque conservando poco apego a la isla cuya tranquilidad de tierra estática le desconcertaba.

De tanto en tanto, giraba a Menorca una visita, porque no se dijera y para mantener afectos a los administradores y colonos deslumbrándolos; prefería, no obstante, la vida atropellada en París y su sociedad favorita de artistas y *mondaines*, a los pobres éxitos que le pudiese brindar su categoría efectiva de señor isleño.

Estas visitas eran siempre inesperadas y fantásticas. Presentábase

---

49   La conflictiva relación entre lo natural y lo artificial es otra constante del texto. Se trata de una característica habitual del modernismo y el decadentismo en el que se encuadra la novela, que llegará a anular la oposición entre ambos conceptos. Véase al respecto la introducción.

50   *Fornells*: Localidad costera situada al norte de Menorca, de la cual se tiene noticia desde el siglo V d.C.

a capricho en barco de vela, en torpedero o a nado y de noche desde un vapor mercante que pasaba al largo.

Días después de recorrer la prensa mundial el feliz resultado conseguido en las pruebas de botes automóviles, los pescadores de la costa norte vieron venir de aguas francesas un punto obscuro que hendía las ondas con la seguridad de un animal marino. ¿Qué era aquello? La energía y rapidez del avance les desorientaba.

—Un lobo de mar –dijeron algunos, inclinándose sobre las bordas de sus faluchos.

—Es una vapora –corrigieron los patrones, entornando los párpados sobre los ojos, empequeñecidos por la costumbre de mirar al mar.

No obstante, ni el más leve rastro de humo se deshilachaba sobre el espejo malva de las aguas, tranquilo y perdiéndose muy lejos en la calina.

Ni monstruo ni vapora.

Los pescadores se habían engañado. Era tío Celestino que llegaba sentado a la popa de un autobote[51].

Venía así desde Lyon.

Cuando pasó junto a ellos le miraron embelesados. No se explicaban una reducción tan milagrosa del motor ni que aquel *tique-tique* precipitado de maquinilla pudiese tener efecto sobre un propulsor corriente, por pequeño o minúsculo que fuera.

Como hombre práctico y amigo de aprovechar su tiempo, el que pasaba en la isla solía ser de vida proba y ordenada; reparaba fondos. París, a la larga, le extinguía.

No había visto a Nikko más allá de una decena de veces. Desde luego le había considerado incapaz de perpetuar dignamente el apellido, tanto que al recibir la noticia del tutelazgo con que le gratificaban sin quererlo, su primer pensamiento distó de ser alegre, y seriamente habló de dejar tamaña carga para hombros más propicios.

Pero luego fue el acordarse de su hermano, que en tiempos borrascosos le había sufrido y socorrido con largueza; consideró también la debilidad y juventud llenas de interés con que el sobrino le brindaba, y pensando en fin que alguna acción meritoria había de cumplir en la vida, aceptó la confianza.

Otro en su lugar, puesto a hacer una buena obra, hubiera tomado al sobrino, le hubiese leído un código de moral o manual de buenas cos-

---

51   *Autobote*: Transporte anfibio, que sirve tanto para ir por mar como por tierra.

tumbres de los que circulan por la isla, y después de comprarle bote volador, cualquier novedad de física recreativa, mujer joven y tartanicho de palosanto, habría dado por terminada su misión, convencido de que le dejaba hecho un perfecto insular, ni más osado, ni más sabio, ni más dichoso que cualquiera de sus paisanos, aunque sí mucho más rico.

Tío Tinny no podía aceptar el encargo sin poner en él algo propio, sin imprimir su sello a lo que resultase, y consideró lo mejor proponerse una reforma completa de la persona física, moral y social de Nikko, según convenía a un Algendar moderno y de Occidente.

Por algo estaba él en el mundo.

Así pues, le tomó bajo su protección, consultó con médicos inteligentes y como primera providencia le puso en un pensionado americano, sujeto muy severamente a régimen, esperando que el tiempo y la ciencia de los maestros corregirían tanta desagradable cualidad como había descubierto en él tras breves minutos de examen.

El pensionado Buchannan estaba en París del lado del Bois y fuera de las fortificaciones. Era un seminario-parque formado por varios pabellones, donde vivían otros tantos grupos de educandos de todos los países. Reinaba en él un orden absoluto, una obediencia y disciplina militares, reuniendo los elementos necesarios para crear en los jóvenes virtudes deportivas, un elevado tono moral, desarrollar en ellos talentos especiales y prepararles, en una palabra, para viajes, para la vida en el mundo y entre gentes.

El médico y el educador se daban la mano en aquella empresa; un par de años bastaban generalmente para completar la obra y los alumnos salían de la casa desconocidos[52].

Así rezaban los anuncios.

Por lo común, solían pasar las cosas de este modo, con pequeña diferencia.

Periódicamente llegaba por allá tío Tinny, libraba a su sobrino de la cautividad y juntos pasaban un día de placer en la gran villa. Poco a poco se le iba aficionando, agradábanle sus progresos, acabó por quererle como padre y amigo, todo a un tiempo.

Cuando previo el informe del director consideró que la educación había terminado, sin perderle por completo de vista le hizo ver mundo,

---

52   Frente al clima de degeneración sin remedio que ofrece la isla, la novela intercala promesas e imágenes de regeneración, como la unión entre medicina y pedagogía, común en la época, que encarna el internado de Nikko y que debería corregir su debilidad hereditaria. Éste aglutina los tres grandes órdenes en los que se basaba la educación moderna de principios del siglo XX: actividad física, rectitud moral y contacto con la naturaleza.

le llevó consigo a muchas partes y con discreto entusiasmo de profesional desplegó ante sus ojos el cuadro de la vida descuidada y libre.

II

Las estaciones de la línea, al llegar aquel tren silencioso como oruga de cuerpo anillado y continuo, se animaban.

Leíanse en los semblantes curiosidad, expectación, esa atención honda de los ojos en cuerpos cohibidos por la pequeñez o la mesura casi religiosa.

Invariablemente producía ese efecto sobre el público de las estaciones subalternas cuando paraba en firme bajo el tinglado, sin estruendo, humeando apenas por la dorada chimenea de una locomotora microscópica.

Sin cuidarse de cuál estación fuese, pareciéndole todas aproximadamente iguales, tío Tinny acababa de preguntar a qué hora se comía en el coche.

Paseó la audacia de sus barbas hasta las agujas, compró algunos periódicos y ajustando sobre el occipital la gorra inglesa que en viajes parecidos solía llevar, penetró en su departamento, después de haber dirigido una ojeada de dios mayor a los mirones que formaban sobre la acera sin acusar un rasgo aprovechable, como esos grupos bobos que el fogonazo de magnesio estereotipa a veces en la placa[53].

No estar quieto le hacía revivir. O el mundo desfilaba frente a él o iba por sí en busca del mundo para atravesarlo a todo vapor.

Las figuras se sucedían temblando; las salientes herían, borrábase el montón de elementos comunes y las líneas fundamentales, las que debían quedar, imprimían en él su huella.

Pertenecía a ese tipo de hombres, sin duda superiores, que viven de los ritmos y formas tanto al menos como del puro cambio material; niveladores y providencias para los otros en cuanto a aquellos dones que pueden libremente ceder sin destruirse.

Hecho a la velocidad, le era molesto resistir un desarrollo cual-

---

53 *Fogonazo de magnesio*: Se refiere al proceso por el cual se realizaba una fotografía.

quiera si era largo; muy poco le bastaba para comprender; un gesto, apenas un asomo de indicación. Juzgaba de las personas por el sumario examen visual, y de un periódico o un libro por los epígrafes y leyendas de las distintas divisiones.

Profesaba como principio que nadie iba a enseñarle más de cuanto por sí mismo consiguiese entrever.

Tal era el hombre que hubo de hacerle un alma a Nikko.

Llegada la hora abordó el coche y se hizo servir en uno de los ángulos; podía entregarse desde él sin gran escándalo a su entretenimiento favorito. Observar.

Le eran familiares aquellos reducidos comedores, donde abundan las notas de color, tipos de vario origen, la animación depurada por el arte, la luz, cuyo interés acrecientan satinados manteles, cristales y lozas.

Fueron ocupadas las mesas en pocos minutos.

Más importantes aún que los relatos ciertos de sus vidas son las leyendas que un ojo habituado consigue descubrir en las caras de los demás.

Tinny sabía hacerlo adivinando como pocos las honduras de vicio o sufrimiento disimuladas bajo semblantes que un conjunto de caracteres reúne en familias diferentes.

El mundo en efecto, la vida de *clubs*, estaciones veraniegas o invernales, la costumbre de las mismas *mondaines* constituidas inconscientemente en ayas, el conjunto de hábitos e inclinaciones que separan de la restante humanidad ese grupo cosmopolita, en deriva continua de paralelo a paralelo como impulsado por corrientes aún no estudiadas, tienen sin duda su sello propio, que termina por dar semblanza común a personas muy distintas.

Desprendimientos superiores del bloque colectivo, podría decirse que cada uno marcha sobre la cima de algo, congregándolos a todos la misma nómada veleidad, un común prurito de cerebro aventajado sobre los instintos, la fatuidad originaria entre tantos y tantos como lejos de los suyos ruedan a merced del criado que los enfarda y galvaniza.

¡Dura y terrible de considerar la miseria moral y física bajo pulcros disfraces, bajo el tono artificial de cuerpos en ruina, bajo máscaras que relajadas al menor descuido, dejan ver los tics, la risa chocante de la insania, ese júbilo lelo de momias que babean y se divierten solas en los refugios de alienados![54]

Tal vez en la atracción de unos por otros, en la curiosidad con que se miran y copian, palpite la ansiedad del enfermo que pregunta a un vecino de sala su mal para fortalecerse y cobrar ánimo; la comunidad de desgracia que, sentida y celebrada por muchos, parece más llevadera[55].

Pero aunque así no fuese y moral aparte, la belleza e interés de los tipos resultan una realidad y Tinny perdía los sentidos en detallarlos.

Dos extranjeros llegaron a sentarse a su mesa, cambiando algunas palabras en francés.

Representaba el mayor unos cincuenta años, encanecido, de estrecha cara, frente huida y libre.

En el afeitado semblante los músculos se movían con pierrotesca[56] elasticidad.

Un viejo cantor de catedral no hubiese parecido más en carácter.

Era yanqui; los duros ojos de águila, la prominencia de los pómulos, el dibujo de sus cejas angulares, un cierto aire indio en el conjunto de sus rasgos bastaron para convencer al insular, haciéndole seguir con detención e interés la mímica del tipo extrañamente iluminado, que hablaba de viajes y empresas sin hacer pausas, con una monotonía abrumadora hasta el extremo de abatir los párpados.

Saltaba a la vista que lo menos importante para él era la clase de sujeto con quien departía, sin saber si era precisamente interesable, por necesidad de comunicar, traduciendo en verborrea y delirio el ardor que le quemaba el cerebro.

Dolía verle; tal era el aire que la impotencia y mala fortuna clareaban en sus facciones.

Por decir algo, y viendo que al hablar se le dirigía, insinuó:

—Tal vez sea vulgar, pero yo pienso que la seriedad de la vida no puede llevarse tan lejos. Hay una ciencia sobre todas y un interés que están hoy día por encima de cualquier otro.

---

54 *Alienados*: Locos, enajenados.

55 La ambigua descripción de una sociedad cosmopolita, moderna pero neurótica, irá apareciendo en otros en otros pasajes y es tema común de la narrativa de la época, sobre todo a partir de la novela de Paul Bourget, *Cosmópolis*, 1892.

56 *Pierrotesca*: Referente al personaje de Pierrot en la *Commedia dell'Arte*, habitualmente representado como un payaso vestido de blanco y maquillado del mismo color, lo que da a su rostro mucha expresividad.

—Saber vivir –indicó el tercer personaje.

—Justo. ¿Vale un acto arriesgado o una empresa en que se lleva la casi seguridad de fracasar el empeño de un hombre que tiene la vida a salvo y en el mejor pie deseable?

—Las ideas son nobles, y el amor a la idea nos coloca sobre nosotros mismos.

—Iba a decir que sólo ofrecen un valor casual, estimado en la medida de la curiosidad que despiertan. El demasiado interés por ellas tiene un nombre.

—¿Locura?

—Intoxicación. Es más nuevo. Por suerte las diversiones abundan para limpiarnos de polilla sentimental –concluyó Tinny, con su risa juvenil y abierta de hombre libre.

—¿Habla usted del amor?

—¿Por qué no, si usted lo recuerda?

—Hace falta una independencia que no todos tienen: en cada hombre hay que evitar además el desdeñado, de odios terribles.

—Tal vez hable usted por experiencia.

—Propia y ajena –dijo, ajustando con nervioso además los lentes que espejeaban sobre un mazo de barbas compacto y denso.

Habíale clareado el cerebro y puesto calor en los ojos una botella de añejo Marco Brunner[57].

Hablaba como artista, con esa precisión que deja ver la costumbre de la cátedra o del foro, y debía, según dijo, su puesto a las batallas que desde el seno de un partido había ganado contra adversarios de importancia.

Una tarde, frente a la Magdalena[58], viendo saltar de un coche una mujer de rara hermosura, hubo de seguirla; subió tras ella las gradas del templo, atravesó por entre las corintias columnas adelantando hasta el presbiterio, donde pudo verla, postrarse y orar con una fe nueva y acendrada, como nunca hubiera supuesto en mujer de aquel tono.

El lugar, las esculturas, el aroma que embalsamaba el templo, penetráronle de un dorado idealismo, más puro para él por conocerlo apenas.

---

57   *Marco Brunner*: Marca de bebidas alcohólicas alemana.
58   *Magdalena*: Iglesia de la Madeleine, de estilo neoclásico, situada en el centro de París, en la exclusiva zona entre el Jardin des Tulleries, el boulevard Haussman y la plaza de la Concordia, que data del siglo XVIII.

—Pude hablarla, y fue pasión –decía– que llegó a absorberme por completo. Abandoné el estudio, mis defensas, los intereses sagrados del partido.

Mis amigos no me conocían; fui perdiendo la seguridad en el ataque, la viveza en rehacerme, la fuerza, por fin, desvanecida en tibio criticismo y nebulosidad platónica.

Como todo esto pasaba aun sin yo quererlo, a despecho de mí mismo, la caída iba envuelta en una especie de fatalidad que contribuía a postrarme más, si por asomo pensaba en ella.

Los enemigos redoblaron su furia.

—Dura prueba –interrumpió el yanqui.

—Para mí, mortal. Quitáronseme cuantos honores tenía conquistados. No faltaron medios lícitos de despojarme. Se me vio entonces como un réprobo, arrastrando por París, de barrio en barrio, mi vergüenza.

—Sin contar con que la desgracia lleva la sensibilidad al paroxismo.

—Y la inteligencia a la locura –añadió Tinny.

—Pasaron un año, dos; no podía más.

De nada me sirvió hablar cuando nadie quería escucharme; la divina facundia me abandonaba.

—¿No tenía usted a quién recurrir?

—Quedé solo.

Las libaciones continuaban estrechando aquella intimidad de tres, mientras el tren corría como loco, y las luces y fuegos del campo desplegábanse en trazos fugaces a distancia.

—Del barro mismo de la calle –continuó– vi brotar en aquella ocasión un hombre; era un mendigo que abrazado a mí me hablaba con respeto; un conocido antiguo precipitado más hondo que yo mismo. Conservaba sobre él ascendiente y pude hablarle de superior a inferior.

—¡Oh! –articuló el yanqui desde lo alto de sus ideas altruistas.

—Parecerá increíble –dijo sin inmutarse su compañero– la importancia que estos pequeños detalles tienen en la vida moral de un hombre que se estima.

Fueron los hombros en que me apoyé para erguirme y recobrarme a mí propio. Paso a paso fui conquistando lo perdido. Días enteros para avances risibles, como atáxico que duda sin poder ganar sus pies el terreno que quieren. La aptitud, mutilada por el choque moral, renacía; parecíame verla insinuarse, avanzar con la mística timidez de los gusanos cuando se alzan y ondulan su cabeza en el aire. El tormento deforma; la soledad me había degradado; la horrible y negra miseria no dejó en mí ni rastro del hombre original.

El rumor de otras conversaciones llenaba el coche, acompañando al suave deslizar sobre los carriles.

Centelleaban vinos en las copas alzadas como cálices de felicidad, y el humo de algunos cigarros ascendía en nimbos[59] de ópalo[60] hasta las luces.

La vida sin esperanza y terrible de los que han sufrido hablaba por boca de aquel hombre, en cuyos ojos, enturbiados algunos momentos, adivinábase la persona que retrocede y habla desde el pasado.

El hambre le había hecho humilde con los que sólo a tal precio le recogieron. Un amigo olvidado, conociendo su mérito, le llamó desde las filas reaccionarias; después de ver con flema la catástrofe le rodeó de comodidad, hízole viajar por España a cuyo apacible clima fio el prodigio de serenarle la inteligencia y esperó que volviese para azuzarlo como jaca de pelea contra los motivadores de su ruina.

En una mesa próxima, varios jóvenes quemaban su gárrula[61] inconsciencia hablando de que mordía y más mordía Montecarlo[62], de golpes de fortuna envidiables, de mujeres divinas y horas de placer logradas a costa de millones.

Recorriendo la lista habían encontrado una marca nueva de champaña, que el cosechero quería sin duda acreditar. Pidieron aquel vino y lo apuraron con delicia. La frescura expansiva y ruidosa del grupo contagiaba.

El yanqui y el político demostraron animarse también y con el mejor humor se despidieron.

Dos o tres nombres de elegantes conocidas hendieron el aire, silbando como sierpes de fuego.

---

59   *Nimbos*: Nubes muy definidas, de gran tamaño, bajas y grisáceas.

60   *Ópalo*: Mineral caracterizado por su brillo, cuyos colores pueden variar en función de los reflejos de luz.

61   *Gárrula*: Habladora o que hace ruido continuado.

62   *Montecarlo*: Zona famosa del principado de Mónaco por el lujo y la presencia de casinos, cuyo desarrollo se inicia a mediados del siglo XIX, cuando la instalación de un balneario y un casino empezaron a atraer al público perteneciente a las clases más altas.

Tío Tinny, cuyo juicio serenábase especialmente frente a los actos de los otros, viéndoles declamar y agitarse bajo la radiación de las luces que aumentaba su verbosidad, pensó con razón que aquellos minutos de algazara y gorjeo donde apenas si hervían algunas burbujas de la marca nueva cambiaríanse al final del camino en historia oriental como las otras, sin faltarle sus horas placenteras entre huríes[63] y el consabido gasto de los cientos de miles de monedas.

Siguió observando. A su izquierda comía un inglés con precisión, sin distraerse, sujetando los férreos dedos el cuchillo en una larga línea.

Parecía recién salido de un *magazine* o de un anuncio al cromo[64]. Una sola vez alzó la vista hacia el techo, a las paredes y a las mesas.

Tomó rápidas notas en un cuaderno de bolsillo y siguió devorando.

Tenía el silencioso continente de esos hijos de Albión[65] que voluntariamente ciegos y sordos para cosas que no les incumben, con un *carnet*[66] y un saco de mano recorren el planeta, concluyendo al paso negocios de importancia.

Mirábalo también, bondadoso y esperando comunicación, un joven de cara esculpida y adolescente como un bronce de Donatello.

A éste sí le conocía. Delgado, cortés, romántico. Creía recordar. Era marino.

Durante una visita al barco que montaba, pudo verle recorriendo la cubierta a grandes pasos. Tenía cierto aire atónito como el de una naturaleza impresionable abrumada por la grandiosidad de alrededor o por un cejar[67] continuo ante fuerzas monstruosas.

—¡Qué original! –pensaba para sí, viéndole en aquel raro cuidado.

—¡Kilómetro veintiuno! –gritó una voz desde las baterías.

El joven, sin preocuparse, había seguido hilvanándolos en los bancos centrales de la toldilla, según acostumbraba.

—Los días francos se le pasan así –dijo a su lado un oficial moreno, de ojos vivos y agudos.

Tío Tinny preguntó, más interesado entonces.

Psé... nada; era un alférez singular, no molestaba al camareta, no aturdía con voces a los ordenanzas, jamás pedía mecha.

---

63 *Huríes*: En la religión musulmana, bellísimas mujeres que acompañan a aquellos que alcanzan el paraíso después de la muerte.

64 *Cromo*: En color.

65 *Hijos de Albión*: Naturales de Gran Bretaña.

66 *Carnet*: En francés, libreta para tomar notas.

67 *Cejar*: Retroceder.

—¿Tú no fumas, no fuman tus amigos, no fuman tus jefes? –parecía decirle la copa de bronce, invitándole con el colgante cabo medio oculto.

Llegando junto a la vaca donde pegaba sus labios la marinería, contentábase con mirar la hermética escalfeta[68] que desde el pie se hubiera dicho observarle por el hueco de los cañones vacíos y pasaba de largo.

—No parece nuestro, ¿verdad? –le había dicho el *michi*[69]–.¡Y piense usted que hemos hecho...!

A renglón seguido le contó en pocas palabras la odisea del joven, reservón y algo místico en aquella vida de a bordo que es, desde el ingreso en el barco-escuela, una comunicación constante entre personas; marineros con marineros, clases con clases, oficiales con oficiales, por categorías hasta el comandante que se encierra con su Estado Mayor[70].

Unos y otros pasan de esta manera por las mallas de un tupido tamiz; se ríen las buenas cualidades, los defectos se publican clara y directamente, resultando una persona ideal en cada capa, a cuyo molde se ajusta el lado conocido de todo hombre de barco.

El *midshipman*, guardia marina o *michi*, es esencialmente amigo de su reputación. Reunidos todos, estimaron como ofensa la frialdad de su compañero.

Se le hostigó y cercó, logrando descubrirle un sinnúmero de pequeños defectos.

Prepararon el campo, haciéndole cobrar repugnancia a cuanto en la mesa servían. Se le quebrantó luego el cerebro con la aprensión de persecuciones que muy bien podía comunicársele a bordo, donde sus menores movimientos eran espiados, provocados o adivinados.

Intervino la marinería y a partir de entonces, dentro y fuera del buque sintió como una conflagración, un reproche continuo e indirecto, que no cesó siendo ya alférez.

Cuanto ocurría a bordo, en las calles o en sus paseos por el campo, a través de colinas que numerosas y faltas de vigor circundaban como caninos las fauces insaciables del puerto, estaba calcado sobre sucesos propios.

---

68   *Escalfeta*: Brasero, estufa.
69   *Michi*: Contracción del inglés *midshipman*, miembros de los cuerpos marítimos del ejército.
70   *Estado Mayor*: En el ejército, conjunto de oficiales al mando dirigidos por otro oficial de rango superior.

De sus sentidos no podía pensar que estuvieran enfermos. Era el alrededor quien les mandaba impresiones barrocas. Acabó refugiándose en una misantropía indiferente y fuera de las horas de estudio se le vio desde entonces errar de la cubierta a las baterías, de éstas a las torres y sollados[71] del buque.

Los centinelas espiaban sus pasos envolviéndole en miradas escrutadoras. Al caer de la tarde iba hacia popa, y apoyado en el asta de la bandera que saludaba la salida de algún que otro transporte, veía las aguas obscurecerse antes de hundirse el sol, y agitar su cota de aceradas lúnulas[72] hendidas por guairos[73] con aparejo de gaviotas; mientras del lado opuesto blanquecían aproximándose las brumas, y un ruido intermitente y bronco de remos que rezongan contra toletes[74] anunciaba la vuelta de los chinchorros[75] trayendo algún oficial de a bordo retrasado.

Por la noche los guardias volvían a verle cruzar y dilatarse en el alma del puerto que surcaban botes con verdes linternas en la proa, o bien subía al puente donde estaba el *Ardois*[76], entablando sobre el amplio y dorado manipulador interminables pláticas, que engarzaba como sartas de pedrería en las lámparas del palo. Otros barcos le contestaban encendiendo sus guirnaldas transparentes con tranquilo ardor de fructificaciones y durante buen espacio alegres gamas[77] incendiaban el aire, brotando de la obscuridad en diástoles sangrientas.

Era artista.

Aseguraban sus compañeros que pasada esa hora, cuando a bordo sólo se oía el suave llamar del agua bajo las portas y el alerta arrastrado como un lamento por los hombres de cuarto, los talones del sentimental continuaban sonando en la litera, midiendo también allí distancias.

Los *michis*, aislándolo, habían obtenido algo que en jerga podría llamarse un elemento social de conciencia.

Tinny le envió de extremo a extremo del coche un saludo. ¿Para

---

71   *Sollados*: Pisos inferiores de un barco en el que se suelen instalar los dormitorios y los almacenes.

72   *Lúnula*: Forma de semicircunferencia o cuarto menguante.

73   *Guairos*: Embarcaciones pequeñas.

74   *Toletes*: Estacas a las cuales se atan los remos de una embarcación.

75   *Chinchorros*: Embarcaciones de remos muy pequeñas.

76   *Ardois*: Sistema de comunicación nocturno entre embarcaciones basado en una serie de lámparas rojas y blancas que se apagan y se encienden a conveniencia para enviar distintos mensajes.

77   *Gamas*: Gradación de colores.

qué más? Habrían cruzado tres o cuatro palabras, las de siempre, esas fórmulas dichas a media voz en cuyo timbre gris hubiese encontrado, como en un manjar nuevo resonancias diferentes, un desdoblarse indefinido en evocaciones de placer y dolor.

Era bastante un gesto.

El interior del coche nublábase con los cigarros, cuyas volutas de humo ascendían para perderse fuera.

De tanto en tanto un grito penetrante, especie de íntimo y advertidor chirrido, partía de los vidrios que el movimiento nerviosamente hacía vibrar.

La lista de figuras completábase con un turco, quizá no sino egipcio, de ojos colgantes, piel abrasada, bigotes lacios y fluidos, desmedida y arrapiñada la nariz, semejante a un gran embrión beato y grotesco.

El fez[78], la metralla de condecoraciones formábanle un carácter oficial junto a su compañero, muy cambiado ya por la vida europea; tipo, en fin, de esa joven generación que París ha pulido esculpiéndola de nuevo sobre el bloque originario.

Quizá fuesen diplomáticos, militares o nada tal vez, más que la inevitable nota colorista que nuestro tiempo gusta verter para realzarlas en variedad de escenas diferentes.

Personajes llamativos, de esos que los anuncios de aguas minerales, excursiones veraniegas a Suiza, al Oriente o a la costa de Azur[79] ofrecen en un ángulo apoyando la restante composición.

Sin ellos el anuncio parecería incompleto; los ojos vagarían por el paisaje buscando esas figuras agigantadas que por el bien común se dejan ver al pie de un poste entre coloraciones delirantes, pues alguien les ha dicho que sin su concurso los campos no están bien, y que aun comidos por las enfermedades y el trabajo los campesinos alambreños[80] sirven, fuera del hogar centenario que la nueva familia invade. Ya sea para tan poco y mal pagado como hacer vistoso el terruño cuando benditos con sus nietos por un sol que los curte, se exhiben contra espalderas[81] de cañales o prados esmeralda.

---

78   *Fez*: Característico sombrero de fieltro rojo, con forma cúbica, usado especialmente en la zona del norte de África.

79   *Costa de Azur*: La Côte d'Azur está situada en el sureste de Francia y es un centro mundial del turismo para la aristocracia y la burguesía desde principios del siglo XX. En ella se sitúan localidades tan célebres como Niza, Montecarlo o Saint-Tropez.

80   *Alambreños*: Delgados.

81   *Espalderas*: Enrejados hechos con plantas.

En la beatitud que una tranquila digestión proporciona, pensaba tío Tinny que le tenía ya cansado el consabido turco o nubio[82], cuya silueta venía persiguiéndole como un mal sueño por cafés, *bars*, cervecerías, cabarets y casinos. Para alivio había encontrado al cosaco[83], los jóvenes del Polo, y tziganos[84] a discreción.

Restaurateurs y *cabaretiers*, los dueños de públicos establecimientos, se los servían alternativamente, solos, en bandos, enlazados y por parejas a medida de sus artísticos deseos. Eran el elemento indispensable, nota de fuera sin la cual no concebía un hotel, un lugar de reunión o departamento cerrado.

Innumerables veces, en las terrazas de las vías céntricas, en conciertos, grutas, interiores de artistas, o en cervecerías clandestinas del centro, donde los hijos de la Gran Bretaña perdían su *countenance* entre vivos desnudos de mujer, tuvo que soportar sus ropas ardientes, sus músicas que no le interesaban, el brillo serpentino de ojos frente a la apoteosis de la carne, más viva y apetecible entre las llamaradas del estroncio[85].

Estaba cansado y harto ya de sus semblantes alebrados[86] o simiescos, de sus gestos lascivos, de sus colores y líneas siempre iguales, de cuanto ellos podían emanar en ritmos, estímulos y sensaciones, algalia[87] cabecera de los sentidos, almizcle para eunucos que le irritaba sin llegar a satisfacerle enteramente, conviniendo con la forzosa privación del amor a que su médico le tenía reducido desde que no encontraba en aquel cuerpo el vigor entonado y vibrante que en su buena época le hacía reverberar las córneas, en cuyo fondo las pupilas latían, dilatadas o estrechándose con incesante y viva sensualidad.

Una higiene en que terciaban por tiempos la luz, el masaje, esgrima, estufa, cuanto artificialmente podía sustituir la lucha y el cambio con el exterior manteníanle la elasticidad física y moral, la frescura del rostro, aquel aire desembarazado, juvenil, que era sin duda el honor más preciado de sus canas.

Sintió llegar la decadencia cierta noche, acompañando en un casino

---

82   *Nubio*: Natural de Nubia, región actualmente situada en el sur de Egipto y el norte de la República del Sudán.

83   *Cosaco*: Natural del sur de Rusia, también podría hacer referencia a un soldado ruso.

84   *Tziganos*: Personas de etnia gitana, también llamados zíngaros.

85   *Estroncio*: Elemento químico cuyos derivados se usan en pirotecnia para lograr el color rojo.

86   *Alebrados*: Acobardados, atemorizados.

87   *Algalia*: Sustancia de origen animal espesa y de fuerte olor que se emplea en perfumería.

a la última de sus amantes. Había tenido que violentarse para salir. Con algunas gotas de un excitante pudo vencer aquella debilidad. Cuando Didon le vio desde una mesa donde conversaba con algunas amigas, fue corriendo hasta él, recogida la falda sobre los tobillos, aireado el rostro por la pluma flotante del sombrero. Era más ella así, marcial, la aventurera naricilla al aire, el cabello de un rubio merovingio[88], las pupilas enormes, carminosos los pómulos y dilatado el seno bajo el escote, en una de cuyas cintas apoyaba la diestra con frenesí calaveresco.

Tío Tinny miró en torno para distraer su emoción. Le parecía más niña, más adorable, más digna de él que nunca. No hubiera tenido perdón dejar de verla aquella noche.

La luz resplandecía en la sala, derramándose desde el ópalo ardiente de cien focos. Mujeres más bellas que divinidades discurrían, conocidas todas, queridas la mayoría con el celo heroico de hombres que subordinaron vidas enteras de labor al fin de conseguirlas. Allí estaban, encarnando cada una un carácter, una orientación de belleza firme y bien ganada por la contradicción entre muchos, según ideas de autores favoritos, o el arte de las grandes cortesanas.

Iban pasando de la sala central a las laterales por entre plantas y arbustos que chispeaban bajo los arcos con difusa crepitación de flores vivientes.

Parecían musas en concurso dilatándose ante la pequeña escena del fondo, donde un equilibrista hacía portentos de precisión, sin esforzarse, sobre barras y soportes de niquelado metal.

En lo mejor de aquel devaneo, tío Tinny sintió que la vista se le nublaba y las piernas se hundían.

Vino al suelo.

Al grito lanzado por Didon, sus compañeras acudieron, formando círculo.

El *boulevardier*[89], desvanecido, respiraba con un murmullo bronco. Un ligero sudor humedecía sus sienes. Varias mujeres se arrodillaron ante él para sostenerle los hombros, dejarle el pecho en libertad y alentar sobre sus labios la brisa de los abanicos. Un minuto después abría los ojos.

—*Pâmoison d'amour*[90] –dijeron defraudadas, volviendo al placer de sus vanidades.

---

88   *Merovingio*: Dinastía de los primeros monarcas franceses.
89   *Boulevardier*: Persona que frecuenta los lugares más a la moda de París.
90   *Pâmoison d'amour*: Desmayo o sofoco por amor.

Aquel revuelo y estremecimiento desvaneciéronse en la marea general para nadie acordarse de él. Embutido en un coche, tío Tinny volaba a su cuarto de la *rue* Scribe[91], hundiendo la cabeza en el seno de Didon sobrecogida aún por el sombrío aletazo que la muerte acababa de enviarle.

Sus relaciones con respecto a París cambiaron mucho desde aquel mismo día.

Ya no era la villa ideal con que se sueña, para donde el goloso de placer remite lo más florido de sus ilusiones, sino banquete de manjares vedados sin participación para él sino muy a la larga, con restricciones y distingos.

Emprendió una serie de viajes, decidido a hacer lo que él llamaba la vida del espíritu.

Se interesó por las bellas artes y el paisaje.

De ahí vino visitar al Vesubio, Pompeya, bahía de Nápoles, las catacumbas, los lugares artísticos.

Hizo amistad con el mundo abigarrado de arqueólogos, anticuarios y *misses* que no habían conocido otro estado ni ocupación en la vida.

El arte le llevó a conocer las vicisitudes políticas de algunas repúblicas italianas, y esto acabó por hacerle simpática la historia.

No pudo pasar de la Edad Media.

Estaba allí el período de los artistas góticos, asombro de la imaginación, cautivándole hasta el punto de emprender por sí un estudio serio, concienzudo, con modelos a la vista y comprobación directa en nuestras catedrales y las del extranjero.

Pensó que era una empresa tan lucida como noble, dejando para última hora la composición del libro que había de resumir sus juicios; algo así como el laurel que, a falta de otra cosa mejor, coronaría su nombre y sus sienes cuando manos ajenas le llevasen al viejo panteón de familia que en el ala izquierda del cementerio mahonés guardaba las cenizas de cien antecesores.

Sin tratar de imponerse a su imaginación veía ya el libro editado a todo lujo; el duelo de amigos contristados por su muerte; la oración fúnebre ante el mausoleo y el agradecimiento de Menorca sobre todo. Eruditas bibliografías en las revistas y periódicos báleariotas; disputas

---

91   *Rue Scribe*: Calle situada en el centro más exclusivo de París, entre el Museo del Louvre y la plaza Vendôme.

de ediles en las sesiones municipales; la merecida y regateada lápida, por último, fija a una casa antigua de la ciudad, con el relieve del hijo esclarecido entre palmas y el conmemorador «Aquí vivió y murió», etc.

¡Tentadora perspectiva!

Tío Celestino pensaba en ella, tendido en su rincón y próximo a conciliar uno de esos sueños atroces que constituyen la especialidad de los viajes por caminos de hierro.

Una idea vino a despertarlo y a hacerle cambiar de propósito.

Recordaba haber recibido una carta de su sobrino, a quien dejó dueño del campo en París, con la esperanza de que espigase allá los frutos que muy por largo tenía él cosechados.

Hablábale Nikko de sus amores con una habitual del círculo que los dos conocían.

«Verás —explicaba—. No es un amor cualquiera, de esos que se toman y dejan para entretener una hora triste o mirar distraído al exterior mientras se habla, sino afición sincera y muy honda que no me deja vivir.

No sé cómo ha nacido todo esto ni cómo me he rendido así, tan a lo ingenuo; pero sí te comunico mi firme propósito de seguir hasta cansarme y llevarla conmigo a cualquier predio lejano de la isla, para disfrutar allá sin testigos del bien de vivir».

Hilvanaba todo esto con la naturalidad del que se juzga emancipado y en franquía.

Quería apoyar su voto en la aquiescencia de alguien; no sentirse, en una palabra, solo, para la ejecución de su plan.

La carta contaba algunos días de fecha y había sido enviada por Nikko al hotel de la corte donde iba a detenerse Tinny al terminar una excursión por las provincias del sur.

Según pudo comprender, el proyecto estaba ya madurado y puesto en práctica y por lo mismo se abstuvo de contestar, dejando a su sobrino en libertad absoluta de acción. Pensaba esperar a que corriera el tiempo y escribirle hablando de otros asuntos, sin tocar aquél ni por asomo.

Gustaba ver en él atrevimientos de conducta por lo que tenían de opuestos a su condición. Un raro descontento le había no obstante acometido al conocer la noticia y continuaba atormentándole cuantas veces pensaba en ello.

No acertaba, por más empeño que pusiera, en quién fuese la favorecida con aquella idea, práctica y pintoresca a la vez, de su sobrino, aparte lo atentatoria que resultaba a toda noción de conveniencia y de respeto.

Tal vez antes no lo hubiera sentido así. Enfermo y ausente, reconociéndose a sí mismo caballeresco en la historia de sus amores, le dolía infinitamente.

Concordaban también con esto el irremediable pesar de quien ve desde lejos el espectáculo más grato, sin tener como antaño parte en él; el adiós que por fuerza ha de darse a la vida, renovado implacablemente por la juventud de los que, alegres, triunfan y pasan cantando, llevando el sol y la esperanza en los semblantes; el reconocimiento del vacío que suena en cuantos propósitos se hacen sin otro fin que el de velar esa ruina interior, ese desquiciamiento que, revelado en una hora, atribula, persigue, llena por sí una vida. Tío Tinny estaba satisfecho de su artística determinación; procuraba sugerirse a sí mismo que aquello era lo adecuado, que un cielo puro le esperaba, tras los arbotantes[92] y caladas cresterías[93] de las iglesias góticas, en la expresión de sus esculturas exteriores, en el mundo de alimañas que, semiocultas, lengüetean y hacen muecas ridículas desde la fronda[94], según se las ve correr en grecas[95], en trabajadas canastillas por frisos[96] y capiteles[97].

Decíase que sin duda era el más feliz, el mejor orientado quizá, de cuantos eruditos, turistas y conocedores sin alma conoció, pues llevaba a sus observaciones un sentido poético de existencia vivida, un tino y amplitud de horizonte para la observación, patrimonio exclusivo de los que han bebido su ciencia en las entrañas mismas de la vida y en el comercio continuo con gentes muy artistas, muy diversas y sabias. Creía ciertamente estar como nadie en posesión de aquella alma gótica, llena de ingenuidades, de unción y candor cuando armonizaba la grandeza del espíritu con lo risible de la existencia. Se preciaba de haber leído en las inmortales y pétreas estrofas las gamas

---

92 *Arbotantes*: Elemento arquitectónico con forma de medio arco que sirve para sostener desde el exterior la estructura de un edificio. Es característico de las construcciones góticas.

93 *Cresterías*: Adorno en serie que suele decorar la parte alta de un edificio.

94 *Fronda:* Decoración característica del estilo gótico, basada en la representación tridimensional de motivos naturales.

95 *Grecas*: Franjas decorativas.

96 *Frisos*: Parte que une una columna o pared con el techo, que puede estar decorada.

97 *Capiteles*: Extremos superiores de una columna.

de afectos más complicados; desde la beatitud al horror; de la frenética risa a la locura triste; de la pasión que consume a la sensualidad risueña, al libre y gayo[98] amor en campo abierto. Esto y mucho más había descifrado la expresión de los ojos, en la anatomía rudimentaria, en la actitud de infinitas figuras que como humanidad multiforme y bizarra gemía o desquijarábase[99] desde los rincones con gesto de enajenado que hace signos tras los barrotes de su cárcel.

Como nueva savia para animarle, suavizando y tendiendo un alba de pura idealidad sobre su escepticismo mundano, lo sentía. Tomaba en serio la idea del libro, y a pesar de sus esfuerzos, mal convencido aún de la salvadora resolución, un vago aliento se levantaba dentro de él, para cegar y vencer su juicio revelándole secretamente la miseria, la inanidad de todo frente a las gotas de ambrosía aromosa que él mismo había libado en las copas fragantes de la vida.

—¿Qué haces? ¿Qué piensas? –insinuábale–. ¿No ves la sequedad, lo ficticio y sin jugos de todo eso, más vano que las fibras del lino cuando se las junta en el hopo para ser hiladas? Verás tu obra combatida; pedirás a lo hecho un poco de rocío que te conforte, y no podrá dártelo; los hombres demolerán tu labor para alzar como en vértigo construcciones nuevas. De lo hecho no quedará ni rastro. Los vientos soplarán sobre el lugar donde la emplazares, y abrasarán hasta las raíces cruzadas bajo los cimientos. ¿En qué piensas?

Dardeado por la viva e íntima urgencia, poníase en pie, llegaba hasta el corredor del coche.

Iluminado allí por el reflejo de la luna en el campo, se encontraba más a gusto. Una frescura picante le dilataba el pulmón, desvaneciendo la muchedumbre de ideas. Junto a una de las ventanas hablaban todavía el yanqui y el político.

¡Bajo qué clara luz los vio como a cuantos juzgaba individuos sueltos de esa vida que reclama para el trabajo a muchos, para el gusto y pasatiempo a los menos, mondándolos, formándoles un alma y un cuerpo a su capricho, privándoles de sentimiento y cuanto sea lastre inútil u obstáculo para la misión que les confía! Veíalos a todos, cauterizados, obedientes, con una sensibilidad moral extraviada por la fiereza del suplicio, por sensaciones semejantes a las del fuego y el acero obrando juntos en los órganos.

---

98   *Gayo*: Alegre y/o victorioso.
99   *Desquijarar*: Dislocar la mandíbula.

Sentía invadirle una inmensa compasión y deseos de gritarles a todos cuanto el eco alucinado acababa de hacer oír en su cerebro:

—¡Desdichados! ¿Qué hacéis? ¿En qué pensáis? Abrid los ojos a la luz y amad; amad mientras aliente un alma en vuestras carnes; en tanto vuestros nervios sean capaces de conducir emanaciones y esencias vivas del exterior. Que ni un solo minuto sea perdido, que ni una sola energía de vuestro cuerpo se desvanezca en cosa distinta que ofrecer sacrificios a la divina empresa, a la nube de incienso que sube a lo infinito desde el cáliz donde rebotan y se besan corazones cautivos unos de otros.

Nikko tenía razón.

No le perdonaba el radicalismo, el bofetón a sus canas, a su decadencia amiga de vestir ideas morales; aquella decisión de can egoísta que huye a ocultarse con su presa después de haberle él educado para el mundo. Había aquí, en su sentir, vulgaridad, ingratitud, olvido, para él sobre todo, que esperaba verle continuar su tradición de hombre galante. Dolíale porque era un engaño, una idea fallida, sin importancia quizá en otras edades; de comprobación siempre dolorosa para el alma complicada de un célibe que envejece entre sueños de suave frescura y carnes jóvenes.

Pero la idea, la impulsión afectiva, por sí solas desbordaban amor, tenían grandeza. Comprendió que había en Nikko mucho más de aquello que su presencia le había hecho creer. El sobrino de ahora no era el inconsciente y falto de vida que brotaba de él en el cansancio, sino otro, reflexivo y muy grave, secretamente revuelto contra los hombres que le hostigaban desde posiciones bien defendidas; el mismo que una o dos veces había sorprendido bajo su cara compuesta, sin una contracción, en los relámpagos de ferocidad que iluminaban el fondo de unos ojos azules, insondables cuando se detenían para mirar.

III

¿Quién podía ser?

Nikko la distinguió y señaló entre ciento a poco de frecuentar el círculo de la galantería andariega.

El momento de aparecer en aquel mundo hubo de ser para él como la realización de un sueño.

Sus primeras impresiones amorosas databan, no obstante, de antigua fecha; más que tardo había sido precoz para el deseo.

Algunos recuerdos de la niñez lo perseguían en la soledad, llenando de nieblas e indecisas fantasmagorías su cabeza.

Intuiciones de suave idealismo, curiosidad, palabras oídas a los criados, desnudas confesiones de la gran Naturaleza, escenas sorprendidas desde la sombra entre la gente del predio, insinuaciones muy claras de las mozuelas o *al·lotes*[100], que a la vuelta de bailes donde habían visto a las mayores encendidas de amor, por parejas, con gracioso carácter de conjunto se le plantaban delante abanicándose muy fuerte y aprisa mientras clavaban en él los ojos, pensando revelarle así el secreto del sexo.

Nikko las miraba gravemente, con esa seriedad prematura de los niños que han sufrido. Hundía en sus pupilas los destellos dardeados para él por las *al·lotes*, y se alejaba desdeñoso, como un gran señor que se estimase, bajo árboles de un verde clórico[101] que, semejantes a ramificaciones en la diáfana masa de un cristal, recortaban su fronda sobre el malva aventurinado[102] del cielo.

Otra tarde fue el baño de dos jóvenes en una ensenada[103] de la

---

100   *Al·lotes*: En catalán, chicas jóvenes.

101   *Clórico*: La expresión viene del tono verdoso de piel que se atribuía a las enfermas de clorosis, una afección relacionada con la anemia.

102   *Aventurinado*: Con reflejos brillantes. El término proviene de la aventurina o venturina, una especie de mineral de cuarzo caracterizado por pequeñas incrustaciones que reflejan la luz.

103   *Ensenada*: Parte del mar que entra en la tierra, formando lagunas de poca profundidad.

costa. Se había alejado en su paseo hasta el camino que bordea la isla, el mismo que, bien o mal trazado, corre por los dentellones que prolongan la tierra aguas adentro y en los cuales viene a aserrarse el mar.

El cansancio y la dificultad del piso, formado por rocas grises cuyo esqueleto, simulando materias que hierven y gallean[104], eriza casi todo el festón[105] meridional de puntas afiladas, le obligaron a detenerse.

Enfrente se dilataba el vasto piélago[106] sobre cuyas ondas el sol, ya muy bajo, producía espejeos serpentinos y ovales, magníficos como el manto de gala de un soberano pavo real.

Al pie del promontorio la espaciosa cala, sacudida por la onda al atacar con broncos e intermitentes arietazos[107] el muro, se estremecía.

Por la arena del fondo vio adelantar dos formas níveas[108] que reían y alzaban a la par los brazos para sujetarse el cabello sobre la nuca.

Miró deslumbrado. No había sido visto.

Eran mujeres mozas, de algún predio próximo sin duda, que aprovechaban tal hora y aquella soledad para bañarse.

Gritaban al recibir el envión del agua, y sus cuerpos de nácares, resplandeciendo entre los tonos del líquido, latían como grandes armiños espasmodizados[109] sobre un manto de púrpura.

Algunas gaviotas descendieron hasta muy cerca de ellas, hundiendo sus picos en el agua según iban volando; después se abatieron para palmear. No parecían temerlas; se hubiera dicho que antes trataban de proteger su deseo y confortarlas como a hermanas, complacidas viéndolas con ellas entregadas a aquel buen mar que las mecía jugando también a su manera, con suaves zarpazos e impaciente roznar[110] de fiera enamorada.

Una emoción sobrenatural, un extraño agradecimiento al genio que le deparaba aquella iniciación, lo removieron.

Era el despertar de los sentidos, amable y lleno de promesas, sostenido por cuanto escuchaba y veía; otros tantos llamamientos que de fuera llegaban turbándole como divinos cantos de sirenas.

En la isla esto sólo: en el pensionado la gráfica descripción de ma-

---

104   *Gallear*: Salientes y desigualdades en una superficie.
105   *Festón*: Bordado decorativo en forma de ondas o puntas. En este caso se refiere a la forma afilada del terreno.
106   *Piélago*: Parte del mar alejada de la costa.
107   *Arietazos*: Golpes que se dan con un ariete (arma de asedio) para derribar un muro. En este caso se refiere a las olas del mar.
108   *Níveas*: Blancas, semejantes a la nieve.
109   *Espasmodizados*: Con espasmos o convulsiones, movimientos rítmicos y repetitivos.
110   *Roznar*: Moverse despacio y como a golpes.

licias y aventuras, secretamente insinuada por compañeros más hechos al mundo.

Desde el ventanal de su pabellón, llegada la primavera, se descubría el área del Bois[111], con sus extensas avenidas, los macizos de árboles enormes agitados con apacibles movimientos de marea, la pista del hipódromo y una sucesión de puras praderas recién segadas, invitando a tender sobre ellas un celaje[112] de amor.

¡Cómo oreaban su cerebro, qué suave aroma de frescura y niñez despertaban en él aquellas mañanas claras, abiertas, de paraíso, cuando todo hasta el lejano límite verdeaba interrumpido por las fluxiones[113] de cinabrio[114] y plomo que emitían hoteles con alma, vivos como en un paisaje de Jan Brueghel![115].

En torno a los globos de lilas del jardín, abigarrados papiliones[116] se movían, envolviéndolos, deteniéndose luego y prolongando garganta adentro de la flor sus eréctiles trompas.

Las tembladoras amapolas abrían en márgenes incultas sus fauces de carmín, y sacudidos por insectos de élitros[117] cantaridados[118], farolillos a miles poblaban el aire con el revuelo de sus sedas, aventadas al azar en pasmo silencioso, como estrellas del monte sobre la humilde y baja vegetación.

Aquel verdor sublime recordaba al joven por contraste el retoñar de su isla, la extensión aparcelada con carácter de prados británicos divididos por cruces infinitos de cercas, como un cañamazo[119] o una labor de aplique[120].

¡Qué lejos estaba todo ello: los campesinos bondadosos y sin vigor,

---

111 *Bois*: El Bois de Bologne es un enorme parque público, casi un bosque, localizado en lo que en 1907 eran las afueras de París, y hoy es el distrito 16. Tiene una superficie de 846 hectáreas y fue construido por Napoleón III entre 1852 y 1858.

112 *Celaje*: Conjunto de nubes.

113 *Fluxiones*: Flujo, emisiones de algún líquido producidas por algún cuerpo o algún objeto.

114 *Cinabrio*: Mineral usado para fabricar mercurio, que también lleva azufre, de color rojo oscuro.

115 *Jan Brueghel*: Jan Brueghel el Viejo (1568-1625), pintor flamenco caracterizado por el colorido de sus paisajes y sus naturalezas muertas. Padre de Jan Brueghel el Joven, que imitó el estilo de su progenitor.

116 *Papiliones*: Mariposas.

117 *Élitros*: Alas anteriores de los insectos, que a menudo funcionan como una lámina protectora para las alas posteriores.

118 *Cantaridados*: Con aspecto de cantárida, insecto caracterizado por su color verde metalizado.

119 *Cañamazo*: Tela tosca de cáñamo, en la que se aprecia la cuadrícula que forman los hilos entretejidos.

120 *Labor de aplique*: Tejido formado a partir de retales de otras telas cosidas entre sí, también conocido como *patchwork*.

los predios aislados durmiendo en campos infecundos o con su cintura de árboles y huerta; las vacas mugidoras en los establos, rumiando beatíficamente al sol; las cortinas de yedras y floridas vincas[121] derramadas como un cielo por los ángulos de antiguos baluartes o desde la cima de atalayas ciclópeas!

La idea del amable terruño hacía latir al joven en el destierro, evocándolo pesaroso desde aquel París que envió en otro tiempo a Richelieu[122] y a Crillon[123] con toda una armada para hacerlo suyo.

¿Qué le había ofrecido a cambio y hasta entonces la gran villa? Ardor enervante, excitación en aquellas salidas con tío Tinny, torcedores no más de la curiosidad y deslumbramiento de los sentidos que luego bullían a solas delirando.

Una vez, en el Bois, sobre iguales praderas, muy cerca de Auteil[124], vio retozar dos niñas, rosadas y frescas como flores.

Alzó la vista hacia su tío, que no parecía prestar atención.

Con los movimientos las ropas dejaron al desnudo un llamear de carnes púberes. Suave raso petaloide en el cual la juventud había inspirado sus entonaciones más puras, sus vibraciones de naciente vida inmaculada y apetecible. Desde el tobillo a la cintura los cuerpos inquietos vibraban, balbucían los labios como desgarrones sangrientos mordidos en el espasmo de la risa; dos nimbos de dorados cabellos se agitaban como gloriolas[125] sobre el esmeralda del suelo. La abatida materia enviaba desde abajo al sol pálido el saludo que un dios hubiese querido para sí.

---

121   *Vincas*: Arbustos habitualmente usados como planta ornamental debido a sus vistosas flores.

122   *Richelieu*: Louis François Armand de Vignerot du Plessis (1696-1788), duque de Richelieu y sobrino nieto del famoso cardenal Richelieu inmortalizado por Alejandro Dumas en *Los tres mosqueteros*. Militar, gobernante y aristócrata francés. Participó en la Guerra de los Siete Años (1756-1763) que enfrentó a Francia y Gran Bretaña. La novela se refiere a los hechos acaecidos en Menorca durante ese enfrentamiento. La isla había estado ocupada por los británicos desde 1708. Sin embargo, el 18 de abril de 1756 desembarcan en Ciudadela doce mil soldados franceses comandados por el duque de Richelieu, que expulsarían a los británicos y ocuparían la isla hasta el final de la guerra.

123   *Crillon*: Louis des Balbes de Berton de Crillon (1717-1796), duque de Mahón. Fue un militar francés que durante la Guerra de los Siete Años entró al servicio de España, desempeñando diversas acciones en los cargos más altos del ejército. Al acabar la guerra, Menorca volvería a estar bajo dominación británica, hasta que el 19 de agosto de 1781, Crillon comanda una expedición franco-española a las órdenes de Carlos III que toma posesión de la isla, expulsando a los británicos al año siguiente. Debido a estas acciones, recibiría el susodicho título de duque de Mahón.

124   *Auteil*: Zona cercana al Bois de Bologne en París, situada en la orilla derecha del Sena, al oeste de la ciudad.

125   *Gloriola*: Efecto de aureola luminosa, con los colores del arco iris, que se produce con algunos fenómenos atmosféricos.

Quedó aquella impresión más grabada en él que hecha a fuego.

Una de las niñas tenía la cara oval, dientes blanquísimos y ojos de ónice[126] alargados como prunelas.

Parecían brotar, según lo hacen los de algunas muñecas, por entre gruesos párpados de bordes fuertes y hundidos.

Era un semblante profundo e ingenuo a la vez, muy femenino, con cierto aire de voluptuosa quietud.

Nikko veíalo, atisbando bajo las líneas de los libros mientras leía, interrogándole en sueños desde los rincones, yendo hacia él sin dejar de mirarle severamente, apareciendo y esquivándose, suelto el cabello, botando de mueble en mueble como trofeo animado de una decapitación.

Sería fatiga, debilidad tal vez, fiebre del sensorio que bromeaba con él.

La cara de prunelas[127] de ónice era su objeto, su obsesión, descansando sólo cuando la tuvo junto a sí, mejorada esta vez como una realidad del tipo acariciado y entrevisto.

Didon, Corinne, Amélie, Zoraïde, Taïs, eran a cual más bellas; cada una tenía una novela que contar, mil libros, enseñanzas, cuadros y efectos que sugerir, toda una ciencia de amor para embriagar con ella a los afortunados de su edén.

Pityusa las vencía a todas en gracia, en juventud y frescura, en cierta languidez fina y romántica que por tiempos la afectaba. Ninguna le agradó tanto.

—¿Qué tienes? –preguntábale una noche, huyendo del bullicio del centro por los bulevares exteriores–. Ya no ríes como antes, pareces preocupada. ¿Te ocurre algo?

Pityusa inclinó su cabeza sobre el hombro del joven.

—Estás triste. Hay penas que ni el semblante deja transparentar. La tuya debe de ser muy honda, lo estás diciendo con todo el cuerpo.

El coche que los llevaba corría a través de la gran arteria de Sebastopol[128]. Había cesado la vida comercial en las calles para dejar paso al París bullanguero que quiere sólo divertirse.

Burgueses y estudiantes, avanzadas de barrocos artistas que en otro centro resultarían una rareza y allí entonaban en su propio

---

126 *Ónice*: Mineral usado en joyería, habitualmente de color negro o verde.
127 *Prunelas*: Refiere la malicia y la gracia picante de un rostro o un carácter.
128 *Sebastopol*: El bulevar de Sebastopol es una de las grandes avenidas de París, que recorre la ciudad de norte a sur.

marco, un pueblo, en fin, que gusta anestesiarse tras el trabajo formidable del día, llenaba las terrazas, los *bar* ebrios de luces, las dilatadas aceras cubiertas hasta los bordes.

Regueros de fuego brotaban y corrían por las altas cornisas, gritando sus anuncios en caracteres de pedrería gigantesca. Incendiaba su resplandor el aire sobre los edificios, subiendo hasta la altura y formándoles etéreos coronamientos cromados, en tanto un murmullo de cantares y músicas, de copas crujientes y chispeante charla, mezclábase con él, lo acompañaba en concierto claro y cristalino.

Raudales de vida, la esencia de seculares[129] dionisiacas[130], embriaguez de centurias, el genio de cien pueblos circulaban por la atmósfera candente, venero[131] donde mil almas ávidas bebían la materia de sus sueños, el sustento de obras por alumbrar y empresas que llevar a claro fin.

Lloraba Pityusa y sus lágrimas, cernidas por las pestañas niñas, caían aplastándose sobre las mejillas de su amante.

El coche se detuvo junto al puente del Cambio[132], continuando la pareja su marcha a pie por la orilla solitaria del río.

Algunos botes dormían sobre el agua negra y densa, como un espejo de obsidiana[133]. Innumerables luces, alzadas por encima de los pretiles, repetían sus cuerpos locos en los cambiantes del líquido, entablando a la sombra de medioevales caserones pláticas de misterio y abrumadora quietud.

—¿Qué tienes? ¿Te canso? —repitió nuevamente el joven.

—Tú no. El vivir. Si una pudiese hacer su gusto siempre...

—¡Ah! He visto llorar a hombres muy hechos por eso mismo.

—Tonterías. Pero si vieras cómo me atormentan...

Un estremecimiento recorrió su cuerpo, transmitiéndose a las carnes apáticas de Nikko.

La sentía desmayar, turbada por una de esas crisis repentinas, especie de vértigo de los sentidos, que funden sin razón y en un instante

---

129 *Seculares*: Que duran muchos siglos.

130 *Dionisiacas*: Derivado del culto al dios griego Dionisio, asociado a la sensualidad, el vino y el goce de la vida. Se refiere a un ambiente marcado por el erotismo, la naturaleza y los instintos más primarios.

131 *Venero*: Fuente o manantial.

132 *Puente del Cambio*: Conocido en París como el Pont-au-Change, une el ayuntamiento de París en la orilla derecha con la Île de la Cité, pequeño islote situado en el centro del río y considerado uno de los centro neurálgicos de la ciudad, donde se encuentra el Palacio de Justicia, la Conciergerie y la célebre catedral de Notre Dame.

133 *Obsidiana*: Mineral conocido por su brillo negro.

los ánimos más fuertes; culpándose de no saber fijar un objeto a la
tristeza de aquellos ojos, de no saber erguir aquella frente que buscaba
por fuera la causa de una angustia interior.

No era nada y no obstante sufría, sufría hasta perder el tino. Su
sencillez de hija del campo había creído ciertas las apariencias de
cordial acogida, los aires protectores que le brindaban compañeras lle-
gadas ya a la meta profesional, la conquista definitiva del rentista pacífico, amigo y padrazo dispuesto siempre a extasiarse ante sus caprichos noveleros, sus volubilidades o disgustos de un día que un
llanto tibio e impotente acababa por fundir en la niebla común de los
recuerdos semiborrados.

Era el solterón providencial, el hombre de academia o negocios, el
desconocido que una noche, en el apogeo de una fiesta, las tomaba del
brazo, y paseando o sobre el mullido de un diván invitábalas a com-
partir con él unos años de vida. De este modo aquel París galante,
enamorado de sus mujeres, las elegía para templar los últimos ardores
dolorosos de hombres descorticados[134] o triturados en la lucha.

Ante todo era preciso estudiar, vivir, labrarse un tipo y vencer en
excelencia física y moral, allá donde todas competían por lo mismo.

Pityusa llevó sobre su propia persona, fresca y clarísima como las
fuentes cristalinas que brotan en las montañas, cuanto su avidez de
mejora pudo adquirir de quienes la trataron. Ciencia de la vida, facilidad y finura para percibir o hacer ver matices de sensibilidad en la
práctica del amor; la esencia de secretos que las antiguas civilizaciones
habían transmitido en libros, mármoles, mosaicos y pinturas, donde los
ojos y las actitudes hablaban como dilatados poemas del sentimiento.

Cuántas consecuencias en fin pudo por sí misma sacar de aquellos
años, en que confiada a muchos dejóse llevar por ellos inconsciente.
Hasta su mismo cuarto llegaba la marea de amor que la tenía aparte,
haciéndola vivir en un perpetuo desvarío, donde muy difícilmente se
encontraba a sí propia, llevándola cuando salía en un continuo oscilar
de insinuaciones dardeadas por labios desconocidos, brutales algunas,
otras como gorjeos de pájaros que la timpanizaban[135], según podía
adivinarse en su marcha insegura, en la humildad del gesto, sonrosado
a veces y cubierto como por ámbar cernido, en el orgasmo de los ojos
sobre cuyos cristales el ídolo nuevo tendía un velo que temblaba con

---

134 *Descorticados*: Que les ha sido extirpada su corteza exterior.
135 *Timpanizar*: Abultarse y/o ponerse tenso.

las irisaciones de las joyas y el oro de su cabello, más puro que una inspiración de Chavannes[136].

Lo que en cualquier otra parte era ya una excelencia, en París suponía poco. Responder bien, artísticamente, a la solicitud de fuera, era cuestión de nervios; no requería espíritu.

Pityusa se encontró pobre y mal defendida frente a mujeres que sin violencia sabían fingir aquello mismo, disponiendo además de elementos para formar en torno a quien quisiesen la misma radiación de espejismos y engañosas imágenes. Podían iluminar o dejar en la sombra; eran soles dotados de luz propia, y ella un cuerpo en formación que brillaba todavía con reflejos prestados.

Su éxito en la villa francesa había sido de este género.

Era muy celebrado por entonces un *clubman* inglés, cuya juventud, riqueza y *chic* traían vuelto el juicio a sus compañeras.

Teníase como una lotería conseguir sus favores.

Acerca de su vida, pasada entre palatinas vanidades y aventuras de peligro en la India, se contaban noticias y novelescos episodios.

La cadena del Himalaya y los llanos indo-gangéticos, regados por innumerables afluentes de los dos ríos, habían sido el principal terreno de sus hechos.

Desde el Afganistán a las fronteras assamitas[137] campeó como un nabab[138] aventurero, batiendo con armas y gente los pasos de la cordillera, los bosques de bananas[139] y depresiones pantanosas del llano.

Rodeaba su figura la aureola de los formidables riesgos sobre mesetas calcinadas como tierras lunares, respirando otras veces, durante meses enteros, las nieblas de los pantanos donde el morbo y las fiebres alentaban sus ponzoñas fosfóreas, o abriéndose paso de noche en medio de selvas incendiadas, por cuyo suelo corrían, persiguiendo a fieras locas de miedo, arroyos de líquidas resinas que serpenteaban como sangre inflamada de volcanes.

Los iniciados en estas novelerías evocaban al mirarle el recuerdo de las cavernas sagradas, los desproporcionados montes y bosques, las peregrinaciones de seis años por la orilla del Ganges[140], desde el delta

---

136   *Chavannes*: Pierre Puvis de Chavannes (1824-1898), pintor asociado al movimiento simbolista francés, que realizó numerosos frescos y pinturas murales. Sus cuadros se caracterizan por la quietud y la inspiración en motivos clásicos grecorromanos.

137   *Assamitas*: Pertenecientes al estado de Assam, en el nordeste de India.

138   *Nabab*: Persona muy rica.

139   *Bananas*: Tipo de mariposas originarias de América.

140   *Ganges*: El río más importante de la India, que posee para muchos de sus habitantes un carácter sagrado.

a las fuentes, de éstas a la desembocadura; las ciudades fanáticas, el hambre, los caminos de desarrollo infinito, a los cuales forman de noche improvisados crepúsculos hornos donde queman centenas de cadáveres; la vida en conjunto de esa vieja, protohistórica y misteriosa India, prolongada como formidable camino del continente entre los mares de Arabia y Bengala.

Sabía el personaje sostener sus leyendas, que no lo eran en absoluto, con actitudes académicas, con un torrente de oro prodigado a su mesnada y con artificios de vestido que unos creían auténticos de las antiguas tierras y otros copiados sencillamente de cualquier vitrina o maniquí de South Kensington[141].

Los que pasaban por bien informados decían que eran sólo traslados del Louvre, falseados por un exceso de imaginación.

Un día presentábase vestido a la europea, soldado el monóculo bajo la ceja albina; otro como patriarca ario, barbado, blanco, solemne, y al siguiente como brahmán[142] o fastuoso *radjah*[143], caracterizado a la perfección en líneas, color y gesto.

Hacíase llamar Tomy.

Tres o cuatro duelos favorables habían cimentado sólidamente su reputación de personaje irresistible. Las mujeres se le ofrecían como pájaros fascinados.

Pityusa tuvo la ingenuidad de enamorarse de él. Su elegancia de *gentleman*, su corrección de maneras, la misma fantasmagoría de su existencia equívoca la trastornaban.

Se puso cien veces en evidencia, cometió incorrecciones lastimosas por sacar adelante aquella veleidad de niña mal segura, y vio con tristeza huir a cada intento el ideal de sus miras.

Las amigas le dejaron vía libre, seguras del fracaso.

Tomy dignóse apenas mirarla. Se vio muy notoria esta indiferencia con ocasión de una fiesta a la que había sido invitada por ellas.

Ocupaban el centro de una gran habitación dispuesta a estilo oriental, con profusión de lacas y dorados que adquirían vigor bajo el matiz rosa de las luces.

El *clubman*, desnuda la cabeza, un hombro y el brazo correspon-

---

141 *South Kengsinton*: Barrio de Londres que acoge numerosos museos y universidades, como el National History Museum, el Victoria and Albert Museum, el Royal Albert Hall o la Royal Geographical Society.

142 *Brahmán*: Aquellos pertenecientes a la casta más poderosa (intelectuales y sacerdotes) del antiguo sistema de división social de la India.

143 *Radjah*: Soberano indio.

diente, con un gran abanico oval en la mano y el resto del cuerpo cubierto por un manto escarlata, presidía la cena. Quería ser bonzo aquella noche.

La piel bronceña velaba una musculatura fuerte, de suaves líneas. Su mirar, perturbado por un brebaje de *haschisch*[144] y opio[145], vagaba de uno en otro invitado, reinando como otras veces desde las cumbres de la cordillera.

Sus amigos apoyaban las cabezas en las gargantas de las musas. Habían acudido las más conocidas, reproduciendo tipos indostánicos[146].

Designó Tomy la suya, una *begaun* o princesita musulmana de finas mejillas, ojos prolongados por el lápiz, cejas revueltas a la manera ninivita[147], y la sentó a su derecha, levantando en honor suyo la copa.

Pityusa, olvidada, sin haber inspirado un solo cumplimiento al *clubman* ni a sus amigos, consideró con espanto su falsa situación.

Un criado de Tomy se acercó para galantearla. Era una especie de momia babeante, un simio enteco[148], envejecido, giboso[149]; una grotesca contraforma de hombre; un bufón.

El traje oriental, complicado y barroco, contribuía a aumentar el asco físico que inspiraba.

Pityusa, herida por la burla, huyó, regando con su llanto la alfombra desarrollada como una estela grana en la escalera del hotel.

Los criados, firmes en los rincones con el grotesco empaque de ídolos de pagoda, inclinaron la cabeza a su paso entornando los párpados sobre ojos ardientes de felino.

Había sido la señal para aislarla en definitiva. A partir de aquel

---

144 *Haschisch*: Hoy en día lexicalizado en español como «hachís». Droga derivada del *cannabis*, que se consume fumada y genera un efecto depresor en el sistema nervioso. Empezó a ponerse de moda en el siglo XIX a raíz del interés por el orientalismo.

145 *Opio*: Droga fabricada con la flor de la adormidera, a partir de la cual también se producen fármacos como la morfina o drogas como la heroína. Igual que el hachís, su éxito en el siglo XIX viene dado por la influencia de la moda oriental en Europa.

146 *Indostánicos*: Proveniente de la zona formada por los actuales países de India, Pakistán, Nepal, Bangladesh, Sri Lanka, Las Maldivas, Bután y Nepal, al sur de Asia, cuya frontera natural con el resto del continente está marcada por la cordillera del Himalaya.

147 *Ninivita*: De la antigua ciudad de Nínive en el imperio asirio, hoy inexistente, que actualmente se situaría en Irak.

148 *Enteco*: Enfermizo y debilitado. La presencia de hombres con parecido a monos y simios volverá a estar muy presente al final de la novela. Véase al respecto la introducción que acompaña este volumen.

149 *Giboso*: Que tiene una joroba en la espalda.

punto sus intentos no tuvieron valor. El soplo del ridículo alentó sobre su persona y nombre y nadie sin otro interés que el de ella misma lo hubiera afrontado a riesgo de indisponerse con todos.

Por humanidad nunca desatendida entre sus iguales la abandonaron a Nikko, a quien se ocultó el caso lamentable ocurrido con su conquista. El joven atribuía la soledad en que los dejaban a deferencia para con él u homenaje al buen recuerdo del tío.

Tal era el encadenamiento de sucesos que hacía llorar a Pityusa durante la nocturna aventuranza por el viejo París que en el arroyo quemaba su vida bulliciosa.

Pasaron el puente Notre Dame[150] después de bordear la orilla por la *quai* de Gesvres[151] y atravesaron la isla[152] conversando. Las luces a distancia recortaban en la sombra sus siluetas de enamorados del *quartier*[153], dudosos y lentos como principiantes de la vida:

—¿Estás tal vez enferma? –insinuó el joven.

—No. Es que me cansa ya vivir.

Con la mirada parecía interrogar la gran masa de la Caserne[154], la más alejada del Hôtel Dieu[155] donde luces vigilantes tendían un albor rosado sobre ventanas en expectación.

—A sitios como París hay que llegar... no sé, de cierto modo.

—¿Qué dices?

—Sí... con caudal de muchas cosas.

—¡Ah!

—Y cuerpo; ¡qué sé yo!

—Pero eso se consigue con paciencia y viviendo. No temas. Puedes tomar el tiempo que te parezca: un año, dos, tres; yo te quiero; pasaremos juntos por la vida y más tarde te parecerá mejor lo que ahora no puedes resistir.

Habían llegado al extremo de la calle frente a Notre Dame. En la gran plaza se elevaban como gigantes con vida las dos torres que se

---

150 *Puente Notre Dame*: Une la ribera derecha del Sena con la Île de la Cité, situada en el centro del río Sena, donde se encuentra la célebre catedral de Notre Dame.

151 *Quai des Gesvres*: Vía situada justo en la ribera derecha del Sena, al lado del edificio del ayuntamiento de París.

152 *La isla*: Se refiere a la Île de la Cité.

153 *Quartier*: En francés, barrio.

154 *Caserne*: En francés, cuartel. Es probable que se refiera al edificio del Palacio de Justicia, situado también en la Île de la Cité o al edificio anexo de la Conciergerie, que en la época todavía tenía funciones carcelarias.

155 *Hôtel Dieu*: Hospital parisino situado en la Île de la Cité, considerado el más antiguo de la ciudad.

tendían la mano por encima de la enorme claraboya central. Cresterías de obscuro y prodigioso encaje diademaban el edificio sobre el fondo de constelado firmamento.

—¡Qué quieres! No me convence París. Para mi gusto esto es muy negro; hay aquí sobra de obscuridad.

Apoyaba, marchando, la cabeza en el pecho del joven, en tanto sus ojos, velados para mirar con interior sentido de artista las líneas tendidas atrevidamente sobre el cielo, decían que no y protestaban dando a los labios un mentís[156] doloroso.

Negras y espetadas[157] gárgolas, horribles figuras como pesadillas, de pie o sentadas en los ángulos y salientes, dibujaban perfiles angulosos, abrían fauces delirantes sobre el cendal[158] de estrellas.

De noche estos monumentos parecen animarse; con dificultad arquitectura ninguna podrá superar a la gótica en vida y poesía. Cuando la escasa luz quita a los adornos y figuras sus realidades de piedra, los perfiles, la concepción artística, adquieren todo su valor para imponerse con una fuerza extraña.

El genio de los antiguos maestros latía allí su ritmo de excelsitud y varia belleza.

Eran aquellos entre otros, los espíritus, las solicitaciones misteriosas de la gran ciudad; un vino de los muchos que París difundía sustentando con ellos los cerebros.

Muy triste dejarlo. ¿Quién hubiera podido anticipar cuándo y en qué circunstancias volvería a él?

¡Ah, si fuese posible para una mujer joven y bella la vida a solas o con los edificios y la calle!

No estaba habituada y era además demasiado sencilla para hacerla. Se veía con la imaginación, de uno en otro lugar, turbada, pendiente de caras inalterables o artificialmente amistosas que no brindaban más que eso: la ostentación de una belleza aplaudida, las más veces sólo buena para exhibirse a distancia y con luces favorables. Veíase vagando sin norte por *cabarets* y cervecerías de segundo o ínfimo orden, entregada al destino, a ese destino ciego, sin forma, cuya volubilidad le había siempre aterrado y que era, no obstante, su primer y verdadero señor; el señor de todas ellas, pobres flores de lejanos jardines indiferentemente encumbradas o hundidas por la misma fatalidad caprichosa.

---

156 *Mentís*: Signo que contradice o niega una afirmación.

157 *Espetadas*: Afectadas, de expresión grave y rígida.

158 *Cendal*: Tejido muy fino de lino o seda. Aquí se usa para establecer una comparación con el brillo y la abundancia de estrellas en el cielo nocturno.

¡Qué tristes reflexiones, qué doloroso divagar le había inspirado la intuición nada más de todo esto, cuando apenas llegada se sintió conducida sobre aquellos círculos de humanidad más baja, amable como la otra o tal vez con mayor motivo, no obstante su bullicio, su irrefrenable palabrear, la embriaguez de gestos y ademanes que contrastaban con la juventud de ella, más que extremosa, atenta; más que jovial, afable, delicadamente felina!

En ondas abigarradas, nutridas de mortales anhelos, diezmadas por la tisis, por el mal terrible, había visto apretarse y adelantar con la fiebre en los ojos y en las hundidas mejillas el rebaño de amadoras medrosas, las que París llamaba «hijas», pues lo eran de todos, entre todos las habían formado y a todos debían protección; la falange[159], asimismo, de sus seguidores y dueños; el tropel de estudiantes y artistas con sus amantes de temporada; proyectos o desecho de algo; esbozos que incompletamente brotaban del barro de la base; bullir de juventud informe y mezclada como pelotón de larvas inquietas.

Se había dicho que antes que decaer y hundirse en aquella agitación y barroca miseria, buscaría el amparo de otras ciudades, o colgada al brazo del primer aventurero exhibiría su amor cumplido por el mundo.

La hora había llegado y una pesadumbre infinita, una tristeza hecha de incertidumbre y defección la impedían decidirse, aceptar el espontáneo ofrecimiento, hecho con sencillez, frente a palacios y edificios cuyas abultadas masas tenían la apariencia, el carácter, de dioses muy antiguos o enormes paquidermos tumbados.

Arrastrándose, sin atreverse a contestar, seguía...; no hubiera podido decir cómo; sonámbula más bien; llegó un momento en que el alma de aquellos lugares la dominó con el tétrico espejeo de las aguas, con las siluetas que más abajo percibía, confusas y grandes, semiveladas en la neblina roja que a trechos aislados encendían claridades. No fue ya dueña de sí; un vértigo extraño la hizo oprimirse más y más contra el joven, y unidos, abrazados casi, ocuparon de nuevo el coche para correr con él buscando la luz, la animación de centros rientes hasta la plaza de la Bastilla[160] y desde allí por los grandes bulevares cuya alegría y claridad tendíase como divino arroyo entre márgenes de vivas construcciones.

---

159 *Falange*: Huesos que forman los dedos de una mano.

160 *Plaza de la Bastilla*: Lugar simbólico de la ciudad de París, ya que albergaba la antigua fortaleza y cárcel de la Bastilla, que fue destruida durante la Revolución Francesa en 1789, al ser tomada por el pueblo como lo que se considera el acto desencadenante de los hechos revolucionarios. Sigue siendo escenario de numerosos actos reivindicativos.

Pityusa había inclinado la frente sobre el hombro de Nikko.

Éste explicaba su proyecto, sentaba serenamente los jalones[161] de la vida distinta que al lado de ella se proponía hacer lejos de allí.

Un ardor particular parecía inspirarle, haciendo fluir larga y seguidamente de sus labios un murmullo de amor.

Era el flujo de vida que se abría en fin puertas por sus sentidos indolentes, venciendo una a una las trabas que hasta allí lo retuvieron.

¡Con qué insufrible pesar recordaba las horas pasadas sin rumbo, vacilante, fluctuando sobre afectos muy próximos, sin conseguir una satisfacción completa!

¡Qué triste comprobación la del tiempo baldíamente perdido cuando sentía inundado el alrededor por la onda de alegría, de placer sin freno que pasaba sin enviar hasta él la más ligera irisación de sus encajes!

¿Estaba fuera o en sí mismo la culpa?

¿Quién podría decirlo?

En él, sin duda, extraño amasijo de incongruencia y veleidad, de misantropía dolorosa que le hacía esquivar aquello mismo que con mayor avidez deseaba.

Por el gusto de correr y extraviarse había corrido muchas noches las vías interminables de aquel París que le irritaba con la aspereza del ajenjo[162].

Un murmullo indistinto partiendo de mil puntos se elevaba en el aire, activado por resplandores que las grandes plazas, calles y *squares*[163] vomitaban al modo de infernales, por encima de vetustas y negras edificaciones donde enormes pupilas como cornalinas[164] brotaban por tiempos para parpadearle y morir.

Salíanle al encuentro bandos de estudiantes y obreras o artistas que llegaban de cabarets y conciertos de última condición, el sombrero de ellas sobre la frente asombrando ojos muy grandes como rombos abiertos, la *jupe*[165] hasta la rodilla, libre la pierna para pedalear, cogidos del brazo todos, llenando la acera con su marcha resuelta, con el estribillo de picantes estrofas improvisadas sobre mesas de *bars* o

---

161 *Jalones*: Hitos.

162 *Ajenjo*: También llamada «absenta», bebida alcohólica fabricada a partir de una planta homónima, habitualmente de fuerte graduación alcohólica, muy popular durante el XIX y el fin de siglo. Relacionada con la bohemia, a principios de siglo XX se consideraba la bebida nacional de Francia.

163 *Squares*: En francés, plaza ajardinada.

164 *Cornalinas*: Mineral de color rojo o anaranjado.

165 *Jupe*: En francés, falda.

arrastradas de mayores a nuevos, secularmente, desde que el *quartier* era *quartier* y el genio parisién lo que es hoy día.

Tal vez algún noctámbulo, que involuntariamente asía de él, invitábale a tomar parte en sus diversiones, acabando por sentarle en las mesas comunes frente al dorado *bock*[166] y presentarlo a sus amigos. Nikko guiaba luego el bando hacia el más alegre de los lugares próximos, desatando entre ellos un regocijo delirante, con vivas y aclamaciones al isleño.

Otras veces una *fille*[167], de las muchas que febriles espiaban a la sombra de un edificio o junto al tronco de un árbol, después de mirarle atentamente se le acercaba, y poniéndole las manos en los hombros le decía con precipitación ardorosa, muy bajo, llorando casi:

—Estás sufriendo, hijo mío.

—No.

—¡Un dolor muy grande. Hay en ti una tristeza para asustar a un muerto. Ven, pobre *bébé*, descansa aquí, sobre el corazón!

Y rápidamente, oprimiéndole la cabeza entre las manos, la hundía en su seno piadoso, que Nikko sentía blandamente latir y consolarle.

Todo ello había pasado, con velocidad inverosímil, allí donde los segundos eran siglos y la vida el llamear apenas distinto de una estrella en el cielo. Su nueva situación le colocaba frente a aquella adorable muñeca a quien sentía suya y dispuesta a vencer los últimos temores que un paso definitivo inspira siempre.

Cuando la dejó, en apariencia ya tranquila, vuelto a su *appartement* de un *faubourg*[168] mal aireado, se consideró dueño del terreno, ardiendo sus ojos en el coche durante largo rato con soberbia claridad triunfante.

Pityusa, de bruces sobre el lecho lloró su ilusión perdida, sin consuelo, a raudales. El aya española que la cuidaba, sabiendo que estas crisis eran más violentas cuando alguien se proponía distraerla con imaginarios consuelos, la abrigó, dejó la habitación a obscuras y fue a sentarse lejos, donde no llegara el gemir de la joven; su queja desigual, arrastrada con la anómala monotonía de un rictus que desgarraba el corazón.

---

166 *Bock*: Variedad de cerveza de origen alemán de alta graduación alcohólica y color oscuro.

167 *Fille*: En francés, mujer, aunque aquí se usa como un eufemismo de prostituta.

168 *Faubourg*: En francés, barrio situado en los suburbios.

IV

Tres vapores hacen semanalmente la travesía de la península a la menor de las Gimnesias[169]: el *Nuevo Mahonés*, el *Menorquín* y el *Isla de Menorca*.

Los tres bastan para sostener y fomentar el escaso tráfico de la isla. Todos parten de noche y llegan a su destino siendo día claro.

Bueno será añadir que hacen su viaje con tranquilidad, sin apresurarse mucho. La compañía, interesándose a la vez por la salud del pasaje, los cuida como a otras tantas joyas de mérito.

No caben complicaciones. Los vapores parten cuando todos los semáforos acusan beatitud en el tiempo, y esperan si no, estoicamente, a que se calme el malo.

Sería preciso que un volcán, abriéndose de pronto en las entrañas del Mediterráneo, sorprendiera con repentina explosión de olas y lavas candentes a uno de estos barcos en su marcha, para que los intereses de la compañía y el inconsciente pasaje sufrieran lo más mínimo.

¡Qué sortilegio de travesía rozando apenas aguas de tonos tan varios como la inspiración de un colorista podría concebirlos, corriendo entre las blondas que levanta el tajamar[170] con fresco rasgueo de sedas violentadas!

Nada hay comparable a aquella transparente pureza, sobre la cual adelanta la costa su diadema de rocas carcomidas, como un viejo esqueleto roído por la caries, oqueado por los elementos, por el trabajo secular de los litodomos[171] que a minadas las pueblan.

Podría ser asiento de leyendas y cuentos inspirados. La historia sólo refiere a este perfil algunos hechos guerreros; la ficción no tiene una sola anécdota de interés para ondearla en los prismáticos o sinuosos cantiles[172], en las torres que, semejantes a modelos muy grandes de ajedrez, los atalayan.

---

169   *Gimnesias*: Nombre que se le da a las islas de Mallorca y Menorca.
170   *Tajamar*: Pieza de un barco situada en la proa que divide el agua cuando el barco está en marcha.
171   *Litodomos*: Moluscos que habitualmente crecen adheridos a las rocas de la costa.
172   *Cantiles*: Escalones que forman las rocas al borde del mar.

De tanto en tanto, un pájaro de mar cruza la proa, vuela a los lados o se pierde en la dirección del rumbo, dejando atrás el barco que lo caza, jadeando, desmelenada la cabellera de humos, recogido y ceñido en sus balances como un *racer*[173].

Cuando ya el pájaro se ha desvanecido, la extensión vuelve a abrirse, inmensa, sin la ilusión de un obstáculo, y el buque sigue su ruta, adelantando sobre el agua la nota alegre de la cubierta que desde el puente se ve revivir con la apariencia de un rompimiento ocráceo[174].

Los viajes de los tres transportes serían invariablemente iguales si el mar y la luz pudieran serlo una sola vez y no cambiaran infinitamente cada hora, en la serie de minutos que van marcando su vida sin limitación.

Nikko los conocía bien, y queriendo evitar a Pityusa y evitarse las curiosidades de a bordo, los comentarios sobre todo de la llegada, decidió dirigirse a su isla por vía diferente.

Un vapor salido de Marsella, el *Berenice*, los condujo a la bahía de Alcudia[175] antes que amaneciera.

El creciente indicado de la luna penetraba sin mucha dificultad la neblina, formando halos cerúleos[176], de ensueño, y facetando multiplicadamente el agua.

Varios montes conoides, no muy altos, dentellones de obscura corona, se dibujaban en el fondo sobre el arco de las luces de tierra.

Un confuso fragor de mecanismo encadenado, de fuerzas que roznan y se inquietan, subía de las máquinas haciendo trepidar el buque, cuyos palos, alzados con valentía y carácter, arañaban el cielo, acordes en su rimada oscilación.

Algunos lanchones esperaban abajo los equipajes.

Entre la bruma acabó por destacarse un bote. Iban en él dos sombras, cuyo contorno brotaba con dureza de la movible extensión.

Los hombres del *Berenice* las miraban hacer.

El bote atracó a babor, cambiando las sombras algunas palabras con los de arriba. Primero bajó Nikko para recibir en sus brazos a Pityusa, que fue a arrebujarse pronto junto a él. Los remos volvieron a palmear, y callaron los jóvenes para mirar el jade resplandor de las

---

173   *Racer*: En inglés, piloto de carreras.
174   *Ocráceo*: De color ocre o amarillento.
175   *Bahía de Alcudia*: Puerto situado en el extremo norte de la isla de Mallorca.
176   *Cerúleo*: Azul.

noctílucas[177], la silueta del capitán que en el puente del buque se movía, preparándose a tomar el largo nuevamente.

Un balandro[178] les esperaba en el fondo de la bahía. Era una embarcación ligera y sólida, que había servido a Nikko en sus paseos por mar, prefiriéndola a dos más que conservaba: un bote y el guairo *Ana Victoria*.

Pasaron a ella, dejó a uno de los hombres con encargo de expedir cuanto antes su equipaje, y sin detenerse, aprovechando las rachas del oeste que se levantaban, enfilaron el canal, corriendo oblicuamente hacia la punta sur de Menorca.

Para Pityusa aquella travesía, no obstante lo apacible del tiempo, la diafanidad del aire, en cuya altura alboreada algunas estrellas se movían con el brillo de esas burbujas que reflejan la luz desde el seno hialino de un cristal, tenía una significación poco agradable. Era el retiro después de la derrota.

El amor a Nikko podía sólo prestar un interés romántico a la aventura.

Así que se propuso con todas veras quererlo, darlo a entender al menos, en público y en privado, con hechos exteriores tan claros, de tal naturaleza, que hicieran patente a los ojos de todos esta devoción.

Le iba en ello su puesto de mujer de mundo, tan trabajosamente ganado, y era al mismo tiempo una satisfacción que concedía a su secreta vanidad de niña querida y solicitada por hombres cuya importancia conocía bien por haberlos deseado mucho.

Sentado el joven al timón la hablaba algunas veces o bien miraba distraído al mar, con aquella vaguedad de sonámbulo que se obstinaría ella en sostener, corrigiéndola hasta hacerla artística, ya que era lo más saliente y el carácter de mayor interés que en él había visto.

El agua estaba movida, y desde la cresta a la base las ondas variaban su color en suaves gradaciones del esmeralda al violeta.

Desde muy lejos, al oeste, veíanse venir las rachas arrastrando toda una línea de ondas que corrían al frente de otras en tropel, apretadas; los huecos intermedios, rizados menudamente, derramábanse en un deslizamiento continuo y se rompían al llegar a los rafes[179].

---

177 *Noctílucas*: Plancton que al ser agitado, por las olas o la estela de un barco, brilla en la oscuridad. También conocidas como «las luciérnagas del mar».

178 *Balandro*: Velero pequeño con un solo mástil.

179 *Rafes*: Bordes.

Una crepitación de gruesos rocíos hervía encima de ellos, y su furia intermitente pasaba azotando como granizo.

Nuevas rachas llegaban, y otras y otras.

Tomaban de costado al velero, que crujía y saltaba a su empuje, hundiendo la proa, alzándola de nuevo con altivo y nervioso brío. El foque y la cangreja, grandes, muy blancos, se abrían al viento, tumbaban dolorosamente a cada racha, inclinando el balandro que volaba con la borda en el mar.

Pityusa se estremecía a cada tumbo. El marinero, doblado, de espaldas al viento, las manos juntas entre las rodillas, atendía a las velas. Nikko, clavado en la barra, mantenía al *Margot* en el rumbo sin dejarle derivar un solo grado.

Detrás de él la mesana[180], vibrando como un tímpano, favorecía el efecto del timón. En el lejano oriente se alzó una llamarada que sembró de oro el mar hasta la línea del otro horizonte.

Los planetas dejaron de lucir, tomando el cielo coloración muy clara de zafiro. Era el sol que salía de las aguas, divino y grande, volviendo a ver su mundo con gesto abierto de constante atención.

Muy lejos aún, la costa menorquina se desplegaba como una faja gris veteada de rojo.

—¿Son muy peligrosas estas aguas? –había preguntado Pityusa.

—Ni más ni menos que las de otros parajes en este mar —respondió el joven–. A pesar de ello, no sé que haya ocurrido aquí ningún naufragio.

El marinero, volviendo hacia sus amos el semblante cianosado[181] por el nordeste, se creyó en el caso de corregir.

—No hace mucho hubo uno, uno sólo; no fue cosa mayor.

Pityusa sonrió. Tenía formado su concepto acerca la importancia de cualquier cosa que fuese en aquellos lugares.

Bep atusó los grandes bigotes que caían a los lados, dándole un aire de galo antiguo, y señalando un punto hacia el este dijo:

—Debió de ocurrir por allá.

Era un mocetón alto y fornido, con sangre francesa en las venas, bíceps de hierro y un cuerpo hecho a todas las fatigas. Los tres surcos que, como en la mayor parte de los hombres de mar, tiraban del ángulo de sus ojos, iluminábanle el semblante con expresión de perpetua sonrisa.

---

180 *Mesana*: Vela que se coloca en el mástil del mismo nombre.
181 *Cianosado*: Piel azul o morada.

Pityusa recordaba retratos de guerreros antiguos, vistos en París, que se le parecían.

—¿Qué barco era? –preguntó su amo.

—Barco, ninguno. Bote sólo, tripulado por un *penito* que escapaba hacia Argel.

Conocía Nikko aventuras semejantes de los corrigendos que extinguen su tiempo en la penitenciaría militar. La mayor parte de ellos sufren condena por infracciones que cualquier otro código desestimaría.

Durante meses y meses, mal alimentados, degradados por la sola idea del castigo, soportan su reclusión frente a la sábana invariable y dorada, cuya monotonía, sobre todo en verano, aniquila su voluntad, los trastorna.

Muchos caen enfermos, consiguiendo estancias pronto cumplidas en el hospital militar.

Llega un día en que la añoranza, su secuestro aun en medio de personas, les obsesiona, los saca de sí. En el fuerte, la fuga no es práctica. Desde el hospital, sin guardia ninguna, enclavado en una isleta del puerto, con los botes de la Administración a merced del primero que sepa aprovecharlos, resulta más fácil.

—¿Cuándo ocurrió?

Hará por estos días un año. El *penito* estaba en el hospital a punto de cumplir una licencia. Vestido con la ropa de un enfermero, y gateando por las maderas de la puerta, escaló la tapia; a la derecha, en un edificio bajo, vivía un sargento de la brigada; a la izquierda, el portero con su familia.

Se acercó al almacén de jarcias[182], cuya puerta nunca se abre de noche; en el cuarto de los falueros[183], la luz que vela mientras duermen debió de contrariarle. Sin esperanza de aprovisionarse ni comer en todo el día siguiente, bajó al embarcadero, en uno de cuyos recodos estaba aparejado el bote de servicio. Todo esto se indujo al ver la huella que en las piedras imprimieron sus pies, acuchillados por los vidrios de la tapia.

Dormitaba también el botero[184] de servicio, a cuyo cargo corre pasar los enfermos cuando le llaman de la cala frontera.

---

182 *Jarcias*: Aparejos de una embarcación a vela; también los utilizados para pescar.

183 *Falueros*: Remeros de cada una de las pequeñas embarcaciones de transporte, «falúas», en los distintos cuerpos militares.

184 *Botero*: Patrón de un barco pequeño.

Nadie le había sentido; sin inconveniente pudo avanzar remando hasta la escotadura que llaman Cala Cor[185].

Comprendiendo, sin duda, que al día siguiente circularían órdenes y sería buscado en la isla y fuera de ella, se ocultó por el interior, donde abundan las cuevas naturales o labradas por gentes muy primitivas. El tiempo, además, estaba encalmado; los pescadores que salieron al largo aquellos días no dieron razón de tal hombre.

Un *penito* libre corriendo por la isla, más que motivo de inquietud, es materia de gracioso regocijo. Nadie le teme, aunque todos hablan de él y traen a cada momento una noticia de sus aventuras. Saben que no ha de matar, turbar ni molestar a nadie, y tiene en cambio la virtud de entretener por su cuenta las pobres luces de la fantasía isleña, el divertido cotorrear de la colonia forastera, hombres inclusive. Todo dueño de bote o embarcación ligera se echa a temblar por los suyos. En alguno ha de fugarse.

—¿A quién le tocará? Los arrendadores vigilan sus ganados, y las *madonas*[186] de los predios guardan a las *al·lotes*.

El pobre *penito* recorre entre tanto la isla, extenuado, sin fuerzas, viviendo del merodeo y en la imposibilidad de presentarse a ninguno, ni realizar hazaña mayor. Es su solo nombre el que produce aquella algarabía y la aprensión de verle cualquier noche aparecer en el marco de una puerta, con un arma en cada puño, o trasudando, los ojos redondos, brillantes y blandos por el miedo, agobiado todo él y en el último límite de la resistencia moral.

Acaba por matarse o dejarse prender. Alguno ha conseguido, sin embargo, llegar hasta Argelia.

—Estuvo errando por tierra –continuó Bep– muchos días; en algunos predios dicen que lo vieron.

Cuando nadie le recordaba ya, faltó un bote en Ciudadela[187].

El viento era bueno, la ocasión no. Al llegar ante la Isla del Aire[188] encontró mar tan recio, como pocas embarcaciones de aquel porte hubieran podido resistirlo.

Los marineros del hospital, que habían zarpado antes del alba para

---

185 *Cala Cor*: Conocida como «Cala Corb», está situada en el extremo este de la isla de Menorca, muy cerca del puerto de Mahón.

186 *Madonas*: En catalán, mujer mayor, viuda o casada.

187 *Ciudadela*: También conocida en catalán como Ciutadella, es junto con Mahón una de las ciudades más emblemáticas e importantes de Menorca. Está situada en el extremo oeste de la isla.

188 *Isla del Aire*: Islote de 34 hectáreas situado frente a la costa de Menorca, en el extremo sureste.

probar una falúa y traer arena de la costa, lo vieron luchando con el temporal, sin fuerza ya, ni poder ellos valerle.

Falto de lastre el bote, obedecía apenas al timón, zarandeándole el mar como un barquito de papel.

Caía y se elevaba, aturdido, sin un apoyo firme en el viento o en el oleaje que le permitiera derivar la furia de éstos en su provecho.

La misma pequeñez y fragilidad le daban a distancia un aire simpático, haciendo más penosa de ver su desesperada lucha. Navegaba a todo trapo, corriendo y cabeceando al frente de las olas, como un pájaro herido.

Su tripulante lo conducía con el timón y la escota. Veíase que trataba de aprovechar el viento para alejarse del canal y de la costa mallorquina cuanto pudiera.

El temor, o una ráfaga violenta, le arrancaron la escota[189] de la mano; hasta entonces, el peligro, ciertamente, no había parecido imposible de vencer.

Mas la entena[190], obedeciendo ya sólo a la mura[191], se puso vertical, en tanto el viento agitaba furiosamente la mística[192] como jirón arrecido.

Por atender a ella abandonó el hombre la popa. Un golpe de mar, tomando a la embarcación de soslayo, la atravesó contra el oleaje.

Así no podía sostenerse; hubiera zozobrado al primer envión del agua. Comprendiéndolo de este modo, armó los remos y pudo restituirla a su primera línea.

Trató de sujetar la mística sacudida con violencia y cuya escota descargaba latigazos frenéticos contra las bandas. Varias veces lo envolvió, arrastrándole y haciéndole dar de bruces contra el palo.

Pensó a continuación arriar y recoger la vela. Mientras soltaba la driza[193], el mar suspendió y arrancó uno de los remos, cuyo estrobo[194] aflojado pudo sin dificultad escurrir tolete arriba.

De nuevo, en el cortísimo tiempo de esta maniobra, el cascarón presentó su costado al oleaje.

---

189   *Escota*: Cabos que sirven para ajustar el ángulo de las velas de una embarcación.

190   *Entena*: Palo o vara curvo al cual se sujeta la vela principal de un aparejo latino.

191   *Mura*: O «amura», cabo que sujeta las velas a la parte de delante (proa); también cada uno de los lados delanteros de una embarcación.

192   *Mística*: por extensión, vela del tipo de embarcación denominada *Místico*, de aparejo latino y típica de la costa Catalana.

193   *Driza*: Cuerda con la que izar las velas.

194   *Estrobo*: Cuerda o cabo corto que en una embarcación sirve, entre otras cosas, para sujetar los remos.

Los falueros dejaron de remar. Miraban ansiosamente, contando los golpes con que las olas le amagaban.

No podían ser muchos.

—¡Uno!... ¡Dos!

Hacía el hombre por recuperar el remo que, semejante a un cirio blanco, flotaba a pocas brazas, tan pronto vertical como tendido o inclinado, según la fantasía del líquido.

—¡Tres!

El agua parecía jadear con respiración monstruosa, arrancando o retrocediendo.

Pasó una onda enorme, en cuyo lomo el bote, sin gobierno, se agitó penosamente. El mar, seguro de su presa, jugaba con ella. De pie en la popa, alzó el soldado los brazos. Debió sin duda de gritar.

El viento extinguió su imprecación, si la hubo.

—¡Cuatro!... ¡¡Cinco!!

Inclinóse la barca para caer con la ola. Sorprendida allí por un empuje rezagado, dio la vuelta sin lucha, suavemente; el enemigo la arrolló con menos dificultad que un soplo de aire voltea y avienta una pavesa[195].

Cuando los marineros llegaron el hombre había desaparecido. Ni rastro de él en el agua. Sólo el bote, con la quilla hacia arriba, contaba sus tristezas al cielo.

Todo ello había ocurrido en menos tiempo que supone contarlo. Pudo el *penito* salvarse con la misma facilidad con que pereció.

Llamaron. Dieron voces. Estuvieron capeando mucho rato.

Puesto a remolque el *Lucila* ganaron el puerto. La falúa había hecho buen viaje y una presa imprevista.

No llegaban las arenas.

Traía en cambio una noticia sensacional para el curioso entretenimiento menorquín, y como tantas veces después había de hacerlo, a sus cinco hombres encanecidos en estas bagatelas de la vida marina.

La anécdota hizo pensar a Pityusa que allí, como en todas partes, el vivir tenía belleza y hasta quiebras no desprovistas de interés.

El humo parisién, la ficción y artificio que lo doran, llenaron su cabeza de falsas ideas. Se había habituado a juzgar, no de las cosas en sí precisamente, sino de las apreciaciones que otros le presentaban sobre ellas.

Pero el verdadero valor está en los hechos considerados aparte, con

---

195 *Pavesa*: Pequeña brasa o chispa que salta de algún elemento ardiendo y que rápidamente se convierte en ceniza.

independencia unos de otros; lo demás es palabrería, modos de ver variables en cada lugar y asunto.

Lo positivo acerca de su situación, y esto por un tiempo que desde luego no podía limitar, era verse arrebatada de una holgura cuyas primicias la habían fascinado. Después la necesidad de vivir junto a aquel hombre apenas hecho, del cual no conocía otros antecedentes formales que los escritos en su cara.

No le faltaba cierta belleza tal como entonces le veía, patronando la embarcación, destacándose de perfil sobre el azul del mar; tenía un aire de medallón antiguo palidecido. Tal vez cerrando los ojos a algunos defectos llegara a interesarse y a quererle.

Esto, sin duda, estaba lejos. Entre tanto, viviría.

Se le alcanzaba ya que el primero y fundamental valor es el personal, aquello que uno, adonde quiera que vaya, lleva consigo, dentro de sí mismo, con capacidad para producir cambios alrededor y desintegrar sin modificarse.

En el mundo, después de todo, no había sino eso. Fuerzas, constantes cada una en la dirección y en sus modos de obrar; energías de fuera que se les sumaban u oponían su efecto.

Veníale a la memoria el recuerdo de muchos que conoció buscando con afán como el mejor regalo durante los últimos años de una vida probada por acerbas experiencias, la lectura de un libro afable, la caricia de un rayo de sol, la charla fresca de un niño en interiores, donde toda comodidad y complicado goce parecía que debieran darse.

¡Y se llegaba a eso como suprema aspiración tras años de lucha, que creyó galvanizados[196] por el soplo de gigantescas ambiciones, por anhelos titánicos de poder y gloria!

¡Para qué necesitaba entonces París, aunque mucho le doliera haber de renunciar a él tan joven!

Ante los tres tendíase el panorama de la isla coronado por predios, torres y mazos de verdor.

Presentaba el mar un tono profundo, cuya pureza de transparente amatista era un anuncio del cielo de los trópicos.

El *Margot* iba saltando entre encajes que se atropellaban y hervían como rizosas faldas de mujer, dejando su roce una sensación refrescante y pura.

---

196 *Galvanizar*: En este contexto, reactivar alguna actividad o sentimiento.

Nikko decía por sus nombres los infinitos entres y ensenadas de la costa, cerrados casi todos por playas muy reducidas bajo alfombras de secos varecs[197], o bien al descubierto, brindando al sol que las calcina arenas de diminutas conchas.

Dos o tres arroyos desaguan allí su mezquino caudal después de largo correr por barrancos que sostienen la frondosidad mayor de la isla.

Todo aquel relieve era bello y muy vario dentro de su exterior sencillez de roca acantilada.

Llegados a la zona más meridional, fueron costeando hasta el doble resguardo de Alcaufá[198], donde Nikko tenía posesiones y la quinta destinada por el pronto a Pityusa.

Ganaron la playa mayor, la oriental, abierta entre rocas muy altas y limitada al fondo por una capa de algas secas que se hundían al paso.

En el muro de la derecha algunos boquetes anunciaban cavernas interiores que debieron servir de habitación.

Por encima de ellas, ante un panorama envidiable, blancos edificios como garitas esperaban el semanal asueto de sus dueños, labradores del pueblo vecino de San Luis, asociados para disfrutarlas en común.

Un recuerdo de la dominación inglesa sobrevive allí, en efecto: la costumbre de guardar el día festivo.

Grandes y chicos, pobres o acomodados, cuantos tienen un predio donde agazaparse o una cabaña en la costa donde esconder su pacífica satisfacción, desfilan los días de vagar en tartanichos, montados o a pie, para solazarse comiendo y pescando. Apenas hablan; no se dan cuenta de lo que está por fuera de ellos; llegada la hora se reúnen en torno a una colina de comestibles y la devoran plácidamente.

Los pobres hacen más. Parten en barca; toman por suyo uno cualquiera de los muchos islotes levantados frente a la costa; plantan en él su tienda, y viven como inofensiva tribu dos, cuatro o más días, ajenos a todo, excepto al placer de vivir sin inquietud, sencilla y piadosamente.

Al fin vuelven cantando sobre el mar que acompaña, dilatándolas, sus salmodias, melodías sin fuerza, principalmente inspiradas por la musa de los oficios. Las mismas que al promediar la tarde se escuchan,

---

197 *Varecs*: Algas marinas.
198 *Alcaufá*: O Alcaufar, pueblo de Menorca situado en la costa este, cerca de Mahón, al borde de una prominente entrada del mar en la tierra.

corriendo las calles antiguas de la ciudad, como un eco de ergástulas[199] o de mazmorras donde penaran siervos apelotonados. Se las oye arrastrarse en notas de una igualdad sin brillantez, tendiendo los ecos soñolientos entre relieve y relieve su tul de mallas sedativas que acaban por hipnotizar como un *haschich* o como el jugo embotador de la amapola.

El balandro quedó fondeado a la entrada de la escotadura.

Siguiendo el festón roquizo llegaron los dos jóvenes hasta la playa. Una cerca limita allí un vergel, donde los penachos radiados de dos palmas retuercen sus hojas, erguidas como las púas de una rosa geométrica.

A pie y sin detenerse emprendieron el camino del predio.

Atravesaban un terreno arenoso bajo los ramos de viejas cupulíferas[200], cuyos troncos anquilosados, víctimas de cien mutilaciones, parecían a Pityusa lamentable exhibición de muñones y deformidades.

Luego pasaron bajo un dosel de pinos.

Una casa muy blanca los esperaba pasos más allá; era grande y capaz, de lisa fachada, vibrando el verdor de sus huecos sobre el haz de nieve.

Erguida ante el paisaje, tenía una expresión de solitaria altivez que impresionó a Pityusa. Había encontrado ya desde que desembarcó cierta sequedad, cierto aire raro de anomalía, considerando el bosquecillo poco denso, coriáceo[201] y a medio agostar que atravesaron, el suelo de suelta arena, las hierbas holladas y caídas, el abandono y silencio de aquel país con fuerza sólo para reverberar destellos de acero, para mirarla gravemente por cien ojos inmóviles que el ramaje, los huecos y manchas de líquenes en las rocas fingían.

El alma menorquina, encalmada y vidriosa, estaba allí vejando el humor, curvándolo.

Se sentía fatigada. La serie de impresiones que una sobre otra y sin interrupción hubo de recibir le producían un cansancio insufrible, algo por el momento como esa zozobra tan deprimente para confesada como penosa para sentida; la misma que hace a muchos replegarse, huir el trato de amigos, temblar ante el mundo y recluirse lejos o desaparecer de su casa y país para que nadie sepa luego adónde les ha conducido su miseria.

---

199   *Ergástulas*: Cárceles de esclavos del antiguo Imperio Romano.

200   *Cupulíferas*: Árboles de la misma familia que las hayas, caracterizados por la hoja pequeña y dura y la corteza retorcida.

201   *Coriáceo*: De textura, imagen o tacto de cuero.

Preguntad en las comunidades religiosas, en las escuelas de artistas y sabios qué causa principal decidió su vocación obligándoles a encerrarse, a buscar el amparo de un cenáculo o de una disciplina.

Todos en el principio fueron hombres libres; todos hubieran preferido vagar a su arbitrio, por nada ligados y sin sumisión a ningún yugo.

La sensación del vacío, ese mal de la altura o de los desiertos, la soledad vertiginosa que se apodera del alma haciéndola retroceder o dar de bruces, acabó con la fuerza moral de casi todos.

A ella deben muchos su caída, que con frecuencia se llama conversión, explotada por los interesados en dotar al general concierto de nuevos individuos que lo perpetúen.

Pityusa sentía con frecuencia ese terror a todo, ese miedo a la vida y a las cosas, cuando velados los ojos por mosaico de infinitas facetas le daban de ellas imágenes no precisas, deformes y turbias que la llenaban de inquietud.

Con los otros sentidos le ocurría lo propio, asociándose además dentro de ella a cada percepción interpretaciones anormales de una temerosa vaguedad. Sin que nada exterior variase, para sus sentidos turbados el mundo se transformaba en pesadilla.

Sosteníala el pensar que todo esto iba a ser transitorio, contribuyendo más bien a embellecerla y a prestarla nuevo carácter.

Visitando en París un invernáculo le había sorprendido ver todo un incendio de salvias[202] en flor rodeando con sus vibrantes llamaradas el tronco de un palmito, velludo y largo, como fajada momia dispuesta para la cremación.

Nunca le pareció tan bien aquel pie burdo y sin gracia. Las salvias con el tiempo se marchitaron y el buen tronco, abultándose en lo alto como una víctima inflada y gibosa tras el suplicio, exhibió, desnuda de todo adorno, su base corroída.

Era algo semejante aquel ardor de los demás que había sentido junto a sí, aquella agitación hecha de voluntades y pasiones que hervían como metal fundido. Tal vez, así rodeada, resultase mejor.

Pero, ¿á qué pensar en ello?

Las circunstancias la habían por fin traído a una realidad, y esta realidad decía que la casa de Nikko era espaciosa; su femenino instinto adivinaba el mucho partido que del descuidado interior podría

---

202 *Salvias*: Arbusto común en la zona del Mediterráneo, de flores azuladas en forma de espiga.

obtenerse. Los muebles y adornos traídos de París iban sin duda a hacer la soledad mohosa de aquellas estancias mucho más confortable.

Fue el claro de luz donde su pensamiento se detuvo.

Rendida y sin fuerza para más, tomó posesión del cuarto, pudiendo al fin dormir sosegadamente, como los niños entre blondas, oprimiendo sin violencia el embozo la tierna mano de dibujo suavísimo.

Un gemido quedó suspenso en sus labios: una lágrima de gratitud y piedad bajó temblando por su piel, aporcelanada como las flores de las kalmias[203]. Atardecía.

---

203 *Kalmias*: Arbusto procedente de Norteamérica. Sus flores suelen ser de color blanco, rosa o morado.

V

Al despertar, un gran silencio recogió sus suspiros; por la ventana abierta, penetraba la luna; corría ya mediada la noche.

La luz cernía una marea tenue sobre el campo, donde miríadas de incansables insectos latían frenéticamente su cantar, uniforme y monótono, conforme a la virgen simplicidad de sus almas.

Las copas de los árboles, unidas en sombras confusas, ocultaban el dibujo costero. Más lejos, el mar, sobre su sábana celeste, mecía un cambiante, parecido en lo muerto al espejeo de la adularia[204].

Pityusa, ante aquella serenidad, sintió un sosiego inefable, una dulce caricia, un revenir de la vida anterior, cuyas figuras y escenas desenvolvíanse en su memoria con detalle completo.

Si hay un destino que decide ya en el origen la virtud, la vida aventurera u honrada de una mujer, marcándola con sello difícil de borrar, había sido tristemente señalada por él.

¡Qué rápidos pasaron los años primeros, cuando apenas sabía darse cuenta de su puesto en el mundo! ¿Era para celebrar un pálido languidecer entre extraños, recogida y criada al amparo de una compasión humillante, cuando no de un amor obligado y sin ternura?

Había tenido cuna humilde, en un rincón de la costa ibicenca, donde aquél a quien debía la vida cultivaba el campo, distrayendo en la pesca los ratos de vagar. No conoció madre; cuando pudo entender le dijeron que murió días después de haberla dado al mundo.

Una mujer del contorno arreglaba la casa, en tanto el pescador partía para el largo. Era joven y bella; no la hacía llorar: difícilmente hubiera podido decir más de aquella buena alma, que fue su primera afección en la vida.

Habitaban una casa de campesinos próxima a Santa Eulalia[205].

Era como un gran dado blanco, sin cubrir, al pie de un monte con

---

204 *Adularia*: Tipo de mineral transparente.
205 *Santa Eulalia*: Municipio de Ibiza situado en la costa este de la isla.

cresta corrida, que imitaba el lomo de una hiena. La placidez de un llano, sembrado de olivos y otros árboles, se extendía a sus pies y ante el mar.

Dos islotes daban a distancia la impresión del dorso y cola de un cetáceo que se dirigiera a la costa, mordida por calas y dentellones escalonados.

A través del tiempo, conservaba con mucha limpidez el recuerdo de estas cosas, y con frecuencia, frente a otras cuyo parecido las evocaba, había sentido revivir dentro de sí la imagen de aquella tierra distante, con montículos y erguidas costas, y en cuyo campo las flores del granado silvestre, rosales y encendidos papiliones boqueaban sus fuegos sobre macizos de lentiscos y ericas[206], o protegidos por setos de cactus siempre verdes.

Cómo perdió a su padre no lo supo. Según otras veces lo hacía, una mañana se fue mar adelante y no volvió ya a verle.

Por el momento, le dieron a entender que había sido víctima de una venganza.

Años más tarde, disputando con un labrantín, le oyó que no hubo tal; ni el mar le había tragado, ni nadie pensó en matarle; a sí propio se había dado muerte colgándose de una encina en el campo.

Los arrendadores del contorno la tomaron bajo su protección, y en un laúd[207] antiguo a manera de nao, que partía de Ibiza, con la proa y la popa muy alzadas, palo huidizo y remos larguísimos, fue llevada a un faro de Menorca, cuyo torrero principal, viudo y sin hijos, único pariente que se le conocía, había ofrecido educarla.

Era éste primo lejano de su madre, hombre fuerte, de humor apacible y gran experiencia, tan probado por la vida que cada uno de sus cabellos podía decirse encanecido al frío de un desastre o de un disgusto serio. Uno de esos despojos que la Administración recoge dándoles nuevo ser y forma por la virtud entonadora que el simple articulado de un reglamento y el ejercicio de toda autoridad llevan consigo.

Pityusa contaba unos siete años cuando le conoció.

El buen torrero la condujo directamente al faro desde Fornells, donde la nao se había detenido.

Figura esta señal entre las llamadas de recalada[208]. El aparato de

---

206 *Ericas*: Arbustos muy resistentes al calor conocidos también como «brezos».
207 *Laúd*: Pequeña embarcación característica de la costa mediterránea, con una sola vela.
208 *Recalada*: Parada que realiza un barco al ver la costa, como término del viaje o para reemprender la navegación.

iluminación corona lo alto de una torre cilíndrica y rechoncha, de paredes como nieve, muy gruesas.

La casa tiene tres pabellones dispuestos según las líneas de un rectángulo. En el de la izquierda están la cocina y habitaciones de los empleados. El central se reserva para el ingeniero de visita y su ayudante. El tercero sirve de almacén.

Todo ello levantado sobre una punta escabrosa y difícil que llaman «de la Cavalleria»[209], rodeada de mar, distante hasta un cuarto de legua del predio más próximo.

Recordaba haber sido puesta aquel mismo día en relación con la pequeña colonia, reducida a sí misma y sostenida en la mejor inteligencia por el tino pacificador del primer torrero.

Era entonces una muñeca fresca y sin malicia. Tenía ojos azules, cabello rubio, dientes blanquísimos de roedor, los labios sangrientos, piel suave y delicada que blanquecía como una aurora en el semblante y en los bracillos desnudos.

Llegaba para ocupar y distraer la vida que ordinariamente hacían. La acogieron con gozo.

Dos empleados más custodiaban aquella estación: uno de ellos aspirante a oficial, y otro, a quien llamaban Solduga, con algunos años de servicio, soltero también, y el que más se hacía notar por su conocimiento de muchas cosas sin prurito de hacerlo ver, ni demostrar pedantería.

Estaba allí con su madre, *madona* Ioana, mujer muy devota, cuyas manos, mientras musitaba rezo sobre rezo, unían sin interrupción los puntos de una labor, a la que nadie había visto fin.

Aceptó el partido de atender a la educación literaria de Pityusa, y *madona* Ioana fue enseñándole labores, calados sus anteojos bajo la frente dividida por el peinado en alas.

Apenas si conseguía ver otras personas que las llevadas hasta el faro por pura curiosidad, o las del predio más próximo, con las cuales cambiaban servicios.

Por excepción, una tarde vieron llegar tres jinetes que tumbados sobre los caballos galopaban con dirección a la torre.

Eran oficiales de artillería del regimiento acuartelado en Villacarlos[210].

---

209 *Cavalleria*: Se trata de un faro real, el Far de Cavalleria en catalán, situado en el cabo homónimo, al extremo norte de Menorca. El faro se inauguró en 1857 y en la actualidad sigue operativo.

210 *Villacarlos*: Conocido por el nombre de Es Castell, municipio de Menorca en el extremo este de la isla.

Centelleaban al sol las armas y adornos de sus uniformes. La pobre recogida, al divisarlos, recordó los caballeros de sus cuentos, galopando entre nubes de polvo a la defensa de encantadas princesas.

Visitaban aquel lugar, interesándose por pasatiempo, como en otros de la isla.

Eran altos y fuertes, muy jóvenes los tres.

La niña los miraba, delirando de gozo.

Viendo su embelesamiento, uno de los oficiales hizo que se acercara pidiéndole su nombre.

Al pronto, sorprendida, no supo contestar.

—¿De dónde eres?

Con un mohín de todo su cuerpo, esforzándose, pronunció el nombre de su isla.

—De Ibiza –dijo al fin, mientras tendía al oficial sus brazos.

—Pityusa, entonces –había respuesto él. Dos o tres veces más la llamó por este nombre. Fue el que en lo sucesivo le asignaron todos los de casa.

Diariamente el empleado de servicio subía a la torre, limpiaba el mechero, llenaba a conciencia sus funciones allí y en el almacén, donde estaban los depósitos y coladores del aceite, la herramienta y material de reposición.

Ella trajinaba en los bajos, y por la noche decía sus lecciones.

Graves recuerdos de la época aquella, los que se referían sobre todo a su mentor, el joven moreno de mirada tan honda como su saber, que la hablaba de muchas y muy diversas cosas, buenas para la vida según había visto.

¿Cómo no agradecerle esto siquiera entre los muchos pesares que le debía?

¡Si hubiese estado en ella el proceder de otro modo! Las cosas pasan... pasan… no se sabe por qué; pero ocurren y es inútil llorarlas luego.

Aquel hombre se apoderó una a una de todas sus potencias; le llenó los sentidos con impresiones suyas; la suspendió para conducirla a capricho y tomarla o dejarla luego, según su conveniencia.

Había habido un tránsito apenas sensible entre sus sueños de niña y las sensaciones más hondas de la mujer.

Fue la torre el escenario de su primera sorpresa, ante el panorama de las tierras y la sábana azul.

Otras veces había subido hasta allí franqueando los escalones con peldaños de lustroso nogal que terminaban en la cámara de servicio.

La mañana de su recuerdo era marcera[211]; el cielo aparecía arañado y un violento nordeste azotaba la torre, haciendo estrellarse el mar en avalanchas contra las rocas del promontorio.

En la cámara de servicio el fragor de los elásticos materiales llegaba a inquietar como si la construcción entera fuese a venir abajo.

Solduga hacía allí sus preparativos para la faena de la lámpara.

—¡Qué tiempo de los diablos! –le había gritado Pityusa.

—Horrible –oyó que respondía–. Hoy no viene ningún barco del golfo.

Luego, uno en pos de la otra, subieron por el caracol metálico a la cámara de iluminación.

Sobre un piso de hierro se eleva allí el aparato, grande y capaz, de lentes escalonadas, en el eje el mechero que durante la noche como un astro inflama el aire, señalándose cuando se llega de tierra por entre las cortadas de las colinas, como el resplandor de un gran volcán encalmado.

Solduga penetró en el farol, capaz para nueve hombres más.

Desde el anillo que lo entorna, pegada la frente a la linterna de protección, seguía ella diciendo:

—¡Cómo corren... y cuánta espuma traen!

Eran las olas que desde muy lejos venían gallardeando, deshaciéndose impotentes contra los escollos[212].

El agua del mar, dividida y arrastrada por el viento, había depositado sus sales sobre las gruesas y transparentes láminas.

La vibración y el fragor eran allí tan grandes que mareaban.

No tardó en reunírsele el joven.

Estaba hecha un ovillo en un ángulo del fanal.

—¿Tienes miedo?

—No. Me da no sé qué.

—¡Si estuviéramos en todas partes tan seguros como aquí!

Había servido faros que oscilaban durante las tormentas como péndulos.

---

211 *Marcera*: Correspondiente al mes de marzo.
212 *Escollos*: Rocas que tocan el agua de la costa.

—¡Qué furia! –repetía aterrada a cada embate del viento. El temor la hizo aproximarse y oprimirse contra su mentor. Éste sintió la cálida presión de aquella carne adolescente, inmadura, cuyo incentivo jamás hubiera sospechado. Era la revelación de algo que latía con fuerza ya allá dentro, en el cuerpo de naciente abundancia.

La estrechó entre sus brazos, tomó con las manos la cabecita rubia llena de divinas promesas, y aturdido bebió hasta la ebriedad en los labios fragantes la primera ofrenda de amor que sin conciencia le brindaban.

Como si hubiera sido estímulo necesario para su expansión, comenzó desde aquel punto a dilatarse y cambiar, mucho más bella que un capullo al abrirse.

Era entonces supersticiosa. Sabido es que las personas de esta inclinación interpretan místicamente los hechos cuando un defecto accidental de los sentidos o de la conciencia les da apariencias sobrenaturales.

Ello fue que vino a tomar como castigo a sus horas de amor las calamidades con que la reducida familia fue probada durante el año.

Su nativa sencillez hubo de rendirse a la violencia y número de impresiones que las siguieron.

Minuto de apasionamiento por días enteros de abrumadora tristeza, unida a un malestar y a una insoportable sensación de descontento que vanamente quería encubrir. Lo recordaba con todos sus detalles, sin faltar uno.

Iban solos paseando ella y él cabezo[213] abajo hasta los rastrillos de Santa Teresa[214], cuyas cercas y capilla encalados y cuyos soportales constituyen un adorno del predio y una de las más gratas vistas en el contorno.

Bordeaban otras veces hacia el norte la playa de Sanitja[215] y siguientes, donde al decir de muchos tuvo su asiento una ciudad.

Sólo se descubría alguna torre desmantelada, esquelética, y las yermas colinas coronadas por espuma de rocas o por el trazo siena[216] de cercas innumerables.

El mar llegaba hasta sus pies, satisfecho de verles.

---

213 *Cabezo*: Cerro o monte pequeño.
214 *Santa Teresa*: Nombre que también recibe la playa situada en el cabo de Cavalleria, donde está situado el faro en el que reside la protagonista.
215 *Sanitja*: Otra playa situada en el cabo de Cavalleria, conocida por albergar un importante yacimiento arqueológico.
216 *Siena*: Marrón.

Las buenas gentes del predio les decían con envidia:

—¿Cómo tan solos?

—Porque al abuelo no le dejan moverse los dolores y nona[217] Ioana reza, como siempre, en el patio de ladrillos junto a las cisternas.

Y era verdad.

Vueltos hacia occidente, cuando el sol se ponía, rezaban ya torrero y nona apoyadas las sillas en los brocales de aquellos dos limpios depósitos que guardaban en sus senos comunicantes la provisión de la colonia.

Un mal de pocos días acabó con la nona, cuyos huesos quedaron en el cementerio del pueblo favorecido por bandos de palomas blancas que acudían a picotear entre jaramagos[218], madreselvas y rosales.

Se le había aparecido en sueños algunas noches, curtida y arrugada como ella era, adelantado el mentón, chupados y escurridos los pómulos, incansables sobre las agujas aquellas falanges de momia, anquilosadas.

Hacía por procurarse ocasiones para poder llorar con mayor pena cuanto más avanzaba en la experiencia de la vida. Leía la desilusión retratada en el semblante de él, y esto sobre todo, sintiendo que le quería como nunca frente a la tierra agostada, granujienta[219], con brotes y astillados desechos de roca, desatábale el llanto por el esmalte encendido de las mejillas.

Ignoraba por qué, pero la soledad de la torre bruñida, limpia, metálica sobre el cielo la atraía.

Un alivio enorme mitigaba su pena cuando en lo alto, desde la baranda exterior podía ver el mar, suavemente azul, como de plata, recorrido por bandos de menudas olas que lo repujaban, verdeando en los sitios de rompiente, a todo lo largo de la línea costera señalada por franjas de níveos encajes.

El espolón septentrional de Fornells, los islotes, el complicado encaje de la bravía y rizosa costa norte, proyectaban ocres, grises, carminosas vetas sobre la extensión, más pura que un cielo de alofanas[220].

Por la parte de tierra las rocas, divididas menudamente, exhibían su emparrillado bajo la enana vegetación de hierbas, fósiles por la violencia del norte.

Todo pequeño, reducido de escala, sosegado, excepto el mar que arrastrándose dejaba oír su cantinela bárbara.

---

217 *Nona*: Diminutivo de *madona* (véase nota 186). En algunos países de Latinoamérica se ha conservado para referirse a las mujeres ancianas.

218 *Jaramagos*: Hierba común de flores amarillas.

219 *Granujienta*: Con abundantes granos.

220 *Alofanas*: Mineral caracterizado por su color azul celeste.

No teniendo con quien hacer confianza de sus pesares, dilatábalos en el cuadro sin limitación, desde aquella linterna que a la noche reinaba como luz de vida en todo su haz.

Venía a ser para ella el apoyo, esa segunda persona sobre quien reacciona y se recobra el alma para tenderse de nuevo fuera.

Los hombres la encuentran en el hogar, de ocasión o legítimo, en la obra, sea cual fuere.

Las mujeres abandonadas, en el hijo.

Un paréntesis se abría obscuro y triste, lleno de vergüenzas, desde el traslado repentino del primer torero hasta que llegó a París, tan otra ya, tan diferente de como era en la isla.

Los achaques habían agriado el carácter de aquel hombre, haciéndole muy difícil para sufrido en la intimidad.

Esto, sumado a la inclinación independiente de ella, llevóla a concebir el propósito de abandonarlo, con la esperanza de procurarse los medios y volver al asunto de sus amores.

Desembarcaron en Barcelona.

Una joven, casi una niña, errante y de noche, encuentra allí muy pronto quien se proponga y sepa desviarla de su intención.

De mano en mano fue pasando, perdiendo en cada una un poco, algo, inútil o desagradable.

Sin amor era calculadora; la fortuna anduvo con ella en cierto modo benigna.

Un aventurero la introdujo en el París alegre, donde al cabo pudo vivir por sí.

Desde el sosiego comprendía que un poco más de aplomo le hubiese convenido, pues hechos sus ojos a la sombra sufrían con tanta luz como allá recibieron. A esto debió sin duda el desconcertarse y perder el tino, tan difícil de recobrar una vez se le yerra.

Había pasado todo como un sueño terrible. ¡Qué advertencias las que se deben a la vida!

Con manos ansiosas despejaba su frente para borrar de ella tanto nombre enfadoso, tanta fecha, tanto recuerdo ingrato.

La claridad de la luna penetraba en la habitación, y a su caricia los objetos revivían.

Callaban el campo y sus voces; más lejos el mar se hacía oír sin interrupción una vez y otra, con áspero y alternante rumor de fronda crispada que huyese sobre arena.

Una sensación de agonía e infinito pesar la sofocaba, tendiéndole el cerebro como si cada uno de sus pequeños elementos se proyectase fuera. El sentimiento de su ruina, la rebeldía ante la desgracia que obsesionada no supo vencer, el paso mismo de la vida con su cortejo de sequedad, de aniquilamiento infinito. Era para volverse loca.

El sosiego, la divina quietud llegaron con el alba.

VI

Después de pasada una buena hora entre baño y tocador, Pityusa ultimó ante el espejo algunos detalles de su peinado, se ciñó a la cintura la ropa de levantarse, e instalando junto a la ventana su *secrétaire*[221], se dispuso a registrar en el cajoncillo, donde curiosamente había dispuesto flores secas, ajados recordatorios, paquetes de cartas unidas con cintas de color.

No es tarea corta ni fácil reseñar por menudo el trabajo, la serie de pequeños detalles que el tocado de una mujer supone desde que echa pie a tierra hasta juzgarse visible para los demás.

No se conocen en toda su extensión el estudio paciente, las manipulaciones, las crueles torturas y sacrificios que una elegante quema cada día en el ara de su propia belleza, cuando el espejo va indicándole la necesidad de recurrir a ellos.

Pityusa, como joven, despachaba pronto, y con un sumario arreglo de su persona creíase ya al cabo y en disposición de comenzar el día.

Desde que hubo de instalarse en el predio el arreglo de casa, las nuevas impresiones, la vaguedad inquietante de los criados, el ajetreo, unido todo a su debilidad, a la confusión de vida anterior cuyas figuras y sucesos pasaban revueltamente como nunca en su memoria, teníanla aturdida.

Le hubiera sido difícil explicar su rareza. Era una timpanidad[222] y sensación de alejamiento que sin impedirle darse cuenta de las cosas la endurecía para vibrar con ellas, haciéndole el efecto de estar en otro mundo y percibir las impresiones según desfilan en sueños, como hubiera podido sentirlas a través de una máscara.

Dos principales caracteres había en ella, como en la generalidad, sobrepuestos, por así decirlo, uno a otro.

Como si la doble naturaleza a quien debía el ser se revelase por tiempos, la enfermedad o el cansancio dejaban ver una segunda

---

221 *Secrétaire*: En francés, escritorio con cajones.

222 *Timpanidad*: Sensación de tener una membrana alrededor, como la del tímpano en el oído, que aísla a la protagonista del mundo exterior.

persona muy femenina, vacilante y alucinada, próxima a estremecerse y temblar por la menor cosa.

Quedó a flote y predominando la persona principal: aquella frescura y transparencia de alma, que con la bondad y natural afectivo componían su nota de mayor carácter.

En el cajoncillo del escritorio dormían minucias y recuerdos muy diferentes.

Era cuanto conservaba de las personas que más le habían hecho vivir. Muy poco, nada casi, aunque cada línea de aquéllas, cada pétalo descolorido, cada hilacha[223] arañada en la locura de un espasmo, resumiesen para ella años de vida.

Guardaba también, escondido como un tesoro, un retrato de Tomy. Le había puesto un marco labrado en plata mate, de gruesas y curvas líneas. Un hacecillo de convalarias[224] erguía hacia uno de los lados sus esquilas[225] diminutas.

Como la niña más niña, se recreaba, sintiéndole alentar y vivir entre las manos, con sus caprichos elegantes y la exótica indumentaria que le había ganado celebridad.

Era triste el recuerdo; muy dura la confesión de la derrota.

¡Si al menos conservase del pasado una aureola concluyente, una de esas sensacionales decoraciones que otras lograban, sirviéndoles de amable fondo durante el resto de su vida!

Pero algunas hojas y floreos efímeros, medianos éxitos de oropel como suprema concesión, y luego nada... nada, en fin, más que la platitud[226] burguesa con imposibles ambiciones frente a aquel marco igual, invariable, como trasunto siempre a la vista del destierro.

Tal como era, tenía no obstante virtud para animar, inundándole de luz los sentidos y de fresca pureza el corazón.

Estaba el mueble próximo a la ventana expreso para ver desde ella el avance de tierras hacia el mar dilatado más allá del horizonte con tonos violetas.

Una nerviosa red de líneas obscuras y espumosas crestas vermiculaban[227] el haz en movimiento, sin barcas distantes, sin una vela donde fijar la vista.

---

223 *Hilacha*: Resto, residuo o vestigio de algo.

224 *Convalarias*: Flores también conocida como «lirio de los valles», de color blanco y muy ornamental, de forma acampanada.

225 *Esquilas*: Cencerros. Se refiere a la forma de las flores que rodean el marco.

226 *Platitud*: Vida plana, placidez.

227 *Vermicular*: Que hace una forma de gusano.

No se conoce en todo su valor la influencia que una atmósfera libre, una masa de árboles, los campos verdes, las planicies marinas, el color, en una palabra, soberano y puro ejercen sobre el ánimo. Parecen dilatarlo y mitigar las pesadumbres más graves.

Raudales de vida nacen de ellos, inundan los sentidos, dardean y distraen el alma cuando a solas se siente morir.

Los frívolos recuerdos que sus manos oprimían le hablaban un lenguaje demasiado expresivo para conservarlos, aunque se le hubiera permitido hacerlo. Tal vez fuese exceso de temor, fuerza imaginativa, cuyo correr la ponía en cuidado, como si fuera a volverse loca.

Su situación, después de todo, no era desesperada; pero sufría viéndose prisionera, sin casi conocerle, de un hombre, quizá de un desalmado en connivencia con sus enemigos, y a quien veía con poder y medios para hacerla desaparecer sin que nadie le pidiese luego explicaciones.

La aprensión, sobre todo, de estar desterrada para siempre de aquel mundo de luz, la hacía llorar.

¿Habría ido demasiado lejos extremando hasta la niñería su desgracia y el movimiento de amor propio que la indujo a abandonar París?

Conservaba entre las cartas algunas que en días de abatimiento recibió de otras amigas animándola. El texto lo tenía casi olvidado; pero ciertos consejos y prevenciones fruto de la experiencia, aquellos que más directamente hablaban a su natural, le quedaron como esculpidos en la memoria, según pudo apreciar al recorrerlos.

«Ten paciencia, hija mía, y disimúlalo. Sobre todo, no pienses mucho –le escribía una–, que esto marea, y para hacer fortuna pocas ideas te bastan, siempre que las mantenga una conducta firme».

Era Débora, una holandesa rosada y desbordante, a cuya cuenta corría la ruina de un nabab, dos políticos de importancia y varios personajes secundarios.

«No te apures, me consta que eso se va pronto; mañana, pasado, tal vez hoy mismo. No está mal que te cuides, aunque el celo excesivo puede ablandarte. Lo esencial cuando se sufre por algo es, ante todo, como dice Alice en su inglés mogrebino[228] *a good accomplished cure.* Pero vuelve a la brecha –aconsejaba la espiritual Ottilie–; buena vista,

---

228 *Mogrebino:* Proveniente de la zona del Magreb en el norte de África.

arrojo, prontitud y finura. Amor de duración cuando te mueras, o sea un príncipe heredero quien lo pida. En todo caso aprovecha, que la juventud y la vida se van pronto».

¡Qué cómodo dar consejos cuando se es independiente para hacerlo y se tienen de antemano vencidos todos los obstáculos!

«Pero, ¿has perdido el juicio? Desmayar entre nosotras es morir. Ánimo y ¡arriba! ¿Qué puede ocurrirte? ¿Que mueras en facción como el artillero en su batería? Es el honor de la clase. Pero no debes rendir las armas sin defenderte.

Tu derecho a la fortuna como a la vida nadie ha de discutírtelo, pues tienes mérito real.

Sólo te falta arranque y aguerrirte. Todo eso viene con el tiempo.

No abandones tu puesto sin haber visto a muchos perder el suyo por tu causa».

Retrataban bien estas líneas a la guerrera Lotte, dura de gesto, masculina, la rubia valquiria[229] del Valhalla[230] galante.

Al mes de recibirlas, supo que envuelta en un escándalo judicial comparecía a responder en *cour d'assises*[231] contra la acusación de estafa, soborno de altos funcionarios, complicidad con los *apaches*[232], dos asesinatos y tentativas frustradas de envenenamiento.

¡Qué suponía ella, mezquina de espíritu, falta de intención y pobrísima sobre todo de inventiva, como en cien ocasiones pudieron comprobarse, frente a estas y otras estrellas de aquel cielo, comprometidas la mayoría en empresas de importancia y peligro, jugando con la suerte de personajes elevados, como niñas que se distraen en la solana de un *parterre* a puro golpe de las raquetas y volantes!

Un último aviso logró leer de la afable Cléo, cuyo dulce mirar y voz armoniosa la acompañaron muchas noches en momentos de común alegría. Figuraba entre esa especie de tipos que son apoyos o centro naturales en toda reunión; aquellos cuyas miradas nadie esquiva, antes las buscan todos, pues animan al encogido, reparan al febril, entretienen al tibio y son, en una palabra, aguas serenas, donde el sosiego y la amenidad estrechan complacidos sus manos.

«Tu mal –decía– es sólo decaimiento. Piensas en la muerte sin

---

229 *Valquiria*: Divinidad femenina de la antigua mitología escandinava.
230 *Valhalala*: En la mitología nórdica, el más allá al que van a parar los guerreros muertos en combate.
231 *Cour d'assises*: Departamento judicial en Francia que se encarga de juzgar los crímenes más graves.
232 *Apaches*: Salteadores o atracadores de París.

haber comenzado aún a vivir. Te hace falta un amor, distinto del que entre nosotras podrás hallar.

Otro más sincero y vivo que te dé nuevos alientos y donde tomes la fuerza que te falta para volar como mereces.

No eches a ridículo el advertirte que un hijo te salvaría. Tal vez indicado así no me comprendas.

Te diré.

Yo he sentido en la vida que un dolor se hace eterno cuando falta el empuje para lanzarse al torbellino y sólo pensar en el placer.

Si el mundo llega a mostrarse frío contigo, o se te opone, a lo sumo patinarás. Por ti no podrás ya levantarte.

Así como en la marcha el pie que queda fijo impele al cuerpo, debiéndole el camino que se adelanta, la voluntad necesita partir de un hecho, de algo, para no detenerse y poder tomar parte en la alegría de los otros.

Ese algo es lo que cierto *maître psychologue*, a quien tú conoces por haber frecuentado mi casa, llama "bloque elástico de reacción moral".

Hay quien tiene sólo cerebro, y una idea o el amor propio le bastan para hacer hincapié y partir. Tú tienes corazón; eres de tipo diferente; necesitas un bloque afectivo, por lo menos algo tuyo, nacido de ti misma.

Quizá un niño como sueñes tú tenerlo, adoptado y educado por ti, fuera lo mismo. ¿Quieres probar?

Te confío el que tengo, rubio, rosado y fuerte como un David[233]. Acepta, y te lo entrego. Yo velaré sobre los dos».

Un hijo de adopción... El alivio siempre dispuesto, la rubia cabeza que se oprime entre las manos con frenesí, la frente codiciosa de besos, campo virgen donde enterrar sollozos y lágrimas de sangre.

¿Por qué no? Probaría.

Era quizás una solución para las horas de aburrimiento y fastidio que le esperaban allí, entre aquellas paredes embebidas aún con las húmedas exhalaciones del moho y el aliento enranciado de los desvanes.

—Todo cuanto ves –le había dicho Nikko al instalarla– es tuyo. Dueña eres de la casa y criados, de disponer, mandar y hacer lo que más quieras. Salir saldrás conmigo, porque he de creer que habrás

---

233 *David*: Rey israelita que aparece en la Biblia, concretamente en el Antiguo Testamento, descrito como un personaje de gran belleza.

de preferirme, ¿no? Piensa, mira y desea, que allá donde nazca una voluntad tuya estaré yo para logrártela.

No cabía rendimiento mayor ni más lisonjera libertad. La casa, en lo posible, quedó a su gusto; espaciosa, limpia, cómoda. Sólo echaba de menos un parque grande o suficiente para pasear y distraerse. Tenía en cambio adosado a la casa un jardincillo, como son frecuentes en Menorca, limitados por tapias dadas de cal, sobre cuya espaldera espigas de tentadoras malvas reales rompen en fogonazos ostentosos la provisión de sus capullos.

Hacia el centro de la isla especialmente, el viandante que hipnotizado por el silencio como de tierras encantadas dobla tal cual recodo del camino, una puerta hundida o un boquete en la cerca desquijarada se los deja ver, gritando con entonaciones imposibles de describir sus cien manojos y broqueles de flores, su prodigioso boquear de gemas suspendidas sobre el ardiente y mullido verdegal.

Gustaba de las plantas para compañía y adorno, y las prodigó a capricho en las habitaciones, cuyas paredes adornaron los cuadros de París y otros que Nikko desenterró de la casa paterna en un viaje que hizo a la ciudad.

La mayoría eran antiguos y aceptables, habiéndolos de pintores isleños, que alguno ha tenido Menorca entre los demás cultivadores de las artes y ciencias, celebrados en los índices baleariotas de hombres notables cuál por sus poemas o historias de fundaciones, cuál por sus detalladas floras con expresión de virtudes medicinales, cuál sobre su larga ciencia por rescatar los muchos menorquines que se llevó cautivos el corsario Mustafá Piali[234], cuál por reseñar la vida de algún santo, cuál, en fin, como el presbítero V. Ferrer, del lazareto de Mahón, por su *Tratado de la esfera armilar coordinado en forma de diálogo*[235].

No hubiera podido el joven afirmar la autenticidad de todos los cuadros dichos; pero uno especialmente, donde se representaba el ajusticiamiento de los traidores que entregaron la ciudad a Barbarroja[236], aunque a Pityusa le alteraba los nervios, teníalo en grande

---

234 *Mustafá Piali*: Pirata otomano que asaltó la isla de Menorca en 1558, arrasando sobre todo con la ciudad de Mahón y capturando a unos tres mil cristianos.

235 *Vicente Ferrer*: Párroco de Mahón que en 1820 escribió el citado tratado sobre instrumentos astronómicos y geográficos.

236 *Barbarroja*: El 1 de setiembre de 1535 el célebre pirata turco Jeireddín Barbarroja atacó el puerto de Mahón. Las autoridades mahonesas se rindieron y dejaron el pueblo a su suerte, a cambio de negociar un trato de favor para ellos que se saldó con el saqueo de la ciudad y la captura de unos ochocientos cristianos. Más tarde, esas mismas autoridades fueron condenadas a muerte.

estima por creerlo del pintor Calbó[237], el más importante de los que
Menorca había producido, aunque la palidez, pobreza y premiosidad
de sus obras fundadamente se atribuye a falta de condiciones reales
para la pintura.

Una cualidad de que depende la dicha es la belleza de la casa. Para
el hombre que ha observado y sentido mucho viene a ser esencial. Ni
la inquietud apremiante ni la acción demasiado viva del medio podrían sufrirse a la larga si no se dispusiera de un interior donde calmar
la demasiada fiebre, descansando en frívolas tareas, mirando la beatitud de un jardín, cuadros tranquilos donde la vida fluya sin sacudi-
mientos, sin esa clonicidad que gasta hoy los cuerpos más sólidamente
forjados.

Pityusa tenía a su disposición casa, jardín y mar; la isla entera
–pensaba– como feudo o rendimiento de los naturales al hombre que
allí la llevó.

Con interés miró de nuevo aquella tierra clivosa[238] y pasiva hasta
los acantilados que recortaban su perfil en el mar. Por una y otra parte
idéntica quietud, la misma parvidad de casas diseminadas, pintorescas
algunas como *cottages*[239] de una posesión inglesa; la misma finura y
sencillez en los elementos del cuadro.

Vacas de rojo pelaje, tendidas sobre la hierba, rumiaban lle-
nándose los ojos de luz, o perseguidas por sus becerros despuntaban
verdes y medrosas espigas, alzando una y otra vez los testuces para
mirar y extasiarse.

Era sin duda bella su isla; bellas las rocas decalvadas; el verdor fres-
quísimo de los árboles doselados[240] por celeste flúor; bella la refulgente
sábana con destellos de riel[241] recién bruñido.

Interrumpieron el hilo de sus pensamientos dos golpes dados en
la puerta a continuación de una voz que mandaba:

Ensilla a *Abril* y a *Chispa*, y espéranos abajo con ellos.

Pityusa cerró precipitadamente el cajón del *secrétaire*.

—Entra –dijo, cuando ya el joven se adelantaba tendiéndole los
brazos.

—He preparado un paseo por el interior; llegaremos hasta el

237   *Calbó*: Pasqual Calbó i Caldés (1752-1816), pintor menorquín que se dedicó sobre todo
      a los paisajes, las obras de carácter religioso y los retratos.
238   *Clivosa*: En pendiente.
239   *Cottages*: En inglés, casas de campo.
240   *Doselados*: Enmarcados.
241   *Riel*: Barra de metal.

pueblo y conocerás esta parte de la isla. ¿Te gustará venir? –preguntó besándola en el nacimiento del cuello que el adorno de la bata dejaba libre.

—Me arreglo al momento –gimió Pityusa enervada y des-asiéndose.

Al correr hacia el tocador, recogiéndose apenas, dejó aparente el nacimiento de la pierna, fina y suave.

Poco después, vistiendo una amazona[242] obscura, cabalgaba al lado de Nikko por un terreno ondulado y verde que encendía la vista.

Dejaron a la izquierda el pueblo de San Luis[243], resplandeciente y níveo, viviendo aún del impulso que al fundarlo hubieron de imprimirle los franceses, tan vistoso como fragante por el aroma y luces de cien floridos jardines.

Nikko daba noticias de los predios que atravesaban o veían. Durante el verano, es costumbre que los dueños de los más importantes dejen la ciudad para pasar en ellos algunos meses.

Vistas de cerca, la mayoría de estas casas tienen aspecto miserable, sin más que piso bajo, con bancos de cal a la puerta, un establo en la línea de la fachada o formando ángulo con ella, el huertecillo entre cercas batidas por gallos cantarines y la sucesión aparcelada de praderas exhaustas, sin casi tierra, insuficientes para las necesidades del ganado.

Algunas mujeres, de piel leñosa por el sol y el aire, dejábanse ver tras las cercas o apoyadas en los barrotes de los rastrillos.

El sombrero, común en el campo, caído y desbordante, guardaba sus cabezas como un enorme estigma, balanceándose sobre el pecho, al cual pañuelos llamativos daban el carácter de una flor que brotara al resguardo de luminosos pilares.

Sucedíanse las cercas unas a otras, distintas en los primeros términos, confundidas a distancia en una marea gris que parecía enseñorearse del campo. Ciclópeas[244] torres las atalayaban en diversas partes, dominando el plomizo hacinamiento desgarrados arbustos, árboles de cabellera seca, tendidos y huyendo del mistral[245] que avienta hacia el sur la flora entera de la isla.

---

242 *Amazona*: Traje femenino para montar a caballo, compuesto por una falda y una chaqueta.

243 *San Luis*: Sant Lluís en catalán, es un municipio situado en el extremo este de Menorca, fundado por los franceses durante el siglo XVIII en honor a Luis XVI. El pueblo presenta un trazado en cuadrícula característico de la arquitectura francesa del período.

244 *Ciclópeas*: Gigantescas.

245 *Mistral*: Viento del norte que sopla en las costas del mediterráneo hacia el mar, frío y seco.

El trote firme de los caballos apagábase en el mullido polvo, levantando gavillas[246] de insectos que saltaban con susto en todas direcciones.

Eran los dos de la misma raza, hispano-anglo-árabe: *Abril*, nervioso, tendida la cabeza, bebiendo el aire. *Chispa*, más tranquilo y dominando.

Desde la puerta de un predio, a mano derecha del camino, un labrantín les hizo señas para que se detuvieran.

Pityusa, con su fino y urbano sentido para percibir el drama, fue la primera en hacer alto, comprendiendo que algo grave ocurría.

El joven la miró inclinarse sobre el potro, brillando como nubecilla del oro más puro su cabello, acentuada la curva de la cadera, ceñido el cuerpo y sin una línea mal tirada. Imaginó que no había en el mundo mujer más digna del amor.

Dejaron los caballos a la puerta, y el mozalbete, llorando, les hizo entrar en un cuartucho infecto. La familia de arrendadores, indiferente para toda otra cosa fuera de su duelo, exhibía allí su tétrica miseria.

La *madona* ayeaba[247] en un jergón, comido el cuerpo de úlceras, sanguinolenta, hedionda, inmóvil desde mucho tiempo atrás en aquel camicho, donde ondulaban los gusanos.

El arrendador, viejo ya, de semblante rojo y sin músculos, como una alucinación de Rafael, se estremecía con un raro temblor, dejando escapar de tanto en tanto lamentos guturales.

Una mujer joven se agitaba en el suelo, tratando en vano de dominar las ostentosas convulsiones un mozo de sus años.

Hecha ya a la comodidad, a todos los refinamientos de una vida en el ocio, solemnizada y querida por personas del mejor mundo, sintió Pityusa ante aquel cuadro que una mano de acero le retorcía el corazón.

Estaba el fétido zaquizamí[248] desmantelado y triste, tocado también de podredumbre y laceria[249].

En un rincón la *al·lota*, una damita apenas núbil, de semblante muy pálido, reía estúpidamente idiotizada por la violencia del dolor.

La semiobscuridad desvanecía el resto de su figura sobre el ángulo

---

246 *Gavillas*: Conjunto de personas o animales de escasa calidad.
247 *Ayear*: Exclamar repetidamente «¡ay!» manifestando pena o dolor.
248 *Zaquizamí*: Cuarto pequeño incómodo y sucio.
249 *Laceria*: Pobreza y miseria.

penumbroso, dejando sólo blanquear como una aparición, como delirio mortificante de un necrómano[250], el marfil blando y espectral que presentaban sus facciones.

Un haz de polvorienta luz partía de lo alto, del techo casi, de un hueco irregular y rudimentario, dorando en toda la extensión del aposento un prisma de aire, cuyo seno surcaban moléculas ardientes.

A través de la puerta, el zaguán, invadido por detritus, la cocina y un cuarto para los aperos temblaban de pobreza.

No cesaba la enferma en sus sollozos como arponazos, que penetraban carne adentro, ni el arrendador en su afán, arañándose pecho y cara, de cuya hondura un balido angustioso salía.

—¡Hijo del alma! ¡Pobre hijo!

Agitábase la joven en el suelo con arietazos de animal eléctrico que parecían hundirlo, y en el rincón la *al·lota* continuaba riendo, muy abiertos los ojos en aquella expresión de estolidez[251] que daba espanto.

Habían trabajado todos en la Albufera[252] al servicio de Nikko, que se vio en la necesidad de despedirlos por no poder ya el viejo con aquella labor. Alguna vez, no obstante, los ocupaba.

Dos años habían transcurrido desde que el Estado se llevó la esperanza de la familia, el mayor de los hijos varones, cuando nadie en la casa podía sustituirle bien.

A partir de aquella fecha la *madona*, cuyo mal databa de antiguo, fue agravándose sin que nada hiciera presumir alivio pronto ni lejano.

El viejo iba ganando para todos, ayudándose con aquel vástago bobo a quien de tarde en tarde llamaban los predieros para arreglar las cercas derruidas o construir ciento más en el minúsculo bastidor de sus heredades.

Era, en efecto, *paredador* de oficio, albañil pocas veces y las más tracista y operario de aquellas paredes indefinidas, bajas, sin cemento, que dividían y cresteaban la tierra como celdillas de un panal.

Entre sus manos cortas, gruesas, de antropoide[253], sin habilidad al parecer para cosa alguna, adquirían las piedras la vida extraña y ardorosa que hubiese sabido comunicarles un hombre neolítico.

---

250 *Necrómano*: Persona obsesionada con la muerte.

251 *Estolidez*: Estupidez, imbecilidad.

252 *Albufera*: Se refiere a la Albufera des Grau, actualmente uno de los parques naturales más importantes de Menorca, que ocupa gran parte del noreste de la isla. Está formado por diversas lagunas de agua salada y en ella se pueden encontrar gran variedad de especies autóctonas de aves y peces.

253 *Antropoide*: Monos, orangutanes y demás familia de mamíferos que por sus características se asemejan a la especie humana.

—¿Qué ha ocurrido, Chirri? –preguntó Nikko apoyando una mano en el hombro del viejo y consolándole.

—Me lo han muerto... Pobre Tony –respondió volviendo hacia su amo el rostro abatanado[254] y sanguíneo.

Tenía apenas fuerzas para contar la horrible tragedia.

Y no obstante el recuerdo de aquella pobre víctima, sacrificada inútilmente por impericia en el tiro que practicaban los barcos de la escuadra, era tan punzante, tan terrible...

Acababa de verle en el hospital ametrallado el pecho y desangrándose.

Un año mal contado llevaba de servicio en el buque. La jornada había sido ruda, de prueba. Cuando el comandante maridaba ya cesar en el fuego, la fatalidad y el descuido de los hombres que servían las piezas produjo el accidente.

Fue llevado a la enfermería militar con los demás heridos en un bote y camillas de a bordo, sangrando, contraído el semblante por el horrible sufrimiento, mirando despavorido y pidiendo a los médicos un poco de vida para llegar al predio, ver a los suyos y morir.

El resto de fuerza que le quedaba, o la reacción que sobrevino al choque, le cubrían la frente de sudor, encendíanle el rostro como la fuerte y ambarada musculatura de hijo de Neptuno[255].

Su padre llegó al día siguiente, sin poder casi tenerse, ni menos subir la pendiente florida que va del embarcadero hasta las salas. Allí supo que el golpe era mortal.

Alterada Pityusa con el relato, según el viejo lo contaba, hacía por dominar su emoción, cubriendo y sujetando el cuerpo de la enferma, próximo a venir al suelo.

La histérica, después de largo tiempo, volvió en sí.

Comprendiendo lo inútil de la mejor voluntad para poner remedio a lo imposible, ofreció Nikko cuanto llevaba, despidiéndose de ellos con una emoción infinita. ¿Era piedad hacia el ajeno sufrimiento? ¿Era esa extraña mezcla de vejamen y molestia que la anomalía difunde alrededor y va dejando a su paso como un aura?

No hubiera podido asegurarlo.

Había en él, especialmente desde su vuelta de París, junto al hombre que se esfuerza en aparentar corrección, el joven de alma su-

---

254 *Abatanado*: Envejecido o desgastado.
255 *Hijo de Neptuno*: Neptuno era el dios romano del mar, la expresión refiere al personaje como un hombre de mar.

pliciada dispuesto a la generosidad, más que orgulloso clemente, casi tímido. Tenía en este concepto ingenuidades infantiles, verdaderos desfallecimientos morales por debajo del tono y rigidez que Buchannan's Seminary le había comunicado.

Al salir del predio respiró como quien se libra de un mal sueño.

Nada por fuera había cambiado. La luz incendiaba la piel con su caricia embriagadora.

Momentos antes de poner pie en el estribo, un contacto tibio y húmedo le estremeció como una mordedura.

Era Morixo que sellaba fervientemente con los labios la mano de su bienhechor.

—¿Un rato al galope? –preguntaba seguidamente éste a Pityusa.

—Cuanto antes –le contestó complacida, tocando apenas a *Abril* que saltó, recogido como un díptero[256] joven.

Los caballos partieron en dirección a las calas de poniente.

Solían oficiales de la guarnición hacer salidas a caballo por aquellos sitios acompañando a alguna belleza de la ciudad. Entre las distracciones que pueden allí proporcionarse, ésta es una de las favorecidas.

A nadie encontraron. Parecía barrida de antemano la tierra, que se dilataba uniforme y grisácea de este a oeste, del Mediodía al Septentrión.

Opuncias, pervincas[257] y derramadas caparídeas[258] enseñoreábanse de cercas, ribazos y paredes. Algunos molinos elevaban a lo lejos torres de blancura deslumbradora, desmochadas o con monteras cónicas y los brazos clamantes de sus aspas.

La cortina occidental del puerto señalábase recorrida por una cinta de edificios de nieve, varios, pequeños, pintorescos y multiplicados como en un paisaje de nacimiento.

A la derecha descubrieron la parte superior de una gran oquedad, cuya techumbre sostenían espesas y numerosas columnas prismáticas calientes aún por el trabajo de las sierras que mordieron su blanda contextura.

Tratábase, en efecto, de una enorme cantera tal como va quedando después de hendidos los grandes cubos minerales cuyo polvo cubre el piso, aunque su apariencia era más bien de templo primitivo o ele-

---

256 *Díptero*: Insecto con dos alas.
257 *Pervinca*: Arbusto de hoja perenne y flores ornamentales, muy resistente en zonas secas.
258 *Caparídeas*: Familia de árboles y arbustos de flores muy vistosas.

fantina cripta bajo cuyas naves hubiera podido guarecerse un regimiento.

Pityusa sin apearse curioseaba, desviando a *Abril* del camino y haciéndole correr o saltar, según le convenía. El ejercicio y el campo daban a su expresión carácter varonil, iluminándola relámpagos de una masculinidad naciente que entraba por mucho en su atractivo. Llegaron en esto a la vía abierta que va desde Mahón a San Felipe[259].

Extendíanse a la derecha huertos, tierras sin cultivar surcadas en todas direcciones por cercas tortuosas, desiguales y arruinadas. Hacia el frente, el tapiado corrido de una huerta con su casa en un ángulo, un trozo del puerto, el dique de Subic[260] y las colinas coronadas por algún predio o con minúsculas casitas junto al agua, que se alquilan para los dados a la pesca.

Desde un pretil alzado sobre la isla del Rey[261], grupos de niños elevaban cometas que hendían la pureza del cielo cabeceando con vida, tremolando sus cenefas marginales, perdiéndose en infinitas, en caprichosas evoluciones con un vibrar continuo, según lo hacen ciliados[262] infusorios[263] cuando se los ve bullir y atravesar con prodigiosa vida el campo de un microscopio.

A todo el correr de los caballos atravesaron el trecho que les separaba de un hotel donde el joven había reunido parte de los primores artísticos que atesoraba la familia.

Estaba en Villacarlos, a buena altura sobre el mar, coronando la muralla de roca las paredes y *treilles*[264] del jardín.

El sol y la hora hacían desiertas las calles, sólo con vida cuando al anochecer asoman las mujeres por ventanucos raquíticos como en decoración de molino holandés, o bien sentadas al umbral, sin hablar casi, se enajenan en sueños y contemplación interior.

Salió a abrirles un criado joven, moreno y bien portado, cuya

---

259   *San Felipe*: Antigua fortificación militar del siglo XIV situada al sur del puerto de Mahón.

260   *Dique de Subic*: Imponente construcción flotante para limpiar y reparar barcos en seco, que el gobierno español había encargado en 1896 a Inglaterra para destinarlo a Subic, un enclave marítimo en las colonias españolas de Filipinas. Sin embargo, cuando se finaliza su construcción España ha perdido esos territorios, y después de muchas gestiones y polémicas se decide instalarlo en Menorca, en el puerto de Mahón, el año 1901. En 1911 el dique fue vendido a una naval austríaca y en 1912 se lo trasladó a Trieste (Italia).

261   *Isla del Rey*: Islote situado en el puerto de Mahón, que albergó hasta mediados del siglo XX un hospital militar.

262   *Ciliados*: Órgano de una célula que sirve para su desplazamiento en un medio líquido.

263   *Infusorios*: Organismos celulares que poseen ciliados para moverse en un medio líquido. Se está realizando una comparación entre los niños haciendo surcar cometas y la imagen en movimiento de microorganismos vistos a través de un microscopio.

264   *Treilles*: En francés, emparrado.

mirada de perpetua sorpresa intrigó a Pityusa. Era la expresión pasmada de esos hombres que, faltos del oído, parecen preguntar constantemente con sus ojos atentos.

En el fondo un buen muchacho.

Años antes, en vida de Fuensanta, su juventud, servida por la inexperiencia, le indujo a ambicionar lo imposible. Turbó una vez con violencia de gañán el sosiego en que vivía la timorata señora.

Un mayordomo antiguo, todo veneración para sus dueños, enterado de la novedad convino consigo la forma de invalidarlo sin quitarle la vida.

Le vejó por grados el ánimo más allá de cuanto permitía su límite de resistencia moral, hasta hacerle necesarios ocupaciones y sentimientos impropios del hombre. Despierta y cautiva su atención, consumada esa *prise du regard*[265], yunque donde podría deformarse el acero, cuanto más un carácter, sostúvole el gusto por ideas de relativa altura, en colaboración con los dueños, que consciente o inconscientemente secundaban sus planes.

Trastornó a su alrededor el orden de noticias, cosas, sentimientos, encarnados o no por personas, haciéndolos desfilar ante sus ojos en moral aquelarre hasta enfermarle la mente de duda, persecuciones y grandezas.

El infeliz veía y escuchaba mal, perdíase en intrincados laberintos falto de orientación y cultura que permitieran el desarrollo de un sentido interior, bueno para recoger impresiones de un orden y agruparlas, nutrir y reposar con ellas la conciencia.

Tal vez alguna luz, un rayo de aptitud salvadora habría brotado en él si el mayordomo no hubiese completado su plan alejándole del trabajo sostenido, manteniendo su inteligencia en una tirantez dolorosa, noche y día, sin un minuto de paz, enseñándole el lenguaje oculto de las palabras, objetos y actitudes, de las escenas entre personas, según se las lea o asocie, invirtiéndolas, quitándoles letras o modificándolas con claves que se le sugerían; incendiando, en fin, su cabeza con un delirio de interpretación incoercible.

Sobrepuso el cerebro de aquel desdichado a las demás funciones de la vida, dándole a entender que aquello y no otra cosa era vivir bien y ser dichoso.

---

265 *Prise du regard*: Expresión francesa usada en la literatura decadente, que podría traducirse como «el control de la mirada». Refiere una lucha psicológica entre dos personas en la que uno de los contrincantes acaba derrotado.

Conversaba al principio con los demás, cambiando ideas de una extraña alegría, embriagado, radiante.

Su voz sonaba como las arpas del Elíseo[266], con timbre nuevo y sobrenatural de personaje paradisíaco.

Creíase feliz en medio de aquella milagrosa lucidez cuanto más hondo se despeñaba en abismos, de los cuales sólo el trabajo puede rescatar.

Poco a poco fue callando, la piel se densificó, los ojos perdieron su movilidad, se hizo moroso y torpe, desatinado, abúlico, hasta quedar en suma reducido a una forma embobada y delirante que cumplía por máquina los cinco o seis actos corrientes que se le habían confiado.

Pityusa adivinó muy pronto, antes que nadie le diera otra noticia, el género de tormento que hubieron de aplicarle para dejarlo de aquel modo.

—Es Mic –dijo Nikko sorprendiendo la mirada de ella–; aquí mi criado de confianza. Es muy bueno Mic... pobre Mic, bien, bien –añadió dándole afablemente algunas palmadas en el hombro.

Mic volvió halagado la cabeza hacia él, con la lela sonrisa de una mujer tiranizada y amante.

Estaba ya hecha a ver expresiones parecidas; la sequedad dolorosa, las pupilas quemadas, la terrible máscara puesta por manos que dirigen impunemente desde la obscuridad sobre caras de hombres vigorosos, de jóvenes, adolescentes y niños antes iluminados por la inteligencia o el genio, separándolos para siempre del comercio del mundo.

Mil veces previniéndose contra su peligrosa fascinación, las había visto; cuáles con la mirada abatida sobre la tierra, cuáles ocultas por velos cristalinos, cuáles mirando con muertos ojos a lo alto como esfinges versallescas de las que todo un siglo fue pródigo, reproduciéndolas en la soledad húmeda de los jardines oreados por el olor picante de los bojes, en los graves y fríos palacios, más penosos que cementerios de piedra, en molduras y muebles como locas tristes o lamentosas princesillas, encantadas para nunca volver frente a los cielos que tanto y tan bien sabían lucir sin ellas.

Una brisa aromada subía del mar, ahuyentando tristezas y grises perspectivas.

---

266 *Elíseo*: En la mitología griega, la parte del inframundo más paradisíaca. Las arpas del Elíseo, refieren por lo tanto un sonido armonioso y agradable.

Pityusa la aspiró con avidez, cogiendo al paso algunas rosas y aca-
riciando los amarantos que brotaban del verde como sangrientos co-
águlos o inflamados regueros carminosos.

Cuatro o cinco escalones hubieron de subir para penetrar en el pequeño hotel. Al hacerlo tuvo Pityusa la desgracia de desviarse un tobillo.

Nikko la llevó en brazos, estrechándola contra su pecho hasta dejarla sobre un mueble largo y forrado de piel en el centro de una
serre[267] que daba al puerto.

Arrodillándose, descalzó luego aquel pie menudo y ligero como
un estuche de raso, le imprimió dos o tres movimientos y no encontrando más particularidad que su mucha belleza y finura, lo besó con
frenesí en su nacimiento, por encima de la media, sedeña y eléctrica.

A través de los vidrios de color parecía más bello el paisaje, y con
místicas entonaciones, el mar, surcado por velas que penosamente y
como arrecidas tremolaban.

Pityusa no pudo reprimir un grito de angustia, tendiendo en
divino enervamiento sus brazos al joven encendido de amor por ella.

---

267   *Serre*: En francés, invernadero.

VII

La tarde caía ondulando en el mar resplandores de hoguera, color y notas de las márgenes desde una extrema ensenada al lazareto[268], cuyas tapias larguísimas alzábanse sobre la roca entre rojiza y gris, acribillada en todo el espacio que cubre la marea por el celo perseverante de los litodomos.

Con dificultad podría reproducirse en su tono justo la sensación de muerte que dan aquellas orillas, desiertas, sin movimiento, encalmadas como el resto del litoral menorquín que duerme, entregado a sí propio desde la aparición remota de la isla.

Todas las mañanas un pájaro de mar posábase junto a la puerta roja de aquel Lazareto que se dijera cementerio o presidio; hundía su cabeza entre las alas o tendiendo y arqueando el cuello alisaba cuidadosamente su plumazón. Un ave triste y sola, que nadie sabía por qué se posaba allí sino era para ver el avance de los dos o tres botes que se cruzan entre la ciudad y el castillo, acabando por remontar el vuelo y desaparecer.

Muy de tarde en tarde bandos de gaviotas rondan los pequeños muelles de la villa donde cabecean y parecen hablarse los botes del práctico[269], falúas de la penitenciaría y embarcaciones ligeras en número crecido.

Algunas pertenecen a particulares; las demás son propiedad de dos o tres patrones, marineros antiguos probados por el mar, cuyos nombres y profesión vienen siguiéndose en el pueblo, de padres a hijos como dinastías: *Peral, Miguel, Manent I, Manent II* y algún otro.

No existe una sola playa, aunque muy reducida se la figure la imaginación, en las varias millas de puerto que median desde las res-

---

268 *Lazareto*: Hospital en el que suelen tratar enfermedades infecciosas y potencialmente contagiosas, como en la época podían ser la lepra, la sífilis o la tuberculosis. Habitualmente era un centro destinado más a la reclusión que al tratamiento y la curación. Aquí Llanas se refiere al edificio situado en la llamada isla del Lazareto, en el interior del puerto de Mahón, que albergaba dichas instalaciones desde 1807. El edificio sigue existiendo en la actualidad y parte de él se usa para dependencias del Ministerio de Sanidad.

269 *Práctico*: En lenguaje marítimo, el técnico que dirige a las embarcaciones por el puerto.

tingas[270] peligrosas de la Mola[271] y Fuerte Marlborough[272], hasta el fondo en que se ven las construcciones anejas al Arsenal[273] y los cercados y huertas donde nace la carretera antigua de Alaior[274].

La orilla occidental es acantilada; la oriental está al contrario constituida por pequeños montículos y depresiones que descienden hasta el agua hundiendo en ella su enana vegetación de pradera muy rica en color; la misma que al arribar con sol claro, sin bruma, se ve desde el buque lucir entre reductos, construcciones y baterías bajas, esperando que el pincel del artista la revele sobre el violeta del líquido.

Aunque Pityusa deseara acompañarle, quiso Nikko bajar solo hasta el muelle a fin de disponer para el siguiente día un paseo por mar.

Le vio ir desde el mirador, apoyada la frente en la *treille* o encañado de mallas rómbicas que meses antes, según le dijeron, se abrió al peso de una *bonne*[275] detenida un momento allí por curiosidad, y cuyo cuerpo cayó a plomo hasta estrellarse en las rocas de abajo. Cuando la subieron no conservaba asomo de vida; un parietal destrozado dejaba fluir por su abertura el cerebro, blanquecino y húmedo, rameado por hilos de sangre como la córnea de un ojo monstruoso que acabasen de reventar.

Midió Pityusa de una ojeada la altura de la roca. Manchábanla de alto a bajo musgos y filtraciones, creciendo en los huecos jaramagos y parietarias[276], alelíes cianóticos de los que está sembrada la isla.

Un leve mareo le nubló los ojos, y recogiendo la falda de su amazona, fue avanzando hacia la *serre*, embriagada por el aroma del jardín y el aura salina del mar.

Al pie de las gradas vio a Mic con los ojos ardientes, removido por una fiebre extraña y triste de mutilado.

---

270   *Restingas*: Salientes de piedra o arena debajo del agua a poca profundidad. Son peligrosas porque pueden hacer encallar un barco e incluso hundirlo.

271   *La Mola*: Zona del puerto de Mahón llamada así por una fortaleza allí ubicada, que data de mediados del siglo XIX, conocida como Santa Ana de la Mola o Fortaleza de Isabel II.

272   *Fuerte Marlborough*: Edificación defensiva en la zona sur del puerto de Mahón, construida por John Churchill a principios del siglo XVIII, durante la dominación inglesa de Menorca.

273   *Arsenal*: Recinto militar en el puerto de Mahón destinado al almacenamiento, reparación y construcción de embarcaciones. Actualmente es el edificio de la Comandancia Naval.

274   *Alaior*: Municipio de Menorca, a doce quilómetros de Mahón.

275   *Bonne*: En francés, criada o sirvienta.

276   *Parietarias*: Hierbas que crecen habitualmente entre las rocas o las paredes.

Temiendo algún acto de violencia, se dispuso a rechazarle con el látigo.

La expresión del criado reflejó un gran dolor, y cuando estuvo cerca, le vio tenderse a sus pies, besándolos y estrechándolos con raro frenesí.

No podía sospechar qué fuera aquello ni los motivos que le indujeran a portarse de tal modo.

Lo hizo entrar y escuchó de sus labios la imprevista explicación resistiéndosele comprender que llegase tan bajo el nivel moral de un hombre. Mic se expresaba a borbotones incoherentes con sollozos y gritos.

Conmovida Pityusa por lo inicuo de aquel drama perpetrado a la sombra de una familia, arteramente, en tantos momentos de suplicio y vejamen como minutos habían transcurrido desde que la noticia de la falta llegó a conocimiento del mayordomo:

—¡Mic! ¿No lo has muerto? –le gritó estrechando una mano de él entre las suyas.

Luego pudo apreciar que tenía buen tipo, rasgos borrados casi de una belleza viril. Había sido un hombre, un hombre que descubría aun en el fondo de los grandes ojos circuidos por fajas cárdenas, en el ímpetu de ademanes, en la dureza de los pómulos tostados y rojos, en la valentía de las dilatadas y fuertes cejas, en la voz, que por momentos perdía su timbre afeminado; en el mismo desastre de aquella conciencia desecada y vencida, que le imploraba desde el abismo, desbordándose ante aquella mujer, joven y bella, dotada para él de una elegancia sobrenatural.

—¡Ah, miserables! Han hecho por matarte. ¡Como a mí, pobre Mic! Si no supiste hacerles frente, ¿para qué guardar la vida a ese precio?

Sonó fuera una voz y ruido de pasos. Mic se levantó disponiéndose a salir.

—¡No te vayas! –gritó por segunda vez–. ¡Yo te defiendo!

Reflejaba en el semblante una alteración hondísima.

Los mil disgustos, las penalidades y humillaciones que hubo también de sufrir, cuanto triste y oneroso encerraba el pasado, brotó de sus ojos en un relámpago vengativo.

Había encontrado ella también su fuerza, el bloque de reacción moral, en aquel pobre ser que se le humillaba.

Pensó en las horas de soledad y tormento, en el amor, en la necesidad de amar, en la fiebre dolorosa de amar, que Mic, sin familia, sin otros afectos que le distrajeran, se habría visto obligado a esconder como un crimen.

Pensó en la desolación de aquel pobre ser, secuestrado, roído a solas, frente a la dicha de los demás, descuidada o radiante.

—¡Oh, vida, vida! –repetíase hundiendo la cara entre las manos–. ¡Serás mi amigo, Mic, quién sabe si mi protector! ¡Descansa entre tanto aquí, como lo harías en el regazo de tu propia madre!

Así diciendo, le tomó la cabeza con manos febriles para sepultar aquellos ojos en el tibio y fragante raso de su seno.

El infeliz besó como un enajenado.

Nunca pudo Nikko sospechar, conociendo el carácter de los dos, que pudiera llegar a establecerse entre uno y otra ninguna inteligencia.

Salió Pityusa al jardín para esperarle.

La noche próxima difumaba en el cielo tonos violados.

Pitó varias veces una sirena escuchándose el seco respirar del vapor que huía por cien válvulas.

La masa enorme del dique trepidando bajo sus cadenas de amarre, a pocas brazas del lazareto antiguo en cuyas paredes marineros griegos, ingleses, francos, italianos y rusos dejaron por espacio de tres siglos rúbricas, versos y gritos de dolor, se ponía como un gran monstruo en movimiento encendiendo a la vez todos sus focos de luz blanca o violeta, entre una apretada multiplicación de chimeneas y rojos candeleros.

Era hermoso de ver, en prácticas, según se hundía al resplandor de globos como frutos o tranquilos planetas, en la opalina luz, sobre ondas que surcaban botes, gusis[277], guairos y falúas.

Una claridad húmeda henchía el aire, entonaba el verde obscuro de las colinas y el ópalo del puerto, irisado y candente, como el piso de las grandes arterias cuando en días lluviosos lo iluminan los arcos cárdenos, el volcán de cien tiendas y escaparates relumbradores.

A poco se le incorporó Nikko para mirar también la magnífica escena.

---

277 *Gusis*: Tipos de barco de vela que se usa para la pesca.

Llegaron a no elevar sobre el agua los dos muros del dique más de un metro de su plutónica armazón.

Cualquiera hubiese dicho que iba a hundirse con sus luces y maquinaria arrastrando consigo aquella isleta en ruinas llamada de la Cuarentena[278], cuyo suelo y bordes calcinados cubren esqueletos de animáculos marinos, gramíneas agostadas por entre las cuales corretean al mediodía millares de pequeños saurios[279] jadeantes.

Pityusa quiso ver de cerca todo aquello.

En vano fue que Nikko exagerase prevenciones y temores; unos minutos más tarde los dos bogaban puerto adentro conducidos por el centésimo Manent[280].

Reinaba una calma absoluta, la de los días sofocantes que al huir dejan flotando sobre el mar tules de su vestido ardiente.

El dique subía milímetro a milímetro arrastrando consigo la nube de menudas embarcaciones que circulaban en torno al bote de la comandancia ocupado por las autoridades.

Algunos chinchorros[281] del Arsenal oscilaban adelantando como cascarones broncos y robustos entre los botes de los barcos de combate, que arbolaban sus linternas a proa.

Una embarcación larga y estrecha, tripulada por remeros jóvenes, pasó como un dardo al ritmo de un cantar que los valientes pechos entonaban.

La canoa de artillería, larguísima y ligera, llevada en vilo por el furioso arranque de las palas.

Eran aquella animación, el juego fantástico de las luces, la gravedad de la noche y la verde fosforescencia de las ondas que corrían con sones argentinos, riendo, de la roda[282] al codaste[283], los que tenían suspensa y admirada a Pityusa.

Cuando la fiesta terminó, continuaron su marcha por el puerto. Los edificios desmantelados del lazareto viejo, hoy reducido a una oficina pobre, con su pequeño archivo y la habitación para el guardián, dibujaban sobre el cielo romántica silueta. Las ondas

---

278   *Cuarentena*: La isla de la Cuarentena es un islote situado justo enfrente de la mencionada isla del Lazareto, en el puerto de Mahón. Albergaba un edificio que permitía aislar a los marineros que entraban en el puerto y eran sospechosos de portar alguna enfermedad contagiosa.

279   *Saurios*: Lagartos o lagartijas.

280   *Manent*: Apellido muy común en Menorca.

281   *Chinchorros*: Embarcaciones a remos muy pequeñas.

282   *Roda*: Pieza que forma el casco delantero de una embarcación.

283   *Codaste*: Pieza que forma el casco trasero de una embarcación.

rompían suavemente, quejándose sobre los estribos de construcción, donde duermen aún engastadas formidables anillas, con restos de cadenas que el orín y las algas corroen, desde los tiempos en que las empleaban para fondear barcos de gran calado. Un aire de vejez y ruina se abate hoy sobre el montón de escombros que coronan hierbas urbanas y las ramas de algún árbol raquítico, insuficientes entre todos para proteger el sueño del vagabundo que hasta allí pueda llegar, o del pescador de dátiles[284] que a la mañana quebrará sobre las piedras trozos de roca con la fresca provisión.

El paso de mil centurias parecía haber impreso allí su huella como en la base riscosa del estrado que encajona el puerto hacia el oeste.

El agua, al romper contra ella, dejábala hirviendo en circulillos luminosos y crasos como pupilas que espejeasen en regueros.

Doblaron una punta, más allá de la cual la isla del Rey erguía su torreón prismático, en sombra, por encima del edificio y las ventanas clarinosas de las clínicas.

Un blanco barquicho dormía allí, frente al embarcadero, hocicando con inconsciencia de cachorro el boyarín[285] donde estaba amarrado. Tenía una transparencia de otro mundo, blandiendo suavemente su palo ante el cielo en fulguración.

Ofrece el mar de noche una rara poesía hecha de temor y misterio, de capuces[286] cerúleos, de encantamiento y languidez.

Desde el fondo de una ensenada dos ventanales que vomitaban luz verduzca parecían bocas de una caverna legendaria y virgen.

A la derecha, un barco de guerra, el buque insignia avanzaba su vientre como viejo cetáceo que descansase entre sus crías.

Varios, en efecto, acertaron a descubrir: el *Lepanto*, *Cisneros*, *Nueva España*, *Extremadura*, iluminados de la sentina[287] a las cofas[288], ardiendo por las baterías, líneas de portas[289], sollados[290] e incendiadas toldillas[291].

---

284 *Dátiles*: Moluscos comestibles que viven en las rocas, que se parecen al fruto de la palmera del que toman el nombre.

285 *Boyarín*: Boya o flotador pequeño.

286 *Capuces*: Prendas de vestir largas y holgadas que se colocan encima de la ropa.

287 *Sentina*: Parte inferior de una embarcación por la cual se filtra y expulsa el agua.

288 *Cofas*: Pieza horizontal colocada en lo más alto del mástil de una embarcación.

289 *Portas*: Aberturas, como ventanas, situadas a los lados de una embarcación.

290 *Sollados*: Pisos inferiores de una embarcación en los que instalan las habitaciones.

291 *Toldillas*: Elemento que protege del sol y los elementos que cubre una parte de la cubierta de un barco.

Todo en ellos era animación, ir y venir, voces de mando y gorjeo complicado de pitos como cantar de ruiseñores.

Los oficiales comían en la toldilla y las clases arranchadas a proa.

Funcionaban los telégrafos vomitando el Ardois sus bocanadas de color que poblaban el aire de encendidas pupilas.

Pasaron rozando el espolón del *Pelayo*. Las voces puras de la gente de mar, timbradas y frescas como gritería de niños embriagados, saltaban de extremo a extremo del buque, unidas al sonar de acordeones e instrumentos de cuerda.

Doblaron la proa rebajada de otro donde el bullicio era tan fuerte o más. Un parpadeo seco e intermitente, continuado tac-tac de pestañas metálicas, hizo elevar los ojos a Pityusa. El *Scot*, con su única linterna en el palo, transmitía señales contestadas por los demás buques, vivos como gigantes.

Sobre el puente, con resplandores de cromado incendio, algunos marineros manejaban los cucuyos[292], moviéndolos como banderas, modificando las figuras y líneas que para cada letra resultaban.

Habrían parecido ridículos si la potencia de las luces no hubiese inflamado las infantiles fisonomías, vibrantes como amapolas escarlata.

—¿Qué barco es éste? –preguntó Pityusa.

—El *Cisneros* –dijo el patrón.

Era en efecto el *Cisneiros*, según se le conocía en los otros buques, cuyas músicas cuando pasaba junto a ellos disputábanse el saludarle con muñeiras, ribeiranas[293] y las más *tristiñas* inspiraciones de las musas occidentales.

Los marinos se ponían lívidos; la marinería, formada en su mayor parte por mocetones de las rías altas[294], se encendía hasta llorar.

Un haz de luz plateada brotó de su cubierta yendo a herir la fila de construcciones del puerto; los gasómetros, la consigna, almacenes de Administración, Artillería y Sanidad, las casas, los pretiles altos y rocas en que descansaban, llenas de alisos[295], jaramagos y alelíes en flor. Desde los barrios extremos del Castillo hasta la torre de Santa María[296], el haz fue corriendo, pasando revista a los edificios, arrancando destellos a los miradores y lumbres de porcelana a las paredes.

---

292 *Cucuyos*: Luciérnagas, insectos que en la oscuridad se ven de color verde fosforescente. También puede referirse a un tipo de árbol silvestre que se usa en la construcción.

293 *Muñeiras y ribeiranas*: Músicas populares típicas de Galicia.

294 *Rías altas*: Zona costera de Galicia.

295 *Alisos*: Árboles de flores blancas y pequeños frutos rojos.

296 *Torre de Santa María*: Torre de la iglesia de Santa María en Mahón, que data del s. XVIII.

Los otros buques encendieron también sus aparatos de iluminación, y la ciudad y el puerto y las colinas ardieron con resplandores
movibles, que los asaeteaban posándose y abandonándolos, descansando en el agua que, generosa como un espejo, devolvía en ángulos
precisos la descarga de luz.

Agitáronse los botes en aquella lluvia de fuego; los remos hacían
saltar gavillas de rubíes que azotaban las espaldas desnudas y bron-
ceadas de los marinos; complacido el mar los mecía respirando, des-
componiendo en iris y franjas la caricia ardorosa de los focos. Nunca
había asistido Pityusa a un efecto tan magno.

El misterio de estos haces saliendo de los monstruosos organismos
y agitándose en la obscuridad como tajadoras[297] antenas hipnotizaba.

Pityusa había ya olvidado sus intimidades con el mar; las suaves
horas de abandono y divagación en que una somnolencia fatigosa
alentaba el inacabable desfile de recuerdos.

Al anochecer especialmente, desde aquel grueso faro, tendido
como un pulgar hacia las nubes, mirando la sombra que llegaba del
horizonte oriental, encalmado, indefinido y terrible, escuchando el
rumor que se dijera venir del infinito, los párpados se le abatían sobre
los ojos y una nube tembladora de perturbación, de obscuro extravío,
la cegaba.

Tanta luz, tanta vida vibrante en un círculo tan reducido del
puerto, la fiebre y bullicio que radiaban los erizados cascos como
enormes macruros[298] en expectación le removía y quemaba el cerebro
aún horas después, cuando instalada ya en el hotelito, mirando desde
el jardín la blancura del mar y el reflejo de la luna en las aguas, quería
convencerse de que forzosamente debía ser ajena a todo aquello
donde ni una sola voluntad se orientaba hacia la suya.

¿Sería locura y ansia del instinto, una suerte de orgánica atracción
ejercida sobre ella por aquel hacinamiento de hombres frescos, uniformados y robustos, sanguíneos, imberbes muchos como griegos de
la olimpiada?

Tal vez. Algo en todo caso había sentido brotar de aquel pequeño
mundo que ante ellos hervía; la atmósfera del sexo sin duda, formada
por el conjunto de masculinas sensaciones, por las voces y gritos, por
la alegría, colores, luz, por el imperio de los que mandaban, por las

---

297 *Tajadoras*: Cortantes, afiladas.
298 *Macruros*: Crustáceos de largo abdomen, como la langosta o el bogavante.

fuerzas que veía durmiendo a merced de ellos; por esa aura de sufrimiento y heroísmo, de pañoles volados, de buques sin gobierno y a la
deriva, de masteleros[299] hechos polvo, candentes proyectiles, vías de
agua que nadie puede atajar y llevan al abismo; por la intuición, en
una palabra, de la bravura y de la fuerza, tan punzantes, tan caras a
la naturaleza femenina.

La fiebre volvió a encenderle la imaginación privándola del sueño,
mientras su amante descansaba cerca de ella en una estancia próxima.

¿Era él, podía serlo nunca, el tipo acariciado por la fantasía para
hacerle entrega completa de sí, para confiársele siquiera?

Muchas veces le había observado cuando menos lo pensaba, inspirándole simpatía y ternura la leve tristeza del semblante; la huella
de sufrimiento tan parecida al cansancio de vivir, impresa en él desde
niño, y cierto aire descuidado de mozalbete sin protección, que le
llenaba de interés.

Habíale descubierto un fondo místico y respetuoso, un concepto
exagerado acerca la importancia de los demás, al cual debía atribuir
su inclinación a recatarse y mirar desde lejos como sobrecogido, y su
actitud más frecuente de espectador que de actor en el teatro de la
vida.

Ofrecía, en una palabra, esa resistencia, esa dificultad para la
acción, que desconcierta a los amigos de la velocidad.

Pityusa temblaba a la sola idea de estacionarse en la carrera loca
que hasta allí había llevado, entregada desde su ingreso en el mundo
a la perfección de sí misma y luego a volar con quienes sabían soste-
nerla en el cielo de sus ilusiones.

Detenerse era caer, precipitarse desde las regiones rosa a los
abismos de la serenidad y de la conciencia implacable.

Recordaba de su estancia en la ciudad de luz los *cars* de todo
género, cuantas fantasías la fiebre automovilista montaba sobre
châssis[300] tan varios como aquellos, poblándolos con mujeres veladas
y barrocas figuras de farándula, en tanto el avantrén[301] sufría a con-
ductores monstruosos, sin expresión, embutidos en trajes de pesadilla,
como enormes camaleones de piel colgante y adargada.

No de otro modo había corrido ella en la vida, sola o en el seno de

---

299 *Masteleros*: Palos o mástiles menores de una embarcación.
300 *Châssis*: Expresión francesa hoy lexicalizada en español como «chasis», estructura básica
     alrededor de la cual se construye un automóvil.
301 *Avantrén*: Parte delantera de un carruaje.

grupos diferentes, delirando, embriagada como los demás. Los pequeños obstáculos no eran siquiera vistos; la cinta blanca del camino, rígida ante los ojos, fascinaba, atraía, hubiera acabado de no mediar la voluntad por tenderlos a todos, anestesiados y sin conciencia sobre el polvo, aun sabiendo que otros llegaban detrás que habían de aplastarles.

De tanto en tanto, alguna voz se oía, mientras manos epilépticas precipitaban a un inútil o imploraban por un infeliz estrellado contra la cuneta.

El infernal equipo seguía corriendo, doblaba en las curvas su disforme cabeza de iguana donde ardían de noche los faroles como pupilas de una ferocidad paleozoica[302]; devoraba distancias hasta estrellar una gran parte de ellos o dejarlos a todos en puerto franco y seguro.

La costumbre habíala habituado a distinguir, sin más que verles, cuáles iban corriendo, cuáles con lentitud en su carrera. Señalaba sin vacilación aquellos semblantes encendidos, afilados, sin grasas, con ojos brilladores, en cuyas córneas una idea, un ademán o un acento, un dibujo o un párrafo, una sugestión encendían la fiebre de las grandes velocidades, haciéndoles marchar horas enteras en sus conversaciones, en sus escritos o discursos, en sus formas de actividad cualesquiera que fuesen, con un ardor extranatural y tendido como autómatas que genios ocultos remontaran.

Nikko era diferente. Lo había comprobado con pesar. Le faltaba para verle a gusto suyo *entrain*[303], arrojo, audacia; esa embriaguez de alturas o de avance que tiende a los hombres en la vida haciéndoles vibrar como estilos[304], descomponerse artísticamente entre gentes graves, o en medio de una situación comprometida. Era demasiado unilateral, correcto sin íntima fuerza, decaído, languideciendo tristemente al menor descuido ante los ojos de ella, prácticos en admirar el vigor, ese viril arranque de hombres hechos a todos los deportes de los cuales traían a la vida los riesgos y bellezas, la inconsciencia en la marcha y la elevada crueldad de los fuertes.

Pityusa, para terminar, se sentía con carácter más fijo y con un valor más positivo que él en la vida, despertándole el deseo de volver al mundo e imponerse, de aplacar sobre todo aquella avidez ansiosa de su naturaleza, en torno a la cual, desde que hacía nueva vida, dan-

---

302 *Paleozoica*: Primitiva.
303 *Entrain*: En francés, brío, ánimo, energía.
304 *Estilos*: Punzones que servían en la antigüedad para escribir sobre madera encerada.

zaban como locos sentimientos y ambiciones, el frenesí de juventud y amor que la turbaba.

¿Qué haría Tomy entre tanto?

¿Quiénes vivían de sus dichos, de su proximidad, de aquella mímica soberana y obsesionante con que sabía transparentar las crisis del alma, sin esfuerzo, sin otra alteración de su ritmo que algún fruncimiento de músculos superficiales o el serpear de fibras que corrían retorciéndose como disecadas bajo la piel del rostro?

Si por una improbable contingencia se le apareciese allí mismo, aquella noche o en otro cualquier momento de su día, ¿con qué rendida adoración besara sus manos, retendría su cuerpo, beberíale en los ojos aquella rara expresión de fiebre y nostalgia que se hubiera dicho aliento de los lejanos países, reverberación de impresiones sentidas, años enteros de vida quemada entre el sol y la tierra sin clemencia?

¿Hay nada tan triste como la miseria del corazón, rojo a puro ardimiento, habiendo de contentarse con el frío de una intimidad sin fe, sólo turbada por relámpagos de adhesión convulsiva que en aquellos momentos le parecían repugnantes?

Alucinada por la presión de las arterias, saltó del lecho y se preguntó corriendo por el cuarto si aquel martirio no tendría una tregua, y al fin ella misma habría de suprimirse según otras veces lo pensó para acabar de una vez con la ansiedad vertiginosa, con la fiebre de impotencia y descontento que todos los días a las mismas horas cargaba sus párpados, le encendía las sienes, hacíala vacilar torpemente como amputada o la tendía sin aliento por tierra, más inútil que herida de un rayo.

Era sin duda culpable de cobardía; le faltó valor para ser sincera y obligar por su misma debilidad a quien era causa y principio de todo ello.

Tal vez un desengaño, una palabra, hubiese desvanecido en su imaginación aquella idea que la impedía vivir.

¿Cómo no haberlos provocado, marchando de frente según la divisa que inútilmente trataba de hacer suya?

¿Había sido ridiculez, falta de arranque, desgracia o enfermedad real de su pobre cuerpo atormentado?

¿Era suya toda la culpa? ¿No intervino por mucho el apremio cobarde y sostenido de los de fuera, aquella acción que había visto practicar sobre el carácter hasta dejar convertidos los más fuertes a lo sumo en autómatas, en jirones que penosamente se arrastraban?

Una mano desconocida hacía llegar diariamente a las suyas periódicos y libros de París. ¿Quién? Lo ignoraba. ¿Nikko quizá? Sin demostrar enojo cuando le preguntó acerca de esto, su sorpresa le dio a entender que no era él. Desde aquel punto se los enviaba sin abrir. Aunque hubiese querido no habría encontrado fuerzas en su interior para otra cosa.

El principal efecto de la conmoción que en el cerebro, como los golpes físicos, produce todo choque moral, es un aturdimiento que obscurece la conciencia, impide percibir y hace imposible una asimilación concreta, bien y normalmente cumplida.

Si por acaso recorrió algunas páginas, la intolerable agudeza de los títulos o de tal cual concepto que se destacaba sobre la restante confusión hízola desinteresarse por cuanto a aquella distancia aconteciera.

Una sola vez entre los grabados diferentes de una revista creyó reconocer el retrato de Tomy entre otras caras concurrentes a la misma fiesta. Era sin duda él, deformado terriblemente por la luz traidora.

Pityusa sintió deseos de llorar, de escupir al mal artista que así lo había profanado.

¿Cómo llegar hasta él de nuevo, de qué medios valerse para presentársele con mérito mayor?

Experimentaba la necesidad de volver a sentirse en medio de personas completas, de hombres tensos, enrollados, vibrantes, y esquivar en cuanto pudiese la irrisoria tutela ejercida moralmente sobre un carácter como el suyo por aquel pobre ser desvanecido, semejante a una imaginación prerrafaélica y cuyos músculos aguanosos le fluían lamentablemente entre los dedos si alguna vez se aventuró tomarle el brazo. La llama de fuerza y actividad que había sorprendido en él por la mañana no fue sino un destello hijo probablemente del sol que hubo de ametrallarlo en el camino.

¿Podría resistir mucho tiempo aquella vida? ¿Qué era del fantástico personaje a quien Nikko llamaba tío Tinny tan desvaído y tan fiero que no quería verla? ¿Valía ella tan poco, tan miserablemente poco que no inspirase la menor curiosidad a un hombre de mundo, embargado por graves cuestiones desde tanto tiempo hacía?

Era sin duda la derrota, la muerte, en un país atónico sólo aceptable como escena donde poner cuantos tipos y devaneos hubiese ella indicado. La vista de la planicie y las praderas verdes le hizo soñar con rojas casacas y el calzón deslumbrante de los caballeros, como enormes anturios[305] bajo la luz igual, maceando la bola y tendiendo sus *poneys* en los lances de un polo temerario. ¡Era tan difícil que el sueño aquel se realizara! Y en cambio qué tristeza, qué aburrimiento a dos pasos de la luz verdadera, de aquel pequeño mundo masculino y amable que había sabido arrancar en la obscuridad resplandores de topacio y ámbar a su cabello.

En París los mil pequeños cuidados, el detalle de una vida encomendada a muchos, la galantería ofrecida sin palabras a todos la hacían vivir y volar. En aquel rincón sólo encontraba una idea, la del suicidio, y como extrema gracia la florecilla verde del ensueño junto a enormes mandrágoras[306] dilatadas, ansiosas, dispuestas a obscurecerla y devorarla.

El cerebro le ardía; se sentía encanecer con pequeñas crepitaciones de su cabello.

Abrió la ventana y detuvo los ojos frente a aquel trozo de puerto que, aterido por el reflejo de la luna, se abría en lo hondo.

Estaba todo sin movimiento y encalmado, con esa rara quietud de noche planetaria que el mar sabe tan bien, tan extremadamente, fingir. De una punta a la izquierda se destacó un pequeño bote. La orilla por aquella parte y a todo lo largo del pueblo está sembrada de pasadizos entallados en la roca, sirviendo para el acceso a las construcciones erguidas sobre el mar con pequeños embarcaderos que prestan a todo aquel conjunto un aire quimérico y vano, de aventura.

Era un barquito grácil, ligero, cristalino, que adelantaba en aquel sosiego como una aparición, semejante a un gran cisne o a un pájaro de mar rezagado y a la ventura.

Desde arriba parecía incorpóreo; tenía un aire sobrenatural, movido por el impulso de los remos que brillaban como aletas revolviendo en el agua globos argentinos.

---

305 *Anturios*: Género de plantas tropicales de hojas y flores muy decorativas, a la que pertenecen algunas clases de lirios.

306 *Mandrágoras*: Plantas perennes que se han usado tradicionalmente como medicina o narcótico. Sus raíces, con formas que recuerdan a cuerpos humanos, han sido objeto de rituales mágicos durante siglos en Europa.

Llegado a la mitad del trayecto se detuvo.

Pityusa le vio oscilar cimbrando levemente su palo, adormecido sobre la sábana encantada.

Tomó unos gemelos y se puso a observarlo.

Una forma dormía allí, blanda e inconsciente, con movimientos tardos de molusco; una suerte de esbozo embrionario incubando bajo místico velo.

Infundía un raro malestar, cierta extraña sensación angustiosa.

El cuadro en conjunto resultaba apacible, tranquilo, de ensueño. Un cuadro de soberana tenuidad, melancólico y apropiado para las graves contemplaciones como pudiera ofrecerlo algún planeta distante.

Emanábase de él el aura suave de lo inmaterial, que consolaba y mecía.

Sonaron horas en el reloj de la única iglesia que el pueblo tiene, desnuda, blanca y triste al estilo de los templos anglicanos.

Era penoso de oír aquel tañido rompiendo como juez implacable la encantada serenidad.

Pityusa sintió que algo se le desgarraba dentro, en el corazón, tal vez su misma vida. Tibio llanto le humedeció los párpados mientras fundíanse en su interior como niebla fantasmas, delirios e imaginaciones, y con la veleidad tan viva en tipos de su especie dejábase impresionar por la beatitud, más bien por la letargia, que ascendía del conjunto nublándole los ojos.

Cuando llamaron para un nuevo paseo marítimo dormía en un sillón, la cabeza inclinada, los primeros anuncios de vejez en el semblante cuyos músculos se rendían a una flojedad prematura.

VIII

Era la mañana accidentalmente escogida por tío Celestino para tender palangres[307] y disfrutar del magnífico día junto a la boca del puerto.

La pesca abunda poco en aquel litoral y debe indicarse que la gran mayoría de los individuos que la explotan viven en Fornells.

Algunos faluchos[308] salen extemporáneamente al largo, volviendo con provisión suficiente para el consumo de la ciudad. Como pasatiempo, constituye allí la distracción de muchos y adecuado por cierto a la mansuetud cataléptica[309] del cantón[310].

Varios son los medios de que se sirven para mixtificar a los representantes de la menguada fauna marina.

Los más están descritos en el *Diccionario de la pesca*[311] y en infolios tan amenos como curiosos de los que por el tiempo a que estas notas se refieren guardaba un cancerbero en la mohosa, histórica y poco elogiada biblioteca mahonesa.

Requieren larga preparación, condiciones de sujeto y la paciencia secular que ha dado fama a todos.

Los palangres, v. gr., son diferentes, según se les destine para capas profundas o para pescado superficial, entre cuyas especies incluyen allí doradas, sargos, lisas, robardos y algunos otros[312], bizarros y crispos[313], cuando miran al curioso desde el fondo de la barca donde se les reúne.

Generalmente el artificio queda reducido a un aparejo trapezoide con sedales y anzuelos, que se suspende en el mar.

---

307 *Palangres*: Aparatos de pesca consistentes en una serie de cuerdas de las cuales penden diversos anzuelos.

308 *Faluchos*: Embarcaciones de una sola vela triangular.

309 *Cataléptica*: Tendencia a tener ataques nerviosos que provocan rigidez corporal y la pérdida de toda sensación física, propia de la histeria.

310 *Cantón*: Rincón. Se refiere a que la isla es una lugar arrinconado y alejado del mundo.

311 *Diccionario de la pesca*: Es muy probable que se refiera a los cinco volúmenes que forman el *Diccionario histórico de los artes de la pesca nacional*, publicado entre 1785 y 1804 por Antonio Sáñez Reguart.

312 *Doradas, sargos, lisas, robardos*: Son todos peces característicos del Mediterráneo, de color plateado y tradicionalmente apreciados por su carne.

313 *Crispos*: Irritados, alterados.

Era la primera ocasión que Tinny escogía para asistir a una faena como aquella. Nunca tomó en ello gran interés. Prefería además la vida urbana a las maravillas que el mar pudiera ofrecerle.

Pero desde el regreso a Menorca, sus ideas, sin variar en la esencia, se habían humanizado tocante a curiosear gustos ajenos, pues le distraía, aliviaba su tristeza, trayéndole un sano reposo tras el afán que le costaba la composición del libro famoso donde había imaginado condensar las energías todas de su vida.

Ahora bien, *Arte y arquitectura ojivales con detallada descripción de monumentos góticos de España*, aunque no fuera asunto superior a sus fuerzas ni obstáculo en que pudieran fracasar y menos declararse vencidas las dotes de expositor que se achacaba, tenía la propiedad de soltarle los nervios, deparándole las más terribles horas que hasta entonces corriera su movida existencia.

Centenares de fotografías, estampas y grabados dormían pacíficamente en un hacinamiento de carpetas. Las memorias, boletines, informaciones, libros y atlas de que se había provisto componían un formidable arsenal. Sólo las geométricas cuartillas, como campo virgen, se eternizaban en la mesa sin poder encerrar cumplidamente aquellas citas, aquella afluencia, tanto soberbio período como el arrogante varón sentía bullir dentro de sí y arrebatarle.

Las palabras huían tan pronto trataba de retenerlas y fijarlas sobre el papel. La ilación, que tan propicia le era hablando, lo abandonaba al escribir.

No veía modo de engarzar con naturalidad aquellas ideas que obraban por dentro como arietes, y desesperábase encontrando risible tamaña dificultad para la violencia de su empeño.

Trabajó con un ardor heroico varios meses, consiguiendo en toda esta vacación como adelanto un resultado bufo.

Al mirarse y hacer apreciaciones ante el espejo, pudo en cambio comprobar que había despiadadamente envejecido.

Acudió a una higiene adecuada y a respirar con mucha fe la atmósfera marina.

Montó caballos, batió la isla en automóvil, zarandeó a los arrendadores, visitó a sus antiguos amigos mahoneses y abusó como nunca de la autocanoa[314], perdiendo noches enteras a lo largo del misterioso litoral.

---

314 *Autocanoa*: Canoa provista de un motor.

Paseando al caer de una tarde por el muelle, sorprendió más allá de la consigna la faena de cebar los sedales para el día siguiente.

Grupos de marineros, de bruces como batracios[315] aplastados, conversaban en torno a las escalerillas de embarque. El alternado blanco y azul de sus elásticas franjeaba la naciente obscuridad, y un acre olor, pasando junto a ellos, delataba pronto el montón de carne sudorosa, mal repuesta del trabajo del remo. Eran falueros y dotación de botes oficiales.

A regular distancia, sin tomar parte alguna en aquel parloteo, los pescadores de oficio braceaban cortando y disponiendo los cebos, enroscando el palangre en capacetes.

Les preguntó cuándo salían.

—Antes del alba —respondieron, elevando hasta él sus inocentes ojos de otairas[316].

—¿Iréis muy lejos, mar adentro?

—No, un paseo; no perdemos la costa —le contestaron.

Tío Tinny comprometió a dos de ellos para pescar juntos en su bote.

Los pescadores, columbrando ganancia, imprimieron nerviosas sacudidas al aparejo y comenzaron ingenuamente, como si esto pudiera interesarle, la relación de sus vidas.

Cuando el sol bombeó su disco sobre el agua, los tres estaban más allá de las boyas, recogiendo hacia el norte del castillo, entre las ondas de una diafanidad mirífica[317], el hilo pardo que subía de lo hondo luces fosforescentes, argentadas con un nimbo verduzco.

Los pobres animáculos hendidores del mar, a quienes la agonía hacía retorcerse y surtir.

La población también, siendo día claro, llenó el muelle, escaló empinadas cuestas, coronó pretiles, hizo por escoger posiciones en los sitios más cómodos disponiéndose a presenciar desde ellos la entrada de dos barcos teutones que con formidable aparato guerrero se habían anunciado.

A aquella hora, animada por los ruidos del Arsenal, por las cornetas y músicas de a bordo, comienzan las muestras de la actividad diaria en calles, barcos y talleres.

La alta costa corrida de verdor prestaba al líquido sus perfiles sinuosos, la masa de nopales y floreados arbustos que bajo el cielo blanquecino la entonan.

---

315 *Batracios*: Reptiles anfibios como las ranas y los sapos.
316 *Otairas*: Japoneses.
317 *Mirífica*: Admirable o maravilloso.

El público, rebosando en el muelle y en las isletas, divertíase viendo bullir los pequeños botes, el embarque de curiosos, la marcha decidida de las chalupas abriendo estelas que se dilataban hasta las márgenes abundantes en algas graminoides, el rectilíneo avance de las falúas respondiendo al bogar de cuerpos uniformados cuyo azul rebasaba la nieve de las proas.

Más allá de la ciudad y algo al sur, sobre las rampas o cantiles que pueblan plantas de prado, tendíase el eterno festón donde espejean casitas blancas, molinos con sus armazones asteriformes[318], el paisaje de belén infantil, en suma, parco en líneas, ingenuo, metálico y resplandeciente.

No recordaba Pityusa un jubileo como aquél.

Habían salido muy temprano.

El agua estaba tranquila sin un rizo en el puerto.

Las grandes boyas de pintado palastro[319] se movían apenas sobre el agua que, radiante, avanzaba hasta el confín, como un espejo repujado y bruñido por soberano artífice. Las chalupas con cámara de góndola y chimeneas doradas se sucedieron manchando el aire de humo, turbando la sublime quietud del líquido con las lomas de las estelas.

Vino luego la sucesión de botes particulares henchidos hasta los toletes.

No había grito que no brotase del bullir de embarcaciones mientras las falúas de plaza, a grandes saltos, con su proa picuda y los atributos de cada cuerpo negreando a modo de ojos junto a la roda, acudían al isócrono[320] arranque de sus remos dando a distancia la impresión de enormes insectos como ditiscos[321] o tejedores que adelantasen sobre el mar.

Estaban todas, cuantas hacen allí el servicio diario entre el embarcadero y el fuerte; la mayor de Infantería, las de Ingenieros, Artillería y botes respectivos, la misma del Hospital, ceñida y valiente, que reinando mar gruesa adelantaba con su latina[322] globoide y su dotación de viejos lobos como un traslado del Nuevo Testamento.

Pocas veces se habían visto juntas en fondo tan espléndido.

Iban bien, luciendo las mantillas de lujo que rebasaban la popa y se hundían en las linfas removidas, llevando lo más bello y mejor del

318   *Asteriforme*: Con forma de estrella.
319   *Palastro*: Acero o hierro en láminas.
320   *Isócrono*: Dos sonidos que duran el mismo tiempo.
321   *Ditiscos*: Familia de insectos acuáticos que pueden nadar o deslizarse sobre el agua.
322   *Latina*: Vela con forma de triángulo.

elemento femenino a las órdenes de patrones de varia edad, escultu-
rados o simiescos.

Las mujeres reían sobre la línea de torpedos señalada por boyarines
flotantes, y un estremecimiento hacía ondear las cabezas, pensando
que en aquel mismo punto el mar podría abrirse y disiparlas en niebla.

Perdido entre la muchedumbre pasó también un bote blanco, li-
viano y pequeño balanceándose suavemente a cada impulso de las palas.

La roda y quilla eran agudas como cuchillos, abierto y bien mol-
deado el costillaje, de escasa altura las bandas hasta la popa donde os-
cilaba un enorme timón.

Parecía un barquito de leyenda según los recortan en sus dibujos
sobre ondas abulonadas los modernos artistas.

Una embarcación digna de Eneas[323], de Bibiana y Merlín[324], de las
fábulas primitivas que tuvieron al mar como testigo.

¿Por qué se fijó en ella? ¿Qué vio que la atrajese? No hubiera
sabido decir. Era original: en ello sin duda estaba el secreto.

Hay objetos y cosas, a semejanza de algunas personas, que inte-
resan por sí, descartada toda idea sensual, de color o artificio. Mate-
rialización en toda su pureza de ritmos diferentes, que sentidos interiores perciben alterando en el instante mismo la mecánica de dentro;
obrando, en fin, como el rayo de luz que al perturbar la mínima pa-
lanca detentora de un mecanismo puede romper en un instante el
equilibrio del sistema haciéndole marchar con vida propia y ardorosa.

El bote en que iban llevaba echado el toldo para resguardarse del
sol. Pityusa había pasado inadvertida. En muchas ocasiones esto no le
importaba, permitiéndole gozar a solas del espectáculo de fuera;
siempre conservó cierto recato del espíritu fomentado por una sensualidad muy fina, y cuantas veces le era dable hacía por entrar de este
modo en comunión con la Naturaleza.

Algo se agitó muy por alto en la cruz de señales que sirve al vigía del
castillo para anunciar los buques, al tiempo que el bramido de una sirena
llamando a los obreros del fuerte hacía vibrar el aire lamentándose.

Fue el clamoreo general quien les advirtió que los barcos estaban
a la vista. El mar parecía incendiado.

---

323   *Eneas*: Héroe de la *Eneida*, poema épico romano escrito por Virgilio en el siglo I a. C
      que narra la fundación de Roma por parte de Eneas, tras un largo viaje por el mar al
      acabar la guerra de Troya.

324   *Bibiana y Merlín*: Personajes míticos del ciclo artúrico, serie de leyendas que refieren la
      historia celta y británica. Merlín aparece como un poderoso mago y Bibiana como una
      dama con poderes ocultos que habita en las aguas de un lago.

Dos masas obscuras adelantaban efectivamente sobre el acero bruñido y deslumbrante del líquido, marchando a toda máquina con dirección al puerto.

En los muros de San Felipe, en los botes, ondearon flámulas[325] y banderas, tomando estos últimos posiciones para verlos desfilar.

Su tamaño fue creciendo, creciendo sin medida, vomitando las chimeneas columnas de humo que se dilataban sobre el cielo en parasol monstruoso.

Corrían como bloques recién salidos de forjas bárbaras, obscuros aún sobre el haz refulgente, animados por ese espíritu ciclópeo que la nueva Alemania sabe comunicar a cuanto lleva la representación de su energía.

Primero desfiló el *König Albert*, un buque exorbitante a cuyo bordo dijeron que iba el propio emperador.

Pityusa no llegó a distinguirle. Vio, sí, sus hombres, germanos de la antigua raza, la majestad y la fuerza materializadas en el fiero coloso que seguía sin una vacilación hacia la boca.

Iba detrás el crucero de escolta, formidable también, alabeado[326], sin un solo elemento plano en su coraza, corrida hasta el pie de las chimeneas, que elevaban al cielo nimbos de volcán.

Cien cañones erizaban el blindaje; no era el mayor ni el más fuerte de los cruceros germánicos, y no obstante, sus líneas hacían correr por los nervios un estremecimiento de alarma.

Bajo el águila de oro de la proa, el *Friedrich Karl* lucía en letras grandes este lema sagrado: «Mit Gott für König und Vaterland»[327].

Tras uno y otro siguió en pelotón la avalancha de botes[328].

Pityusa dirigió una mirada insegura a la pequeña estación de torpedos alzada en la orilla derecha, desde donde una mano inconsciente o caprichosa podía en aquel mismo instante enviar la chispa al volcán que encerraban las aguas del más bello violeta.

Uno de los botes fue acercándose por babor hasta ponerse a muy corta distancia y emparejar.

---

325 *Flámulas*: Tiras de tela que se colocan en lo alto del mástil de una embarcación.
326 *Alabeado*: Curvado o combado.
327 *Mit Gott für König und Vaterland*: «Con Dios, por el Rey y la Patria».
328 La entrada en el puerto de Menorca de ambos buques germánicos es una referencia histórica real: el 22 de marzo de 1904 el káiser Guillermo II visitó Mahón a bordo del mencionado vapor *Köning Albert*, escoltado por el buque de la armada alemana *Friedrich Karl*. El acontecimiento tuvo mucho eco popular, y atrajo a muchos curiosos y visitantes. La armada española del puerto de Mahón salió también al puerto a recibirlos, disparando varias salvas en su honor.

Adivinábase en quien lo guiaba un deseo cerrado de conocer a la belleza del cabello de oro.

Nikko iba en la popa, tanteando la caña, y no podía ver. Sólo cuando el bote hubo pasado y el solterón volvió otra vez el rostro para mirar, pudo reconocerle.

¿De quién partió el impulso? ¿Fue tío Tinny humanizado por la soledad y el tiempo? ¿Fue Nikko el atávico, el sencillo, el de ingenuidad india?

Los botes se tocaban por las bandas y el hielo fue roto por la fuerza del vínculo de sangre que ligaba a los dos supervivientes de la familia; quizá también por la presencia del mar, por esa virtud constante de la Naturaleza y sus cuadros, que hace a los hombres comunicativos, fundiendo ante su grandeza la nieve artificiosa de diferencias y convenciones.

Tío Celestino conocía a Pityusa. Aparentó no obstante lo contrario, y reponiéndose pronto de la emoción que la vista de su sobrino, más pálido y con un velo de atenuada tristeza le produjo, saludó diciendo mientras daba a sus hombres la indicación de bogar fuerte:

—No, ahora no. Más adelante. Ya hablaremos.

—¡Qué frío! –pensó Pityusa alterada.

—Siempre ha sido tan original como lo ves –observó el joven.

El bote arrancó y las aguas, reciamente movidas, los mecieron un rato entre sus sedas crujidoras.

A la izquierda desarrollábase con colores soberbios el litoral sudeste, como reguero de fuegos coronados por una franja humosa.

El amontonamiento ruiniforme del fuerte Marlborough; la ensenada que llaman San Esteban[329] elevando hasta su lámina el verde obscuro de una pradera submarina; el rocoso encintamento de San Felipe, caldeado aún por el recuerdo de Richelieu, Crillon y Murray[330]; toda aquella parte de la costa que hace pensar en un enorme y careado terrón caído por accidente en el mar, sucedíase al paso del bote llenando los sentidos de poesía vibrante.

Una secreta inquietud había despertado en el joven la presencia y actitud de Tinny. Necesitaba desde hacía algún tiempo algo que viniera a representar sanción o apoyo para su conducta.

---

329 *San Esteban*: Conocida como Cala Sant Esteve, es una entrada de agua en la tierra cerca del núcleo municipal de Mahón.

330 *Murray*: James Murray (1721-1794), oficial de la armada británica que fue gobernador de Menorca entre 1778 y 1782. Durante los últimos siete meses de su mandato soportó el sitio que Francia y España realizaron sobre Mahón, que acabó con el dominio británico de la isla. Sobre Richelieu y Crillon véanse las notas 122 y 123.

Sin haber agotado las reservas de amor, el dúo que sostenía con Pityusa, faltándole ejercicios violentos y repetidos que lo compensaran, se le hacía enervante.

Acababa de conocer el fastidio precoz, el descontento que relaja tantas uniones, tal vez ocasionando graves crisis, aunque con frecuencia le acontece preparar los caracteres para una vida más perfecta sin variar esencialmente los puntos en que se funda la que hacen.

Ella sentía también deseo de vivir por fuera de aquel ambiente, para su sed de mundo, uniforme y tristón.

Vuelta al predio introdujo algunas variaciones en la vida a fin de estimular, aunque sólo fuera, sus nervios, que la excesiva paz embotaba.

Recorría sola o con Iseta la distancia que separa el edificio del mar, abierto en dos ensenadas de amplitud muy diferente. Grande y profunda la izquierda, en cuyo remanso el agua turquí deja ver traidoramente su seno dulce, como cuajado, y excavada la otra en un calcáreo aristoso. El mar mina esta base produciendo oquedades de escasa monta y formando una playa minúscula de arenas que en totalidad constituyen caparazones, conchas y volutas muy finas de animalillos casi microscópicos.

Apenas se levantaba, iba Pityusa hasta ella, y ante las aguas cristalinas, cuya pureza hacía que luciese la concavidad del fondo como el nácar de una enorme tridacna[331], rendíase al abrazo del mar gozoso con verla suya, con mecer suavemente su cuerpo fino y níveo.

Iseta, una doncella del país, que la cuidaba, asistía al baño, cubriendo tan pronto la veía salir aquellas carnes tembladoras, de entonación más fresca que la albura[332] de los árboles jóvenes.

Era corriente que llegase sin casi ver hasta aquel lugar, velados los sentidos por el extraño aturdimiento que no la había abandonado desde París.

Los trastornos morales tienen eso: una nimiedad los provoca; la reacción tarda en presentarse y un timpanismo doloroso mantiene el ánimo en tensión meses y meses favorecido por cuantas impresiones llegan de fuera; como el cuerpo sin piel, al que la sensación más leve irrita con el ardor de inoportuno fogonazo.

El mar la templaba desvaneciendo celajes de su frente.

331　*Tridacna*: Almeja gigante.
332　*Albura*: Capa blanca que se encuentra debajo de la corteza de algunos árboles.

Eran profundos sus abrazos al entregársele con un placer que nunca había conocido.

Jugaba con él, palmeábalo, buzaba y se hundía, marchaba derecha adelantando a grandes pasos en aquella blandura de linfas.

Iseta desde las rocas veía la decisión del ejercicio, el vigoroso empuje que demostraba su dueña. Un brazo salía a flote resplandeciendo como la espata de un vegetal acuático. Otras veces eran el busto, un seno ebúrneo y grande, los pies de niña finamente pulposos, la línea del flanco desde el oído hasta el talón.

Las aguas próximas de color esmeralda, azules o amatista las más distantes, corrían relampagueando sobre el cuerpo de reciente marfil.

Todas las tristezas y penosos recuerdos, la bancarrota de sus ilusiones, cuya urente[333] sensación la inducía a rebelarse y gritar, a huir de la isla en el primer vapor que hubiese, cesaban al confiarse al seno de aquel dios en el que hallaba consuelos de padre, una mansuetud complaciente de coloso.

Tal como la dejaron sus desgracias sentía el aguijón de todos los deseos, el vértigo de universales ambiciones; llevaba dentro de sí un abismo insaciable, y un obscuro demonio que le secaba dichas y goces apenas los subía a los labios.

¿Podría abandonarlo todo y huir? ¿Habría de resignarse a padecer sirviendo de pasatiempo a un hombre cuya apatía enfermiza, falta absoluta de carácter e irregularidad en el trato la sacaban de quicio?

Tan pronto lo veía enamorado como desdeñoso.

Esto para ella, igual y perfecta, era ofensivo.

¿Qué esperaría aquel adolescente sin méritos, tocado de pequeñez en todas cosas, desde la coreada ejecutoria[334] a sus aspiraciones de vida moderna?

Sabía de corrido cuantos timbres ilustraban el blasón de la familia, fundada allá en la decimotercera centuria por uno de los oficiales que Alfonso III[335] dejó en la isla haciéndoles cesión de tierras para que se estableciesen y acabasen con los árabes y aventureros que le resistieron al conquistarla.

En diez minutos de lectura se puso al corriente de los pobres

---

333 *Urente*: Sensación de escozor o abrasamiento.

334 *Ejecutoria*: Documento que acredita un título de nobleza.

335 *Alfonso III*: Alfonso III de Aragón (1265-1291), conquistó Menorca el año 1287, que en ese momento estaba bajo dominio musulmán. Al expulsar a gran parte de sus habitantes, repobló la isla con cristianos originarios de Cataluña. El 17 de enero se celebra el día de Menorca en conmemoración a la entrada de sus tropas en la isla.

hechos cumplidos por los Algendar durante siglos de historia, sujetos primeramente como el resto de la colonia a la jurisdicción mallorquina, hasta obtener la independencia de derecho cuando Menorca contaba ya con elementos propios.

¿Qué iniciativas les debió en los momentos de crisis verdadera aquel hueso gris, especie de calcáneo posado sobre el mar de los antiguos? ¿De qué modo respondieron a las debelaciones de los piratas turcos, de los corsarios argelinos que lo devastaban a despecho de *balles, jurats, mostesafs, consellers*[336] y cuantos elementos componían la clave directora de la isla?

Nada o menos aún; vegetar pacíficamente, dar hijos a la Iglesia que, satisfechos con dos cuarteras de terruño libres de diezmo y otras servidumbres para huerta, viña y casa con cementerio lindando a la pequeña parroquia, dedicábanse piadosamente al estudio mientras otros bullían, armaban jabeques[337] y galeotas[338] a fin de piratear o defenderse.

Consideraba con repugnancia la inacción de la familia mientras en ocasiones tan difíciles otros cien nombres de ilustres varones sonaban dictando disposiciones como la del gobernador D. Pedro Figuerola contra los traidores que entregaron en otro tiempo la ciudad: «que sea quitada la muñeca derecha a Antonio Olivar –después de arrastrado como los otros por los puntos acostumbrados de la villa–, con la cual abrió la puerta a Barbarroja, y asimismo a Jorge Uguet que le sea cortado el pie derecho, con el cual entró en la dicha villa en compañía del mentado Barbarroja; que después sean degollados por el cuello de manera que mueran y que luego sean decapitados y descuartizados; que la cabeza y mano de Antonio Olivar, junta con el pie de Jorge Uguet, sean colocadas sobre la puerta que abrió el Olivar a Barbarroja; que la cabeza de Uguet lo sea sobre la puerta del mar, y los cuerpos de dichos delatados sean distribuidos y colocados en lugares públicos de la isla»[339].

336　*Balles, jurats, mostesafs, consellers*: En catalán, diferentes cargos administrativos del gobierno de una ciudad vigentes hasta el siglo XVII en Cataluña e Islas Baleares.

337　*Jabeques*: Embarcaciones de costa con tres palos y vela triangular, que suele incorporar remos.

338　*Galeotas*: Embarcaciones de entre dieciséis y veinte remos a cada lado, con dos mástiles y cañones de pequeño tamaño.

339　Véase nota 236, en la que se ha indicado que las autoridades que pactaron la entrada de Barbarroja en Mahón fueron luego condenadas a muerte. Las torturas y castigos que se mencionan en el texto tampoco son invención del autor, si no que fueron efectivamente la sentencia dictada contra los considerados traidores.

Ni una iniciativa heroica por parte de los prohombres ascendientes cuyas cartas y privilegios aparecían en chamuscados pergaminos de muchos siglos atrás.

Nikko les concedía casi tanta importancia como su madre, y cuidadosamente los encerraba en cajas y metálicos cilindros dispuestos como trompetería de un órgano en armarios cuyas maderas aromatizaban los desvanes de su casa mahonesa.

No podía comprender que fuese así en un hombre educado fuera, en su París democrático y alegre donde la primer fuerza estimada era la juventud; y la frescura de alma y cuerpo, el primer valor, el único con la belleza.

Volvería al predio para gritarle a aquel guardador de mohosas vejeces el asco que él y sus cosas le inspiraban; para reprocharle la miseria que sentía latir alrededor, la pequeñez de aquella tierra exhausta, la pobreza de su proceder, la repulsión que todos ellos, sobrino, tío, ascendientes y colaterales despertaban, comparados con ella, flor de elección, ámbar suave instilado gota a gota en un cuerpo de prodigio para admirar a los señores del mundo.

¡Qué violencia de ira, qué insoportable frenesí ante aquella palidez soporífera!

Amaba las catástrofes por lo que tienen de innovadoras, de base para la implantación de nuevos estados.

Estaba hecha a recorrer tierras prósperas y felices donde la vida circulaba sobre un suelo uniformemente verde salteado por la crepitación de blancos edificios –entre canastillas de plantaciones más fértiles–, abiertos a miles como campánulas[340], margaritas o caprichosas estafisagrias[341].

En otras partes la semilla vital florecía dando individuos nuevos, avalanchas de jóvenes y niños derramados sobre praderas sin fin, arrebatados en cien deportes, expedidos en cuantos juegos de ímpetu y fuerza conocía; llenando, en una palabra, el mar, el campo y los caminos.

¿Qué se hacían los gérmenes vitales de Menorca? ¿Dónde iba a perderse el torrente fecundo que al huir deprimía, dejaba sin luz los ojos aguanosos y vagos de sus pobladores?

Las pocas veces que Pityusa salió a caballo campo adelante, viendo

---

340   *Campánulas*: Flores también conocidas como «farolillos», por su forma cónica y alargada.
341   *Estafisagrias*: Planta venenosa con flores muy vistosas, habitualmente azuladas o moradas.

la parvedad de edificios, la exigua población, abismada al parecer en las entrañas de la isla, se repetía con azoramiento la misma pregunta.

Nikko había firmado ya paces completas con su pariente, el cual una o dos tardes fue hasta el predio, haciendo más feliz la soledad en que vivían.

Pityusa lo encontró muy cambiado; más viejo, no obstante la frescura y transparencia de su piel; con una muy visible preocupación y algo como sentimiento por la vida dichosa que hubo de abandonar. La mirada seguía luciendo con esa dureza brillante del hombre que ha conocido y dominado mujeres.

Era práctica en descubrirla, penetrando los ojos de sus admiradores, como en el relámpago de atención codiciosa con que un transeúnte la envolvía al pasar junto a ella por cualquier calle recóndita del antiguo París.

Comprendió que el solterón enfermaba consumido por el fastidio, la alarmante vejez y el despecho; ese mal que en pocos meses puede borrar de un carácter la finura, el barniz adquirido en el mundo, dejando al descubierto el triste cañamazo moral donde cruzan sus estambres los últimos egoísmos de la vida.

Pityusa, al hablarle de Francia dándole el nombre familiar con que allí le conocían, despertando el recuerdo de Tin, del bueno, del amable, del imprescindible Tin, sintió que un temblor ligero estremecía las fibras del solterón.

Nikko había reconquistado su libertad y con frecuencia dejaba a Pityusa en el predio para poder recorrer con mil invenciones los demás de la isla que le pertenecían.

Se vio reducida a pasar días enteros sin otra intimidad que la de Iseta, cuya palabra humilde iba posando su atención en variedad de asuntos que ni de cerca ni de lejos le interesaban.

Eran unas veces relaciones soñolientas del modo como en otros predios se vivía, desgracias de *al·lotes* que las madres expiaban con lloros, o costumbres de las vacas que en sus primeros años conducía de una en otra parte desde el amanecer hasta la noche, cuando las cercas perdiendo su dibujo imitaban encañados de gruesos cordones, cuando el cielo encendido hacia poniente esgrimía su antorcha con soberana ostentación de mundos conflagrados, cuando al fin se difumaban en sombras, tierra y cielo las masas de arbustos parecidas a fauces abiertas en el declive de las barrancas o a lo largo de colinas minúsculas.

Pityusa, de humor frívolo y perezoso, retardada además por lo incompleto de su afección, antes que abrir un libro cualquiera prefería escuchar las relaciones interminables, anodinas como contadas para niños, anémicas y flojas aunque llevasen consigo todo el meollo de Cristeta, nombre éste real, castizo y patronímico puesto en la pila a su doncella.

Cada frase al hablar, cada palabra, cada cifra o letra que se escriben, además del propio significado, ofrecen en su dibujo o en su timbre un aire singular hijo del momento, de la impresión que pasa, de los residuos de otras anteriores, del estremecimiento que galvaniza nuestras fibras en aquel propio instante.

Las narraciones de Iseta tendían a lo sobrenatural, a los cuentos de Grimm[342]. En lugar de castillos, predios; suplantando a las encantadas selvas, el mar; donde aparecen refugios misteriosos, ponía cuevas distintas de la isla, una especialmente que desde antiguo se conoce como «de las Palomas»[343], atendiendo a las muchas que la pueblan.

Había para esto su motivo.

Una tarde de abril, mientras las vacas vueltas a occidente llamaban a sus terneros, dejando Iseta la cornisa del barranco traspuso aquella boca cuyo arco y jambas, ciclópeos como pilares de un infierno, le pareció que iban a derrumbarse y triturarla. Un labrantín, ebrio de vida, marchaba delante.

Cuando salió, lloraba Iseta un llanto que nadie supo secar, ni entonces ni en mucho tiempo.

Desde aquella hora negra le ocurría ver de noche caras horribles gesticulando y riendo desde los rincones, desplomarse con vértigos, escuchar aullidos que la hacían gritar y correr despavorida la casa.

Un vivo azoramiento, una ansiedad, le habían quedado en los ojos romboides, prestando a su semblante con los pómulos picudos, con las mejillas hundidas, con las cejas en ángulo elevado, la finura de boca y nariz, cierto aire hipnótico, vidente, que Pityusa estimaba como una inspiración de sus pintores favoritos.

---

342 *Cuentos de Grimm*: Los hermanos alemanes Jacob Grimm (1785-1863) y Wilhelm Grimm (1786-1859) se han hecho célebres por sus cuentos infantiles, recopilados a menudo de la tradición oral, con elementos del folclore y la mitología germánica.

343 *Cueva de las Palomas*: Gruta natural en Menorca, de unos 110 metros de longitud y un techo de hasta 24 metros de altura, que toma su nombre por la gran cantidad de palomas torcaces que la habitaban, y en la que se han encontrado restos de civilizaciones neolíticas.

Mañana, tarde y noche la doncella seguía el hilo de sus relaciones, y desde el predio al baño, de éste al jardín, del jardín a la mesa, de allí al cuarto bajo donde las dos se distraían, no cesaba como un mecanismo incoercible, hasta que rendida Pityusa, irritada otras veces sin saber por qué, cortaba el flujo anestesiante para quedarse a solas y desahogar su frenesí rompiendo algo, llorando y arrastrándose sobre el piso, impotente ante aquella esclavitud baldía y tediosa.

En muchas ocasiones se propuso hablar y estremecer de algún modo al hombre de hielo que así la encadenaba.

Fuese por hallarle más complaciente, quizá por habérsele disipado aquel humor, por una alegría momentánea, por uno cualquiera de esos sucesos nimios, pequeños, insignificantes que nos distraen y hasta cambian en afección nuestras malas pasiones, el hecho era que pasaba tiempo sin que Pityusa hiciera cosa de interés.

Volviendo de las calas remontaron un día ella e Iseta la margen oriental donde varias casillas blanquean con inscripciones como estas, sublimadoras de un azul violento:

Diana. – Miramar

Y debajo el año, en cifra, en que fue construida cada una.

Son edificios comprados por labradores de San Luis, que los utilizan como almacén de enseres y aparejos para la pesca, y cuyo derecho a ocuparlos prescribe transcurrido cierto número de años.

Hostigadas por la sed, franquearon la entrada de uno que vieron abierto. Ocupábalo un anciano, de cabello alto y huido, pincelosas cejas defendiendo unos ojillos grises, con pómulos salientes de kalmuko[344], desde cuya eminencia se descolgaban barbas torrenciales.

Saludáronle y le pidieron agua para beber.

El anciano, sin molestarse mucho, señaló una cisterna que dormía en el fondo y cuya hondura parecía medir un pastorete apenas púber.

Pityusa miró con curiosidad al viejo. Dos mechones delgados asomaban todavía por bajo la barbosa catarata, dando al conjunto reminiscencias de antiguo chivo o sátiro.

Movíase junto a una larga mesa, invadida por trebejos de diferentes clases, llegando algunas veces hasta el hogar donde espumaba la comida de sus amigos.

---

344 *Kalmuko*: Natural de la República de Kalmukia, actualmente perteneciente a Rusia. Sus habitantes son descendientes de los mongoles y practican el budismo como religión mayoritaria.

La abierta camisa dejaba ver un cuello con músculos disecados y fuertes; el pantalón, tortuoso a puro remiendo, caía encorvándose sobre secas y lanudas canillas.

Los pies desnudos parecieron a la joven pezuñas, y rapaces y violentadoras las manos que colgaban al extremo de muñecas ennegrecidas.

Apenas llegada a la cisterna, el labrantín le ofreció un vaso, lleno por sus manos propias, de agua fresca y hialina[345], tal vez poco aireada, con tenue sapidez[346] mohosa.

Pityusa le reconoció, y señalándolo a la doncella quiso llevarlo desde allí mismo al predio para redimirle, hacerlo cosa suya y compañero de su soledad.

El viejo chivo miró con ojos indiferentes; parecía no entender.

Morixo fue por la *Chota*, que a diez pasos de allí pastaba, y arrastrándola o arrastrado, cabeceando como un mecanismo loco, las siguió contentísimo hasta el predio.

---

345 *Hialina*: Transparente y clara.
346 *Sapidez*: Sabor, gusto.

IX

Si se hace pasar un individuo con asperezas por delante de otros ciento, cada uno apreciará en él, no sólo el efecto de conjunto, sino algún detalle particular. El cuidadoso de sus manos verá cómo lleva las suyas el transeúnte, y el que padezca algún defecto, si dicho transeúnte adolece de él o no.

Reuniendo el juicio detallado de todos, se tendrá la noción de que tal individuo es, entre otras cosas, inculto, puesto que ha lastimado sentidos superiores de los demás.

Suponiendo que cien *gentlemen* desfilan ante los ojos del inculto, éste verá perfecciones diferentes en ellos, llegando a formarse un tipo como noción del hombre de maneras.

Igual que si los hechos e impresiones, antiguos o no, desfilando ante cada elemento de un lugar del cerebro, surtieran efecto parecido agrupándose en retratos sintéticos los diferentes tipos de impresiones, Pityusa, experta en la vida, de inteligencia muy labrada por la lucha en medio diferente, había apreciado al primer golpe de vista, como si lo viese en un espejo, con clara a conciencia en fin, el drama que encubría el rostro de Tinny.

Toda su femenina animosidad se fundió como un vapor a la idea de que aquel hombre sufría y se agostaba cuando tantos motivos debían sobrarle para ser más feliz que su sobrino.

Era así; hecha de contradicciones y opuestos impulsos, sensual hasta la voluptuosidad, entregada a sí misma; volando como un pura sangre, apenas la hablaban; frívola en el trato y aguda como un estilo para disecar el ajeno sentir.

El aislamiento moral acentuaba esta disposición, llegando a lo íntimo de las conciencias con un sencillo asomo de sus pupilas que avizoraban bajo la densidad de los párpados, mientras tenía fascinado al oyente con la blandura de su naricilla sensual o el esmalte azucena de los pómulos.

Pocas palabras hubieron, aun sin aspirar a tanto, de bastarle para conmover aquel corazón, trayéndolo al único terreno donde se juzgaba dueña de sí: el de la admiración por su atractivo.

Le había visto un momento vacilar, mirar a Nikko que hojeaba sin interés unos álbumes, y rendírsele claramente en una mirada.

La tristeza y la soledad habían dominado aquel carácter, atenuándolo con la huella más humana del suplicio.

No quería ni podía ya pensar, sin sufrir mucho, en los años pasados y en los amigos desaparecidos. Cada número de los periódicos franceses traía en la columna de fallecimientos nombres que le recordaban horas de placer, años enteros de inconsciencia y locura.

Junto a aquellos, en cambio, otros subían y ganaban imprevisto crédito. La avalancha de formas nuevas, agitándose, ondeando ideas y orientaciones diferentes. Todos, con sus obras, con sus labores y títulos, avanzaban, formaban legión, pesaban sobre él, agarrotándolo.

Como avaro que repasa ansioso su tesoro, afanábase en contar su años de vida probable, y hallándolos a cada segundo descabalados, reducidos en algo, un vértigo se apoderaba de él. En vez de seguir decidido y firme por su camino, dirigía con ansia la vista a una y otra parte, miraba los ajenos, que veía repletos de trepadores febriles.

Así su marcha era lenta, arrastrando, sin distinguir por parte alguna la mano que había de disipar tanta penosa nube de su frente.

Uníase a esto la sensación de vida equivocada, ese mal del fracaso ante la nulidad del esfuerzo, el aguijón de los días que llegan, rozan, se van, no dejando en pos suyo sino la ansiedad de una vejez que se acerca a pasos de gigante.

Tinny se advirtió defraudado, sin gobierno, perdido; volvíase místico y oraba en estas crisis como un párvulo, quedando tras ellas con una acuidad moral intolerable que suavizaba cada noche las líneas de su rostro.

Pityusa le había sentido suyo, suyo, entregado a su capricho por el acento que en su voz y en sus ojos, y en su cuerpo entero latía, galardón extremado para ella, fresco y vibrante como el más armonioso de los ritmos.

Le repugnaba una intimidad de tres. Conocía de sobra la inquietud, los sobresaltos del amor, el anhelo angustioso ante la eventualidad de que los dos rivales se encontraran un día frente a frente.

No lo deseaba sin interés del corazón, en sencillos palenques del amor propio.

Un problema por lo tanto sentía elevarse ante su voluntad, que tantos más difíciles había resuelto.

¿Cuál de los dos le convenía, o por mejor decir, iba a favorecer más brevemente sus planes?

Nikko, bien conocido, resultaba vulgar, voluble, inseguro, falto de energía, sin experiencia para apreciar en todo su valor el gran bien de ella misma; demasiado joven en fin, para hablar conforme a su pensamiento.

Comprendía también que se cansaba. Cansancio sentimental, decadencia afectiva, insensibilidad del corazón, rebajamiento del tono emotivo; Pityusa decoraba la idea con cuantos nombres estudiados escuchó y hubo de leer, referentes a lo mismo. El mal existía, y no por dorarlo en cualquier forma dejaba de proporcionarle horas muy tristes sobre las que llevaba ya sufridas.

Quiso enterarse bien de sus posibles y fortuna. Había en él una mezcla de ingenuidad y refinada simulación que la desconcertaron cuantas veces se propuso saber de labios suyos algo concreto.

Diferentes tentativas hubieron de enseñarle que aquel hombre tardaría mucho en dejar la reserva entonada en que se mantenía para con ella. Entre los dos vio siempre abierta una distancia que no trató de acortar.

¿Para qué? Tal vez fuese mejor así. Se imaginaba el efecto que había de producirle en cuanto abandonase la actitud que le daba vigor ante sus ojos.

Intentó pues, procedimientos subrepticios.

Iseta era sin duda toda suya. Secretamente, haciéndole promesas largas, hizo terciar a Mic en el asunto del cual dependía la conducta que iba a seguir.

Algo, no obstante, llegó a sus oídos que la hizo temblar por el resultado de su empresa.

Suspendió las maquinaciones, esperando alguna pregunta de su amante.

Nada le dijo. Era para volverse loca.

Entretanto, el tiempo pasaba con muy contados incidentes que lo animasen. Bajo la tutela inmediata de Iseta, Morixo hacía progresos.

Pityusa pensaba tener en él, más que un objeto de lujo, un hijo del corazón a quien guiar, activando el alumbramiento de sus disposiciones naturales.

Porque sola y fluctuando necesita la mujer este apoyo, algo así como asidero, aunque sea por fuera del mundo, y en relámpagos de fiebre para su celo maternal tan vivo.

Era al fin como siempre, soñadora y niña, inconsolable de los ritmos pasados, de las formas que se abandonan y ya no han de volver.

Difícilmente podía borrar de su memoria el recuerdo de aquel blanco faro que, al extremo opuesto de la isla, continuaría alzándose e iluminando el horizonte. De la dichosa época aquélla conservaba especialmente la impresión de sus coloquios con el mar, los interminables ensueños, cuyo asunto tanto había cambiado.

Romanticismos, inocencias sin duda, enfermedad de la imaginación que obligaba a sus protectores a gritar cuando la descubrían:

—¿No vienes? ¿Qué haces ahí?

Ella sin responder seguíalos, embriagada aún por la fresca y riente soledad, sintiendo mirarla y besarle los pies florones de fosfóreas espumas que el coloso tendía, como en adoración, bajo sus plantas.

Algunas noches que se detuvo hasta muy tarde con los torreros o cuando, desvelada y antes de clarear el día, acercábase al ventanuco del cuarto para calmar su sed en las glaciales alcarrazas[347], veía pasar muy lejos luces rojas y verdes, constantes en su curso, como sujetas a un confuso armazón.

—¡¡Ah, qué sombra!! –gritaba en espasmo, hasta despertar a la *madona* que dormía junto a ella–. ¿De dónde viene? ¡¡Mira, mira!!

La algidez de la noche, que aristaba sus nervios, hacíala creer en la aparición de un monstruo enorme o en una advertencia sobrenatural.

Incorporábase *madona* Joana, y apoyando el codo en el cabezal de plumas y la mejilla en la mano, miraba también al horizonte.

—¿Qué te importa? –decía–. No viene por ti; no irás en ella nunca.

—¿Nunca?

—Nunca, arrapiezo[348]. Ven y duerme.

Las luces continuaban su marcha sorda y fantasmática hacia el sur, donde su ardor de misterio se extinguía.

---

347 *Alcarrazas*: Vasijas de arcilla que tienen la propiedad de enfriar los líquidos que se almacenan en ellas.

348 *Arrapiezo*: Persona de poca edad y condición humilde.

Luego, en sueños bajo el cielo sin una estrella, todavía el mar neblinoso continuaba inquietándola con aquel raro espectro que lo hendía, muy allá, muy lejos, destacando sobre su negrura destellos fugaces y la errática marcha de las luces huyendo como planetas.

¿Qué suerte habían corrido los hombres del faro?

La soledad, compañera inseparable las más veces de la tristeza, se los representaba arrastrando como siempre la apática vida, dichosa no obstante por su sencillez y ninguna ambición frente a la grandeza del mar.

O habrían muerto a aquellas fechas, o serían felices con el interior sosiego, perdido en ella para siempre.

Era sin duda preferible no pensar y olvidarse, vivir conforme a sus principios el minuto que pasaba, sin atender a más.

Cierta noche, leyendo sola en el cuarto bajo, cuya ventana se abría sobre el jardín, un ligero temblor de los vidrios la estremeció.

Hubiera dicho... ¡Oh! No, no sabía; fue un rumor raro, insólito, produciéndole el efecto de un llamamiento sobrenatural; algo así como repique de falanges huesosas.

Habían ladrado los perros, cesando pronto en su furia.

Disminuyó la luz, bajo cuya amarilla pantalla estaba leyendo, y aguardó unos segundos.

Nada se sentía fuera. El cielo, sin luna, enviaba su tenue reverberación. Anduvo hasta el pie de la ventana latitudinal, con marco de caoba en cuadros pequeños, y corrió el visillo que a todo lo largo la adornaba.

Un ramo de jazmines y madreselvas se movía atentamente a poca distancia de los vidrios.

Muy baja, en el cielo, una constelación lucía sus hilos de brillantes.

Pityusa, alterada, febril, apoyó la frente en el cristal.

Pocas veces había sentido una ansiedad tan miedosa.

Miró a la puerta, que tembló al mismo tiempo como si una mano invisible se hubiera posado encima.

Comunicaba directamente con una pequeña galería cuyo postigo, de acceso al jardín, estaba las más veces abierto.

Pityusa trepidó de angustia, mientras preguntaba miedosamente:

—¿Quién?

Apenas hubo de articularlo, un hombre alto y sanguíneo se precipitó en el interior.

Pudo ella sofocar el grito que arañaba su garganta. Había perdido, o poco menos, el hábito del mundo, y cualquier impresión hería dolorosamente su vidriosidad emotiva.

Reponiéndose al fin, con una sorpresa que nada tenía de artificial, nombró al recién entrado.

—¡Tinny!

—Yo mismo, no me denuncies.

Adelantándose hacia ella, hizo ademán de tomarla en brazos.

Pityusa se retiró, gritando nerviosamente:

—¡No, no me toques!

Desconcertado Tinny por aquella resistencia, cambió de expresión.

Con la rapidez del pensamiento en las crisis profundas, vencida la momentánea parálisis que el suceso le había producido, dióse ella a imaginar las causas que podían haberle impulsado a hacer aquello cuando le sobraban tantos medios de ser oportuno sin violencia.

Le era bien conocido que, si artificialmente se degrada el tono de un hombre, enfermándolo u oponiéndole el medio, queda con la debilidad bastante para ser víctima de la primer idea que se le imponga o lo solicite con energía.

¿Qué deseaba?

En su imaginación aturdida por la sorpresa, se agolparon estas y otras cuestiones durante el tiempo brevísimo que él invirtió en cerrar nuevamente la puerta y alzar la mecha de la lámpara.

Una mesilla y varios muebles de caoba se reflejaban en el piso, que devolvía la luz como un espejo.

Sobre el canapé de alto respaldo parecía aniquilado el libro que Pityusa leyera momentos antes.

Una mano inteligente había hecho de aquel interior, que sólo por exceso de voluntad pudo creerse habitable, un sitio cómodo y a propósito para pasar algunas horas del día.

—¿Qué quieres? –dijo Pityusa encarándose al fin con él.

De sobra se le alcanzaba que quien la conoció y desdeñó en París pocos días después de aparecer en aquel mundo no hubiera sentido interés por ella jamás, aun prescindiendo de cualquier otra idea, a menos de encontrarse en situación moral muy crítica.

Dispuesta a hacerse valer y a tomar una revancha cumplida, se sentó frente de él, recogiendo a un lado el vuelo de su vestido malva.

Tinny, deslumbrado por su infinita belleza, tuvo un momento de vacilación.

—Vengo... por ti —dijo encogiéndose de hombros y en el tono del hombre que está pronto a afrontar cuantos obstáculos se le opongan.

—Así, sin más explicaciones, sabiéndome sola, porque se te ha ocurrido, sin respetar nada ni acordarte... ¡Oh! ¿Y has podido creerme capaz?

Había apoyado el codo en un ángulo de la *settee*[349]. La manga, prendida muy arriba en el hombro, se abrió como el labelo[350] de una orquídea, dejando al desnudo el brazo, de una tonalidad alucinante.

Algo sonó en su muñeca: menudo golpeteo de argentinos adornos que hizo vibrar a Tinny, como si crotalearan contra la bóveda de su cráneo.

—¡Chist! —le insinuó—. ¿No comprendes que todo, todo me lo he dicho yo ya mucho antes de venir? Te necesito, te quiero. Sentiría, sí, llevarte contra tu gusto. No entra en mi plan. Basta con ofrecerte el puesto que mereces.

—Pero es serio entonces... ¿Y vienes sólo para hacerme aquí, en este sitio, una proposición como esa?

La idea de su situación en el mundo, para siempre tal vez y a despecho de sus ilusiones, pudo con ella, humedeciendo sus párpados y llenándole de luces las pupilas.

Tío Tinny, posesionándose de su condición:

—Soy solo —dijo—; tengo fortuna. Tú eres buena y adorable; pero ante todo, buena. ¿Comprendes?

Pityusa sintió al oírlo una inmensa alegría.

Los senos, dilatándose y exhalando un divino perfume bajo la túnica, palpitaban suaves tremulaciones a los lados del escote.

Un cinturón, con broche de esmeraldas, lucía a corta distancia de ellos, sujetando el talle por arriba y casi sosteniéndolos.

—También Nikko —insinuó por fin— tendrá, supongo, los mismos pensamientos, y el solo hecho de hablarte es ya una traición.

---

349 *Settee*: En inglés, sofá, habitualmente con forma de diván.
350 *Labelo*: Pétalo.

—Tal vez. Pero al fin, ¿no comprendes que cuando se llega como yo he llegado hasta este sitio; cuando se dispara un hombre como yo acostumbrado a vencer; cuando se ventilan cuestiones del corazón, todo lo demás: personas, mundo, respetos, ni montan nada ni suponen más que el grano de arena que un convoy tritura sobre los carriles?

—¡Estoy vendida, entonces!

—Dale otro nombre. Es lo mismo. Aquí las piedras me obedecen; ni una sola voluntad, si quiero, por seguirme el humor u obligada, dejará de doblarse a la mía.

—Sobre mí no tienes imperio ninguno.

—Ya lo sé y por eso vine. A rendirme a tus pies, a suplicarte. Estás sola y reducida a ti; lo veo, lo adivino.

Nuevamente los ojos de Pityusa se humedecieron; sentíase como desnuda por la mirada ardiente del solterón.

—Necesitas amor y te abandonan; estás hecha para el mundo y te obscurecen en una madriguera.

Hablaba con fiebre, inspirado por su deseo como por una ira sorda contra el hombre sin ánimo que dejaba agostarse tanto bien.

—Conmigo tendrás todo esto y más, sin comparación. Eres muy bella... hay en ti una sirena de juventud que me hipnotiza... ¡te quiero! Necesito de ti para vivir, para respirar, ¿comprendes? Eres muy joven aún, tal vez no te des cuenta de esto; una losa de bronce me oprime a veces poco a poco, sofocándome. Parece que a la vez la mano de acero de un gigante me desgarra la garganta, borrando con la otra, sin piedad, uno a uno, los días que me quedan por vivir. Llegarás tal vez a conocerlo, este correr del tiempo sin vínculos, esta horrible sequedad de la vida quemada inútilmente, sin una luz para el corazón, sin una sincera caricia. Cuando todo lo demás desaparece, esto subsiste, se convierte en torcedor maldito.

El rostro de Pityusa se iluminó. Eran aquellas sus mismas sensaciones, la misma fiebre ansiosa que la combatía.

Joven o no, el hombre verdadero estaba allí, con alma bastante para sentir y comprender, con franqueza y humanidad que nunca encontraría en Nikko, y el talento necesario para hacerla vivir llenando sus horas de esa atmósfera suave que gustaba, sin un segundo libre, sin un asomo de tedio que la ensombreciese.

Las palabras del noble sonaban aún en sus oídos, que hacían por encontrar en ellas algo del acento de Tomy. Animábalas el ardor, la sinceridad atractiva comunes en los hombres que han vivido.

Era agradable ceder, o aparentarlo al menos.

—Bien –dijo bajando la voz–; sea, ya que lo quieres. Pero pienso que esta rendición no será sin pactar.

—¡Oh! –gimió Tinny, hincando la rodilla en el suelo y besando la mano que acababa de arrebatarle.

—Yo tengo mis ilusiones para el futuro y muchas cosas que hacer. Aunque esclava... no es mucho pedir dejar de serlo algún día.

Se incorporó, y tranquilamente anduvo por la habitación, dejando libre el vuelo de su túnica que deslizaba sobre el piso.

El solterón pudo admirar la espalda de antigua escultura, el pabellón de una transparencia inflamada que le entornaba los oídos, aquella nuca sobre la cual algunos rizos de la cernida cabellera temblaban a cada movimiento.

En un rincón acarició las hojas encorvadas de un fénix; en otro varió la postura de unos *bibelots*[351], haciéndoles significar nuevas cosas. Llegando hasta la lámpara, sacudió con dedos de cornalina el plegado amarillo que atenuaba la luz.

Era, sin duda, el alma de sus amantes de París; el amor redivivo, secuestrado por manos inhábiles y sin experiencia.

Sólo una caprichosa obcecación, o la ceguera de los sentidos, o enfermedad clara y avasalladora de un cerebro sin jugo, podían dejar de apreciar aquella joya en su mérito verdadero, superior a toda medida.

Le eran familiares el desfallecimiento de la voluntad, el cansancio, la repulsión hacia el mundo, la revancha idealista, con frecuencia también brutal, que el alma masculina gusta servirse pasado cierto tiempo de intimidad con la mujer por experta que sea.

No pudo penetrar el ánimo de su sobrino hasta el extremo de saber qué motivo de estos le desorientaba.

Pero había visto a muchos jóvenes huir de los brazos de amantes como cielos, y a otros, perturbados por el halago del mundo, pedir de rodillas a sus tutores, como una liberación, lo más horrible, los hornos o las minas que por acaso vieron en su niñez.

Sabía también que el amor vuelve, bien con la misma, bien con

---

351 *Bibelots*: Expresión francesa usada para designar figurillas pequeñas de adorno que se popularizaron durante el siglo XIX.

distintas mujeres como sujeto, para renovar en otras crisis el poema eterno de la vida.

Sabía, por último, que una ley imperiosa le mandaba a él personalmente querer, adorar, sentir a su lado la frescura del fruto joven, aquella encarnación extremada y palpitante como era Pityusa.

—Pídeme lo que quieras; soy para ti del todo, sin reserva; mi vida y mis posibles, si los quieres, son tuyos. Una sola condición pongo. ¿No te impacientará? ¿No? La de tenerte siempre, siempre conmigo.

Congestionado y ardiendo, parecía otro hombre.

Pityusa se abandonaba a su energía sobrenatural, mientras la mano que dejó entre las de él dábase cuenta de aquella epilepsia frenética.

¿Sería sincero? El amor puede sentirse en toda edad de la vida, le constaba; pero además, la fiebre idealista que sin duda había inspirado al solterón, la urgencia de una conjugación moral que lo renovase, era demasiado notoria para permitirle dudar.

—¡Todo mío! –dijo, dando a su voz el timbre celeste de sus días de triunfo –. ¿Tú sabes a cuánto te compromete esta palabra?

—Si no lo supiese, me habría abstenido de decírtela. ¿Quieres hechos?

—Tú solo me bastas –dijo ella rápidamente.

La escena pasó en uno de esos relámpagos de deseo que tienden su lumbre roja ante la conciencia, dejando a los instintos una libertad automática.

Comprendiéndolo Pityusa de este modo, puesta en pie y segura de su hombre, de espaldas a la luz que rodeaba con un nimbo de oro su cabeza, abrió los brazos, gritando con un sensualismo cuyo timbre hacía entrar los sentidos en furor:

—¡Oh, el grande hombre! ¡Al fin es mío! ¡¡Es mío!! ¡Oh, el tirano!

Toda su coquetería radiosa y desenvuelta de mujer nacida para el amor vibraba en aquel grito como una exclamación de la carne preparada centuria tras centuria para gemirlo.

Tío Tinny creyó verle lucir entre fosforescencias del cerebro; le sintió arraigar en sus fibras e irresistiblemente empujarle hacia ella.

Adelantó como ebrio mientras lo enlazaban brazos ardientes, que serpearon sobre su piel caricias de raso.

Al exterior la isla entera parecía dormir bajo el cielo, entornada por su cintura de espumas alboreantes.

Corría la hora mística en que vibra el mundo su canción multiforme y soñolienta, mientras las vacas rumian en los establos hocicando a sus crías y el resoplido breve de los mulos o su cóncavo cocear tras las cercas sorprenden de improviso al caminante, haciéndole creer en emboscadas o en un aviso repentino.

Las luces de los predios, silenciosas por toda la extensión del monte, brillaban aún; los matojos tendían sus cabelleras sobre el cercaje; de norte a sur, de oriente hasta occidente, un ampo quimérico difumaba el detalle de las cosas, y las columnas de humo blanquecino, coronando rústicos hornos, elevábanse o se tendían imitando penantes nimbos de cometas.

Los perros habían dejado de latir; el edificio estaba en silencio. Allá abajo, en el mar, un bote dormía mecido por ondas acuitadas. Era la autocanoa.

Pityusa no quiso ir hasta ella. Una piedad aberrante le sugería que su traición iba a ser menos cierta preparándola, dando a entender con tiempo la firmeza de su propósito.

—Hoy no; te avisaré. Mañana, pasado, no sé cuándo, ven por mí. Soy tuya; esto te basta.

Acompañó a Tinny hasta el postigo del jardín. Allí le rodeó el cuello con los brazos, suspendiéndose de él y apoyando la fiebre de sus senos erguidos sobre el pecho del solterón.

La claridad de fuera recortó un minuto sus siluetas en el hueco.

Pityusa le vio marchar y ocultarse tras el macizo de adelfas[352] que le mostraba durante el día sus flores marchitas, pergaminosas y sin luces.

Cuando los perros volvieron a ladrar, arrastrando ruidosamente sus cadenas, Tinny estaba ya lejos, bien confortado por el aliento juvenil que bebiera en labios de Pityusa.

Apenas despertó, quiso ésta cerciorarse de si, directamente o por referencia, se tenía en casa noticia de la aventura.

Tal vez el sobresalto de los perros, la indiscreción de una voz o un rumor, tan fáciles de señalar en el silencio próximo de las cosas, los hubiera descubierto.

---

352 *Adelfas*: Arbusto venenoso con grupos de flores blancas, rojizas o amarillas que suele florecer en verano.

Pero sin duda Tinny llevó bien combinado su plan, pues nada, ni un mínimo recelo, consiguió leer en ojos de sus sirvientes.

En cambio, como agitada por la sorpresa y la emoción, sentía ella una gran pesadez en las sienes y una confusión de cerebro insoportable.

El día además, desgarrado y obscuro, anunciábase de tal modo, que le nublaba el humor.

Muy avanzada ya la tarde, dirigióse con Iseta a aquella concha, como su regazo nacarina, en cuyo fondo los días claros hacían verdecer macizos de algas.

El mar estaba imponente, estrellándose con un formidable fragor sobre los cóncavos cantiles.

Pityusa miraba las olas nacer y adelantar, encabritarse agitando alocadas sus cabezas, verterse al fin suavemente, deslizando, como frenéticas jacas que sacudieran con inaudito y nervioso esfuerzo sus crines momentos antes de tenderse y ventrear el suelo en su galope.

El viento gemía, detonaba al azotar las piedras, arrastrando infinitas crestas espumosas hacia los huecos y pequeñas cavernas del muro.

Un tono cárdeno fulguraba sobre el mar como electrizado, y en el cielo turbiones de nubes corrían despavoridas, arrastrando sobre los nimbos greñas rosa.

Velados los ojos por el aturdimiento, desde muy adentro de sí misma consideraba Pityusa el mar, el horizonte, la abrumadora cerrazón que le abatía los párpados. Un anhelo infinito se apoderaba de ella al verse tan mezquina, tan ruin en obras y propósitos frente a la soberana grandeza, y cada envión del agua, estrellando su bronca mole contra las rocas, repercutíale en el pecho entre retumbos y pausas angustiosas del corazón.

Las ráfagas se sucedían silbando, impregnando la tierra hasta mucha distancia con sus sales; semiabiertos los párpados las resistía, como Iseta, a pie firme, mientras los rizos sueltos de su cabello y los adornos del vestido agitábanse temblorosos, perdidos en aquella furia.

La media luz, el formidable respirar del agua al retroceder, la acritud de las rachas, el fragor de terremoto que hacía gemir y estremecerse la isla a cada arietazo, le erguían el cerebro trastornándola como un vino.

Muy lejos creyeron ver luchando denodadamente contra las olas una débil embarcación.

Las dos miraron locas de miedo. Nada se volvió a distinguir. O una y otra se habían engañado, o alguien acababa de perecer hacia el sur.

Pityusa recordó la desventura del corrigendo, que le fue contada en aquel mismo canal. Combatida tanto o más, no había zozobrado ella también en el golfo de sus anhelos merced sin duda a una influencia prodigiosa. Su vida había sido siempre una lucha, un combate desesperado contra el mundo, contra la fortuna de los demás, cuyos jirones recogía para cubrirse luego con ellos; contra el fantasma de la pequeñez, de la penuria que a tantas había aniquilado.

Siempre aquella dependencia, aquel jugar con las ajenas voluntades, aquella suspensión entre manos que la tomaban y lanzaban como en un pasatiempo malabar, sin dejarle entrever la medida de su fuerza, ni la intención, ni el tiempo que sus manejos iban a prolongarse.

Estaba triste; si alguien le hubiese preguntado, tal vez no hubiera sabido decir por qué.

Volvieron al predio. Nikko no se dejó ver ni llegó en toda la noche. Tuvo que resignarse a pasar sola, como otras veces, las horas que más le fatigaban.

¿Dónde se detenía y qué podía ocuparlo tanto tiempo? ¿Qué iba también a decirle, cómo preparar el desenlace de aquella su irrevocable decisión?

Sin duda por su lado se había mantenido siempre en una actitud que concordaba con la de él.

La mujer estima ante todo la fuerza; gusta ver en el hombre esa tensión, esa fiereza dominada y pronta a estallar que late en el fondo de ojos candentes o bajo el brillo de mejillas en ascua.

Nada de esto había encontrado en su amante, sino, por el contrario, apatía; la cáscara prolongada y atónica de cadáver, que era necesario mondar para sacar de dentro el fénix vivo.

Creyó al principio que hacerlo sería cosa fácil; terciaban en ello sus esperanzas de escultora, las que todo artista quiere ver cumplidas en la obra que concibe y planea. Pronto, no obstante, hubo de convencerse de su error.

Encontraba en él una resistencia invencible para cuanto fuese abdicar de una sola intención o de una idea.

Conocíale, además, el cansancio; un género de fatiga que le dejaban las impresiones fuertes, postrándolo días enteros, como si en cada grito o en cada minuto de ira perdiese una parte enorme de su fuerza.

Luego entraban en la balanza del disgusto: unas veces, la falta de habilidad que él no sabía encubrir; cierta expresión boba, descolgada e inerte en los momentos de abandono; su palidez y laxitud, descuidos en su porte, movimientos sin gracia, los mil pequeños detalles que le iba revelando la vida en común, molestos o agresivos, chocantes siempre para sus sentidos, hechos a percibir la sublime armonía, el ritmo de figuras, perfiles y líneas bien logradas.

Nada grave en conjunto, pero sí una serie sin fin de pequeñas molestias, de lesiones a su vivo amor propio, de mortificaciones para su nerviosidad a cambio de la sed mal apagada de halagos que en su pobre cuna había aprendido a sentir.

La afección de Nikko se había hecho desmayada, sin espíritu; sabía mucho a cosa personal para ser admisible.

Un egoísmo despiadado, muy hondo, sentía latir en todos sus arranques y acciones.

Si alguna vez, durante el curso de una conversación, insinuóle algo de ello, su libertad para tomar una revancha cuando mejor quisiera, encontró tal frío en sus respuestas que se abstuvo de hablarle más en aquel tono.

Las cosas continuaron como hasta allí.

La sensación de su cautiverio físico y moral en una tierra plomiza, entre media docena de ideas y un número poco mayor de impresiones, la tenía loca.

El aislamiento, además, trae consigo una abstracción, un ahínco detallador y analista que se ceba preferentemente en el recuerdo y una tendencia progresiva del ánimo a retraerse, con inclinación a lo fúnebre.

Los sucesos de la vida pasan entonces claros, con detalle y minuciosidad fabulosos, en tanto la implacable conciencia, uno a uno y como armada de un gran cristal aumentativo, los va contando y definiendo. El ánimo, ni sostenido ni inflamado por la energía de fuera que los sentidos rechazan, decae; la esencia misma de la vida se va gastando, sustituyéndola un áureo misticismo o la sequedad del corazón, que a tenor del cuerpo, como ave exótica de un país de artificio, se compunge y embebece con las contrariedades y se esponja al menor asomo de dicha, cuando no ve lejos ni cerca rivales que se la disputen.

Pityusa conocía estas flores egoístas de la vida; las había visto alterarse y encogerse en la calle como sensitivas o como locas indiferentes, dilatándose otras veces por las mismas vanas razones, por un color que pasaba, un concepto ingenioso o vibrante, una nota que se perdía entre multiplicadas resonancias llenas de vaguedad y suave atractivo.

En lugar de esquivarlas o distraer su acción en la baraúnda de aquella noche, dejó a estas ideas tomar cuerpo y mecerla; gustaba de mortificarse con sentimentalismos.

Una voz parecía decirle siempre: «¡Sueña, sueña!».

Y con voluptuosidad enfermiza se entregaba al placer de ir disecando sus pesares.

Dormía Iseta piadosamente en una de las habitaciones superiores, mientras por fuera la tormenta, cada vez con mayor estruendo y aparato, continuaba.

Pityusa había abierto los vidrios dejando remover su sueño por el bárbaro ritmo que las nubes, como en combate de dioses cien veces seculares, componían.

La isla, abierta, desnuda y sin defensa, entregábase a la violencia fecundadora del agua.

Oíase mugir el mar, arrastrando a lo lejos un fragor temeroso y sostenido, en tanto el viento, como endemoniado, gemía hendiéndose en los flancos de la casa y en los resquicios de las maderas mal unidas.

Sobresaltada Pityusa en medio de su amodorramiento por aquella furia, despertó no sin agitación de todo su ser, al tiempo que una voz clara, aguda, gritaba en sus oídos como llamándola angustiosamente desde otro mundo:

—¡¡Pitiísaaa...!!

¡Oh!, no, no se había engañado.

Era la voz del genio, del alma desconocida que en otras ocasiones la había sorprendido de la misma sobrenatural manera.

¿Quién podía ser? ¿Qué esperaba y quería de ella? Su inclinación supersticiosa dábala una realidad tangible, obstinándose en pedir al aire y a las cosas se la dejasen ver.

El estallido fulgurante de los chispazos iluminaba la habitación, donde nada anormal consiguió descubrir. Las nubes, con crecido suplemento de fuerza, parecían incendiadas.

Un relámpago deslumbrador, acompañado de una detonación y un seco crujir de cataclismo, invadieron y parecieron pulverizar la casa.

Pityusa lanzó un grito horrible.

Su doncella, loca de espanto, vio a la exhalación correr, latir, rodearla, incendiar el armazón metálico de su lecho.

Un intenso olor fosfóreo[353] quedó en el aire, y un silencio de muerte que hacía más perceptible el gemir cristalino de la construcción, convulsionada hasta los cimientos.

Iseta, despavorida y medio ahogada, bajó corriendo al cuarto de su dueña. Los demás criados se buscaron también, llamándose con voces de terror.

Ninguno había sufrido un choque físico ni una ligera quemadura.

Pityusa, de rodillas al pie del lecho, aturdida aún y apoyada la frente en el brazo de ámbar puro, oraba invocando la sombra de su madre.

---

353 *Fosfóreo*: Olor a quemado, igual que el que queda al encender o apagar una cerilla.

X

Gemía la doncella, apoyando su frente en una mano tierna y sedosa que Pityusa le abandonaba.

Pasados los primeros momentos de emoción, quisieron hablar. El mismo estupor doloroso las tenía insensibilizadas, sin luz en los ojos, una junto a otra, como pájaros friolentos reunidos por un común desastre.

¿Qué obscuras impresiones larveaban por sus fibras, por sus pobres nervios arrecidos?

Aquel que, desde lejos y sin preparación, quisiere juzgar de estados y procesos morales, luchará con la caleidoscopia[354] incoercible del alma, que acá parece copiar para revelarse modos orgánicos, en otra parte se da a entender con caracteres propios y más allá con líneas de imitación que responden a la impronta de las cosas de fuera.

Para cuantos deseen y sepan ver, siquiera sea a la luz de una galante psicología Roskopf[355], una vuelta en paseo, en el círculo y sitios donde se exhiben personas diferentes, hace distinguir ya a la primera ojeada muchos y varios tipos de la vida interior.

Los que hubieron de hacerse y reducirse a sí mismos dentro de un medio que a su capricho los tallaba, sin querer van diciéndolo, entre otros modos con su aire duro, con su marcha de autómatas llagados aún por el acero de los grillos, con cierto trepidar de caderas como mecánicas, que responde muy bien a la exageración doliente del alma, cuando sin lazos que la sustenten en la red general, se fortifica y asegura en sí misma, forzando el cuerpo a mantenerse bien plomado sobre su centro físico de gravedad.

En otros, el ánimo vibra, revelándose en un radiar de la expresión, en los ritmos fugaces que cada miembro encuentra, en el tic leve y como forzado de los hombros, en el velo de anomalía que relaja a

---

354 *Caleidoscopia*: Conjunto formado por elementos diversos y cambiantes.

355 *Roskopf*: Seguramente se refiere a Georges Frederic Roskopf (1813-1889), famoso relojero que ideó un reloj de bolsillo al alcance de las economías obreras. En este caso, usa el nombre para describir una psicología popular, cuyas ideas conoce cualquier persona que no esté especializada.

veces el semblante, en el abombamiento penoso del tórax, líneas por donde una oculta persona, sobrenatural o artificial quizá, parece hacer presión, pugnando por desgarrar su cárcel y mostrarse.

Últimamente, los que vacilan en la vida, los que hubieron de sufrir la huella del ambiente que imprimió en su dormida substancia la cifra de mil reflejos y desarrollos, llegan, bullen, se van, prodigando gestos, repitiendo la escena o la actitud, el conjunto de elementos que condensaba su moral tatuaje cuando lo recibieron del medio; semejantes a esas masas que, hundidas en los mares, sufren de ellos presiones por igual, más notadas allá donde la cohesión de la materia es menor y más fácil de hollar su arquitectura.

Sin fuerza íntima, sin el poder de reacción que da el haber vivido, timpanizada aún por la terrible sacudida, entonces, como de costumbre o más que nunca, era Iseta el autómata obediente y huero, la marioneta asustada, corriendo a refugiarse en el primer regazo que halla próximo.

La desgracia le confirmó un carácter que nunca de otro modo hubiera tenido.

Vivía sobre las cosas, respondiendo con ciega precisión a los resultados que para cada estímulo cualquier hombre de ciencia hubiese podido anticipar dentro del más estricto rigor psicológico.

Pityusa tenía complicación más grande o, como hoy se dice, más sólido poder de inhibición.

La impresión, no obstante y según se ha dicho, teníala como a Iseta suspensa, temblando con los ruidos más pequeños, con las crepitaciones de las gotas de lluvia al rebotar sobre los vidrios.

El día se alzaba perezoso como convaleciente de una crisis, fluyendo entre las nubes, cuyas tintas neutras y desgreñadas cabelleras fundía.

No oyeron pasos que se acercaban, ni el alazo de la puerta al abrirse.

Un criado se cuadró frente de ellas, vaciló un momento, y hablando con Pityusa, nerviosamente sobresaltada:

—Señora –dijo–, la tormenta ha malparado algunos cuartos del predio.

—¿Qué ocurre? –gritó.

—Podrá verlo si quiere cuando esté más tranquila. Pero esto, al fin...

Se detuvo como quien teme dar nuevas desagradables.

—¿Hay algo más?

Había llevado una de las manos exangües al oro puro que vibraba en su sien, y la crispatura de los dedos continuaba sobre el temporal el extravío angustioso de la mirada.

—Dilo, dilo pronto.

—Hay noticias del campo –insinuó con aire embarazado el sirviente.

—¡Dios mío! –gimió Pityusa estremeciéndose–. ¿Le ha ocurrido algo a Nikko?

—Nada... no, no se alarme... un pequeño tropiezo.

—¡Allá entonces! ¡¡Vamos!!

—Parece que ha tenido que buscar albergue en el predio de su tío.

—¡Oh!

La contrariedad y sorpresa que revelaba su grito parecieron acentuarse en el silencio de aquel alborear triste y brumoso.

Iseta tendía al criado su rostro de aparición, sus dilatados ojos rómbicos, aquel aire vidente, encarnación de un sueño de Besnard[356].

—Tengo además –dijo aquél contestando a su dueña– el encargo de llevarla allá cuanto antes.

Había obrado como cuerdo al confiar en el aturdimiento y la sorpresa para decidir a Pityusa.

Cada palabra suya desataba en ella un delirio de gestos y decisiones.

—Yo me basto para ir. Prepara el *Lucero*.

—No, yo la acompaño –dijo Iseta abrazada a sus rodillas.

—Es que como pueden quedarse allí algún tiempo, bueno será lleve consigo... vamos, lo que gusten –añadió con la firmeza del que está hecho a guiar.

En medio de su aturdimiento pudo ella distinguir al hombre que con tal aplomo la hablaba.

Era un mozote frío y robusto, de cara inalterable, mirando sin pestañear con unos ojos que llegaban sondeando a las meninges[357].

---

356 *Besnard*: Paul-Albert Besnard (1849-1934), pintor francés que empleó las técnicas del impresionismo en pinturas y frescos decorativos, entre los que destacan numerosos edificios emblemáticos de París, como una sala del Hôtel de Ville, el vestíbulo de la Escuela de Farmacia de París o las paredes del anfiteatro de química de la Sorbonne, entre otros.

357 *Meninges*: Membranas situadas en el cerebro que cubren el cerebro y la médula espinal.

Frívola, enamorada de una vida donde todo es superficie, sobreponiéndose al respeto que le inspiraban caracteres como aquel, de doble o triple fondo, optó por confiársele, segura de que sus mismas debilidad y belleza la salvaban.

Pidió nuevamente el *Lucero*.

Y dejando a Iseta el encargo de seguirla con Morixo, salió de la casa y emprendió a galope el camino que había de llevarla a las colinas del nórdeste.

A su izquierda, el criado competía con ella en arranque, en vigorosa flexibilidad.

Sobre la línea del agua y hacia el oriente, como meteoro encendido, más nuevo y deslumbrador que espuma de cien cráteres, desentrañaba el sol, temblando, su rodela[358] flamígera.

Pasaron a todo el correr de los potros por San Luis, cuya blancura sobre la tierra esponjada y en la diafanidad del aire limpio lucía, despertando el recuerdo de los cuadros mejores que han logrado las luces levantinas.

Festones de encalmada fronda[359] derramábanse o acariciaban el aire sobre las tapias de huertos y jardines, encajonando la carretera paredes sobre encías de zarzas, clemátides[360], asfódelos[361] y cañales[362] que sosegadamente columpiaban sus hojas rebatidas.

Ganaron por atajos la que atraviesa Menorca de extremo a extremo, y desde allí, bordeando el Toro[363], la que marcha en línea recta hacia Fornells.

Los ingenieros militares comunicaban con telégrafos ópticos desde el antiguo monasterio a la sección que, dirigida por un oficial, operaba en el llano.

Pityusa, corriendo dentro del campo de las señales, percibió durante unos minutos las rayas, el centelleo galvánico de los destellos que la seguían en su carrera.

Una sola vez, siendo niña, había subido la rampa helicoidal de aquel monte, por cuya base canteras de piedra en explotación adelantaban sobre el camino, amenazándolo.

---

358   *Rodela*: Arma con forma de escudo redondo.
359   *Fronda*: Grupo de hojas y plantas que forman una barrera compacta y espesa.
360   *Clemátides*: Plantas trepadoras silvestres caracterizadas por sus vistosas y llamativas flores.
361   *Asfódelos*: Plantas características del sur de Europa, cuyas flores se destinan a la ornamentación.
362   *Cañales*: Grupos de cañas que habitualmente crecen en la ribera de ríos, lagos o salinas.
363   *Toro*: El monte Toro, la cumbre más alta de Menorca, de 358 metros de altura.

En la cima, restos de un convento pretérito se alzaban, tan mal cuidado como pobre, con el santuario a la virgen tutelar, vitalísima, abandonada en un alud de exvotos[364], con la hospedería ruinosa, cuyos cuartos adornaban pinturas sin valor y alegorías tudescas[365] del propio porte. Esto sin contar las cuadras, corralillos, accesorias y la inevitable familia de santeros, conjuntamente guardianes, aposentadores y mercaderes al por menor de chucherías devotas, expuestas, siguiendo el uso establecido, en vitrinas o en tenderetes a la entrada del piadoso local.

Desde el terradillo del torreón había dominado aquella isla encantada y hecha de piezas, dividida en infinito número de partes, como arlequinesco manto tendido sobre el mar que la ceñía.

Toda la extensa zona descubierta ante los caballos estaba formada por parcelas y campos secos.

El verdor había desaparecido en buena parte con las plantas floridas, excepción hecha de algunas hierbas esteparias, de esas también que en atalayas naturales se inclinan al paso de los vientos o tremulan tímidamente al pie de cardos cristaloides.

Siguieron avanzando.

El aire vibraba en sus oídos, despertando recuerdos de aquella antigua tierra donde años antes, bajo la misma luz, había visto rielar las cercas, hablarle los edificios con sus huecos abiertos como pupilas, tender vertiente abajo de los montículos sus paredes de níquel. En ellos estaba, sin duda, la verdadera vida, allí donde los campesinos, libres de cuidados, se refugiaban al dejar la tarea, sin aportar una vez por la ciudad, teniéndola tan próxima.

Las luces brotaban al tenderse la noche por aquel amplio campo, mientras mil corolas invisibles de rastreros y espinosos arbustos embalsamaban el aire comunicándole sus esencias fragantes de azucena, y el resplandor del faro allá hacia el norte iluminaba las nubes, abriéndose entre las colinas confluentes.

De ordinario aquellos caminos están animados por labrantines que en mulos o borricos llevan a la villa desde los predios la diaria provisión de leche; por tal cual *madona*, que se traslada a mujeriegas sobre su montura, al paso de espoliques[366] sin fibra; y por los tartanichos, en

---

364 *Exvotos*: Ofrenda que los fieles dedican a Dios o a la Virgen, normalmente en referencia a un beneficio recibido. En muchas ocasiones son representaciones o referencias a partes del cuerpo curadas por intervención divina.

365 *Tudescas*: Alemanas.

366 *Espoliques*: Jóvenes que caminan junto al caballo en el que van sus señores.

cuyas cestas el menorquín, con sus mujeres, niños y criados, corretea y domina la isla, semejantes todos a encantadas muñecas que mirasen sin alma desde la batería de un guiñol.

Al doblar un recodo descubrieron la lengua marina que prolonga tierra adentro el resguardo de Fornells.

Frente a ellos una arrogante construcción, entre quinta y castillo, daba al aire sus paredes y torres fileteadas de blanco. Era la alegre finca donde el buen solterón se debatía semana tras semana, acuñando los esquivos conceptos en que pensó alumbrar sus vanidades.

Él fue quien la recibió y quien, advertido, sin duda, fue poco a poco desvaneciéndole temores, y la idea de encontrar en aquella casa otras personas que el propio Tinny y sus criados.

Era lógico. ¿Qué absurda ofuscación pudo hacerla creer que Nikko buscara refugio allí por muy mal que se viese?

Ella, no obstante, lo había aceptado sin un distingo, sin pedir más detalles ni explicaciones.

Se juzgó en consecuencia traicionada, y aunque la nueva situación le ofrecía un pasar más conforme con su gusto, algo resueltamente protestaba en su interior; tal vez un alerta del sentido moral, despierto en la espaciosa serenidad del mar y del campo; quizá rebeldía sólo al saberse vendida y puesta allí sin su anterior consentimiento.

Sentada en el despacho de Tinny, pálida de ira y rasgando entre las manos un pañizuelo de encaje y sedas, le disparaba sin interrupción fuego graneado de recriminaciones.

Desconcertado aquél, no sabía qué contestar. Para sus adentros pensaba que el duro chubasco en calidad de femenina expansión era no sólo tolerable, sino artístico; y recordando las aventuras pintorescas de su vida, buscóle precedentes en casos similares.

Un llanto de impotencia y despecho vino a cerrar la crisis.

La comodidad, la tibia atmósfera, la sencillez rica y serena de los muebles, la influencia de la luz que a raudales entraba por un gran hueco acristalado, favorecían el final.

Tinny se acercó cautelosamente hasta ella, tomó uno de sus brazos, rodeándole el cuerpo con el otro, hizo fuerza y la puso en pie. Nunca la vio tan atractiva como entonces, con las mejillas inflamadas y húmedas, los ojos rindiendo su provisión de gemas, vencida y abando-

nándose frente al paisaje de montecillos que ardían al fuego meri-
diano.

Consiguió reaccionar y desprenderse de él, sin percibir el efecto
que causaba.

No, no se avendría jamás; la volvía loca todo asomo de coacción.

El amor propio excitado exageraba la cobardía de su comporta-
miento, haciéndole más digno de interés el recuerdo de Nikko que,
ignorando el suceso, iba a encontrar cuando volviese el nido vacío y
los criados revueltos con la novedad.

Quizá en otras circunstancias hubiera notado el ridículo o lo im-
propio de su sentimentalismo.

Otra vez el arrechucho se repitió, y nuevo llanto pesaroso vino a
inundar la blandura de sus mejillas.

Tinny, ante el éxito de su diplomacia, tomó el partido de dejarla
y salir, después de intentar inútilmente volverla en su acuerdo.

Oyó Pityusa los pasos que se alejaban, el batir sucesivo de puertas
sonándole en el corazón como otros tantos ecos de libertad y señorío
sobre aquella gran casa que había visto alzarse y dominar el contorno.

Miró el cuarto en que estaba, el artístico desorden de libros y escritos sobre la mesa, la riqueza y finura que podía aspirar allí a
pulmón abierto... ¡Qué importaba lo demás!

El aura sensual y moliciosa[367], que desde la niñez la había vencido,
quebró su voluntad, reconciliándola con el hombre que aquellas cos-
tosas vanidades sabía ordenar y tener.

Se acercó a la mesa. Yacían esparcidas sobre ella notas y recortes,
cuyos distintos tipos eran el anuncio más claro de la variedad de pro-
cedencia.

Media docena de cuartillas, atravesadas por una escritura desigual,
hirviendo en nerviosos tachones, pregonaban la ruda tarea de autor,
el trabajo empeñado, las horas de baldío y titánico esfuerzo en que la
inteligencia, como cohibida dentro de estrecho círculo, se debate sin
fuerza contra la remisión de unas pocas ideas que tardan, se esquivan,
nacen y vuelan torpemente, sin amarse ni verse, sin tenderse entre sí
los brazos, que ciegas adelantan por los limbos donde se forma el pensamiento.

Leyó algunas líneas de lo escrito. Había allí substancia; una

---

367 *Moliciosa*: Que tiende a abandonarse a los sentidos y al placer, pereza agradable.

médula viva insinuada en esbozos, en conceptos interrumpidos, en medias frases que sugerían otras ciento. Con su instinto de mujer de mundo comprendía que lo que faltaba allí era calor, arte, clarobscuro, esa *verbe*[368], hija sobre todo de la paciencia cuando se trabaja con gusto y hay alguien que estimule y sostenga los sentimientos al velarse la musa.

Era un milagro que el amor podía hacer muy bien, y sólo a él le estaba reservado.

Un minuto le bastó para adivinar la posibilidad de que la obra comenzada se acabase.

Conocía la difícil naturaleza del trabajo mental, que la menor influencia perturba, demorándolo o haciéndolo imposible detalles cuya aparente pequeñez desconcierta al profano.

Quizá la tensión interior, esa fuerza misteriosa y potente de las imágenes, hostiga a veces y se abre paso, aun en medio de las dificultades, de los absurdos mayores; entre el fragor de una fábrica funcionando con el estruendo de sus mecanismos, en la agitación de una vida imposible, entre mortales emociones políticas, en los minutos de disgusto y combate.

La inteligencia es algo infinitamente proteico y adaptable; se habitúa al fin; el cerebro se anima con la extraña energía, y acaba por producir mejor quizá que al plácido correr de una existencia quieta.

Pero esto es sólo en los comienzos de la carrera artística y para obras de escueta inspiración, donde a lo sumo se persiguen reflejos idealizados de la vida.

¡Qué laborioso incubar, qué enorme tarea preparatoria, qué detención y estudio más adelante, cuando el artista quiere enfrenar sus imaginaciones en provecho de la pura inteligencia, cuando se trata de labor reflexiva, de juzgar libros u obras, hoy que sobre lo antiguo todos producen y cada cerebro en actividad es una fuente, a veces meritísima, de clara esencia crítica!

Mil veces había sorprendido a escritores cuya fama llenaba el mundo, obstinados contra la dificultad de reproducir bien un sentimiento, cuanto más una escena o un asunto de rara complejidad.

El alcohol y el hachís, la cocaína eran ya poco; el cerebro triturado en la lucha se atormentaba inútilmente. Del reseco bagazo[369] sólo es-

---

368   *Verbe*: En francés, verbo, capacidad de palabra.

369   *Bagazo*: Cáscara o residuo de una materia de la cual se ha extraído toda la sustancia aprovechable.

curría como extrema substancia una parvedad de lugares comunes faltos del jugo vivo que da color y fuerza a las ideas.

El más inocente halago, una suave caricia, la tibieza de un seno apoyado sobre la frente, la fuerza agónica de un sollozo apagado por labios enloquecidos sobre otros labios, bastaban en aquella tortura para iluminar y hacer vivir al galeote.

Cual más, cual menos, todos se rendían a lo mismo; todos en el ardor de sus empresas, si no lo deseaban, temían el decisivo sello que una mujer, quizá una niña de dorados bucles y ojos celestes medrosos de la luz, pudiera imprimir pasando a la hija de artificio tan trabajosamente alumbrada.

Leyó los títulos de los libros, hojeó folletos y publicaciones ligeras, miró las vitrinas llenas de volúmenes.

Una curiosa variedad en color y tamaños cautivaba la vista.

El arte nuevo de los editores, la magia de la encuadernación, el llamativo lenguaje de esa ciencia nueva y superficial que con pocas, con vibrantes palabras, sobre buen papel e ilustraciones más instructivas por sí que cien discursos, grita y rinde a los cuatro vientos cuanto hasta aquí era arcano, como mujer hermosa que no escatima, antes le halaga, el galardón de su belleza, todo, todo ello pasó en un soplo ligero y fresco por su imaginación.

Volvía a vivir.

Le produjo efecto semejante a la espuma de un vino nuevo que chispeara irisando ante sus ojos.

Tendía el sol sobre el valiente paisaje una luz incendiaria. A través del gran hueco el campo desigual, graneado de romeros, cistos[370] y otros arbustos; los lienzos verdes que las plantas trepadoras entretejían desde la base a la cresta de las rocas; el nervio ocráceo de la carretera, avanzado desde el oeste; la blancura primitiva y radiante de algunos predios, moteando el terreno, como en toda la isla puede vérseles con distinta entonación y carácter en cada lugar, tenían para Pityusa un atractivo metálico y nuevo.

Dos mujeres adelantaban por la abierta cinta con grandes sombreros acapazados[371], pañuelos rojos sobre el pecho y al hombro instrumentos de labor.

Parecían recortadas sobre el camino, donde el contraste de los co-

---

370 *Cistos*: Arbustos silvestres de la zona del Mediterráneo, de flores abundantes y vistosas.
371 *Acapazados*: Con forma de capazo o cesta de gran tamaño.

lores hería como sones de cornetas. Un pobre hombre iba siguién-
dolas, la bolsa del tabaco en bandolera, llevando de tiempo en tiempo
a los labios el cabo de una pipa esquelética y aspirando sin fuerza borbotones de humo.

Al pie de una margen otro escarbaba con isócronos golpes de su
azadilla la tierra, que el hierro colorea allá de carmesí en muy extensa
zona.

¡Oh poder desconocido y misterioso del tiempo! ¡Oh virtud y
esencias ocultas de los minutos que sacuden nuestra existencia!

Cada instante para los que viven en inquietud, para aquellos a
quienes la zozobra mantiene envarados o perpetuamente limpios de
los residuos que dejan las ideas, es un despertar a luces diferentes;
parece traer su provisión de sensaciones, que otorga contra el valor
supremo de la vida.

Tal vez se trabaje invariablemente el mismo asunto, quizá se re-
corran los mismos sitios, y hasta es posible que, recluidos tiempo y
tiempo en un círculo estrecho, los ojos no vean ni perciba el oído sino
impresiones de conjunto, familiares a puro observadas.

Cada hora esgrimiendo su mágica varita cegará los sentidos para
ciertas partes del cuadro o del inarmónico conjunto, descubriéndonos
con acuidad cristalina nuevas cosas, efectos milagrosos inadvertidos
hasta entonces no obstante el mucho mirar, la atención analista del
que escucha queriendo conocer lo más posible.

Le parecía distinguir con espíritu diferente, penetrar mejor la ma-
ravilla de las cosas y su sentido.

Hasta ella ascendieron, tristes por la distancia, acordes que alguien
muy artista sabía alzar de un piano.

Sonaban misteriosamente, llevando consigo un raro acento.

Cuál sea la acción precisa de la música sobre los nervios, está por
averiguar; pero sus risas o su llanto, aquel acompañar nuestros dolores o exacerbarlos hasta el frenesí, el delirio fosforescente que desata
en el cerebro al caer de la tarde o con noche cerrada bajo la fronda
tienen mucho de prodigio.

Pityusa creyó en su poder sobrenatural, sintiéndose, como de
hecho se sentía, dominada por ella.

Debiérase al cansancio, a la fatiga nerviosa, al abatimiento que invariablemente traen las impresiones fuertes, a natural languidez o debilidad, desmayada o dormida, ello fue que cerró los ojos a la luz en el forrado mueble que tendía orgulloso, para ella, sus brazos amaranto.

Hay personas que palidecen por una sola palabra mal oída o ante un cuadro de miseria; la sensibilidad de Pityusa era tal, que una depresión de humor con las ideas consiguientes hacíanla vacilar y caer.

Cuando abrió de nuevo los ojos, sobre el atril de bronce enquiciado en un brazo de la poltrona vio abiertas y como invitándola unas páginas, atravesadas por una cinta de color.

Era el libro, de D'Annunzio[372], artísticamente orlado y compuesto con fundición expresa, donde el vate en prosa mirífica discurría sobre el eterno asunto amoroso.

Siempre lo mismo.

Pityusa conocía al autor. Estaba a mal con la artificiosa literatura, aunque la viese envuelta en regios mantos, sabiéndola descriptora de las personas que una tras otra han abdicado dentro del autor, informada otras veces por la experiencia de amores a disgusto, por la escrófula[373] de ideas, muertas antes de darse en actos, por la idealidad fallida o exasperada en la fiebre de la existencia.

Aborto, en fin, descolorido, eco de voces que otros sabían gritar con vivos matices.

Hojeó la obra.

Había conocido hombres y familias, estirpes enteras aniquiladas para alumbrar y nutrir al hijo, David tierno en el que todos ponían su fe. Aceleraban porfiando aquella formación, cuyo crecimiento verificábase a expensas de la substancia de los padres.

En algo así se resolvía, modificando términos, un libro; pero ¡ay del autor que no supiera crecer conjuntamente con su obra!

¿Cómo y dónde se hallaría D'Annunzio?

Sin duda viviendo la existencia de luz que reflejaba en las pomposas páginas. Antiguas ciudades, radiantes aún con la ceniza de riquezas pretéritas; monumentos, tesoros de arte acumulados por la labor de las generaciones; cuanto bello y heroico había entrevisto al

---

372 *D'Annunzio*: Gabriele D'Anunzio (1863-1938), escritor paradigmático del decadentismo italiano. Aunque produjo también teatro y poesía, es sobre todo conocido por sus novelas, entre las que destacan *Il piacere* (1889), *L'innocente* (1892) o *Il trionfo della morte* (1894).

373 *Escrófula*: Hinchazón de los ganglios que anuncia enfermedades infecciosas, sobre todo distintiva de la tuberculosis.

estímulo de aquella genialidad fastuosa y desbordante, volaba en su cerebro, inflamándole las sienes, haciendo correr y serpear por sus venas fuego líquido.

¡Oh, sí! Era aquella su musa, su inspiración, el genio amigo. Convencería a su hombre, escribiría ella también; la incomparable esencia hormigueaba y se difundía bajo su frente. ¡A cualquier precio sentirla, sufrir y gozar con sus amores, ver de nuevo el sol de la existencia, quemarse en su llama con la sublime inspiración del que juega a conciencia su vida en cada instante!

XI

Varios días llevaba de ocupar la nueva vivienda y sentirse en círculo distinto de impresiones, sin que su cabeza que la hacía sufrir horriblemente se aclarase, ni experimentara mejoría de humor.

Más inconsciente aún que los microzoanos[374] cuando en la gota de una infusión trepidan, bullen, crecen y se encogen, acechando al observador con el contorno de sus cuerpos hialinos, sacudida Pityusa por la energía de aquel hombre que aprovechaba mil recursos y astucias para mantenerla en agitación y fuera de sí, consumíase como cuerpo sin alma, pendiente sólo de materiales exigencias, ignorando las más veces dónde, cómo y por qué vivía; llevada en fin sin fuerzas para oponerse ni variar el rumbo, como esquife[375] al que las aguas zarandean, elevan y hunden, viéndosele a lo lejos temblar, agitando su proa en el aire con penosa incertidumbre de ebrio.

Unas veces eran galopes fantásticos a caballo hasta la costa occidental, para ver al sol hundirse en aguas pavonadas, sobre las cuales extendía su cuerpo como un índice enorme. Otras, excursiones en aquel bote loco que apoyaba alarmantemente su hocico de delfín, expuestos siempre a buzar, a navegar aguas adentro; también cacerías desatinadas para volver después de una jornada horrible con las manos vacías; otras veces, por fin, estrepitosas carreras, sin otra luz que la del firmamento o el resplandor de las forjas aldeanas en el viejo automóvil cuyos tumbos, cabeceos y aletear de mecanismo cansado la volvían loca.

La pobre isla, no hecha a aquellos trotes, temblaba. Pityusa sentía la impresión de que todo iba a hundirse y a arrastrarla consigo en su catástrofe.

De los dos procedimientos conocidos para aturdir, el desplazamiento acelerado o la multiplicación de discordes impresiones sin

---

374 *Microzoanos*: Microbianos, organismos vistos al través de un microscopio.
375 *Esquife*: Embarcación muy pequeña.

cambiar de lugar, Tinny usaba y abusaba, proponiéndose desvanecer el ser antiguo de la joven y despertar en ella uno distinto de su hechura exclusiva.

Nadie se acordaba ya del libro. La paciente labor parecía abandonada. Salvo contados momentos, aquel hombre estaba siempre con ella, sabía y anticipaba sus deseos, sus pasos, movíala a capricho el corazón. Por triste que esto fuese, había de confesarse que estaba reducida a dar vueltas y vueltas como boba dentro de un círculo de fuego.

Ni contaba siquiera, como antes, con el pecho de Iseta donde descansar. Con distintos pretextos, inventando enfermedades imaginarias, invocando extraños principios de superioridad, conveniencias y fortaleza de ánimo, consiguió el isleño que Pityusa, dolorosamente erguida y en vilo como cubilete al que varillas hábiles centrifugasen y lanzaran, se sirviera por sí, lo hiciese todo sin auxilio de criados, sin que ni por sueño se viese una sola vez tratable y en intimidad con su antigua doncella.

El tiempo pasaba arañando sus ojos, sorbiéndole las fuerzas y todo asomo de personalidad, dejándola en fin vacía, dilatada y atónica como una tierra virgen.

De estas novedades la peor era una lucidez que de tiempo en tiempo se presentaba, abriendo en su imaginación extensiones magníficas, minutos de áurea y sobrenatural complacencia.

Comprendía que todo ello era anómalo, que distaba mucho de lo natural, y con las manos cruzadas sobre el pecho, dilatados los ojos, perdida de miedo y zozobra, daba a veces la impresión de pequeña valquiria entre lenguas de fuego apretadas y ondeantes como mies.

Sólo de vez en cuando el instinto, la necesidad de un apoyo, hacíanla volver los ojos a Morixo que, dócil y pendiente de sus menores deseos, buscaba su sombra tutelar.

Había mejorado mucho en poco tiempo. La penuria y trabajo, que retardan allí la vida de sus iguales, le tenían enteco[376] cuando Pityusa lo recogió.

La influencia antigua de otra sangre daba a su piel frescura, le doraba el cabello, afirmando y tendiéndole unas piernas británicas.

Paso a paso podía seguirse la expansión de aquel carácter y apa-

---

376 *Enteco*: Enfermizo y débil.

rición sucesiva de aptitudes, fomentados por la cultura nueva que le iba dejando en la expresión una quietud de pasmo.

Pityusa le observaba salir diariamente con una escopeta de niño, correr el monte, trepar hasta el perfil de las colinas, destacarse allí sobre el ópalo del cielo con su cuerpecillo ceñido y las piernas en ángulo.

Cierto día lo vio al borde del agua, en la azul laguna que el mar formaba tierra adentro.

El sol inmaculado y puro refulgía en chispazos cambiantes por todo el haz movible.

A la derecha, una como isla o castillo alzaba su cerrazón obscura de reducto.

Pronto una carne rosa y fina restalló al fin al sol como dádiva que adelantase la materia sobre el fondo de bruñido metal.

Morixo tendió las manos riendo por su elemento, cuyas verdes espumas chispearon en torno de él mil fantasías irisadas.

¿Qué extraña sensación, qué absurda idea cruzó la mente de Pityusa, acarminándole las mejillas, pintando ansias tristes en aquellos ojos, donde el profundo empíreo solía mirarse?

Las ciegas curiosidades de los nervios, el deseo enfermizo que nace y se disipa dejando muy honda y en vibración su huella inmaterial, tienen momentos de interés, de belleza no sospechada.

Salió a esperarle hasta un buen trecho del camino, deleitándose cuando le tuvo junto a sí en la rubia cabeza, en el semblante arrebolado, en la gracia juvenil que le henchía el corazón. Llegaba cubierto con una monterilla[377] rusa, la garganta y el cuerpo ceñidos por guerrera de pana, el pantalón abrochado a la rodilla, la pierna sin una curva desde el talón a la cadera.

Le hizo hablar, le riñó, oprimióle contra su seno con sensual y tierna avidez, en tanto el niño se le abandonaba, vibrando aún con el recuerdo de las ondas.

Aquella noche acordó retirarse temprano, fingiéndose enferma.

Acababa de salir Tinny para atender en su última hora a un administrador de la ciudad, quien según referencias, dejaba algo embrollados sus asuntos.

Pityusa lloró, quejándose de una jaqueca horrible; hizo llamar a

---

377 *Monterilla*: Prenda que se usa para cubrir la cabeza, cuya forma varía según la zona geográfica.

Morixo y a Iseta, llevándoles consigo para que mitigaran con su presencia el atroz sufrimiento.

Conversaron unos minutos. El silencio que reinaba por fuera parecía aumentar el poder narcótico del palabreo condolido y sin inflexiones, como susurro conventual que las dos mujeres cruzaban.

Los ojos del niño cerrábanse a pesar suyo.

Pityusa fue a acostarse, pidiendo a Morixo unas flores que había dejado sobre el escritorio.

Quedó Iseta haciendo labor entre los ángulos de un *paravent*[378], de espaldas al lecho donde su dueña continuaba quejándose.

Con la prolongada sesión y la monotonía de los sollozos se le entumecieron los dedos. Sus labios dejaron de musitar. Tardó poco en dormirse.

Distinguía Pityusa la sombra que proyectaba sobre la pared su cabeza descansando en la mano y fijo el codo a un brazo del sillón.

Había esparcido perfumes que despertasen y avivaran los sentidos.

Como voces penetrantes encendían ignota fiebre en el limbo de aquel aposento, donde sólo el rumor de la respiración de Iseta se dejaba escuchar, meciendo, más que amortiguando, la veleidad de Pityusa.

Arrastró ésta en una desatinada epilepsia hacia su seno la cara del niño, y buscó luego en sus labios aquel alma infantil húmeda y tibia, la esencia de vida naciente que, desde tanto tiempo atrás, la obsesionaba.

Tuvo lugar en la locura de un minuto, en la suavidad doliente de unos sollozos, entre un gemir entrecortado y convulsivo de vida que se funde, en un espasmo agónico de excelsitud y tormento.

Pityusa, como una diosa herida, inclinó la cabeza, y Morixo adoró el marfil petaloide y aromado de la garganta.

Los perfumes, orgullosos, habían cantado; la misma luz pareció flujar ondas de envidia.

Sólo el niño en el quieto interior temblaba, ocultando sin conciencia entre las blondas su frente de arrebol.

Temió Pityusa a Tinny, sintiendo cada vez más vivo contra ella el insufrible vaivén moral que entre otros procedimientos le conocía, y que, a semejanza del mareo físico, le hizo desear muchas veces la muerte.

---

378 *Paravent*: En catalán, biombo, un mueble que establece separaciones en una habitación.

A la vez se le alcanzó la importancia de su pobreza moral, la debilidad de fondo que le impedía sobreponerse y vencer, comprendiendo que le estaba asignado un papel inferior, peligroso entre escollos de donde otras salían boyantes y famosas.

El hilo de sus pocos amores sinceros tenía cabos de desgracia y derrotas acerbas.

Ya tiempo antes lo había comprobado con ocasión de un galán tan poco dadivoso como liberal en ofrecimientos, del que anduvo también desatinadamente enamorada.

Era hombre joven, sólido, bien puesto, y le propuso una vida de amor en la grandeza del suelo americano.

Creyó que distraerse un poco en tierras distantes, acompañando a un hombre de su gusto, iba a hacerla más deseada y a aumentar su valor cuando volviese.

Pensado y resuelto. Un memorable día salieron del Havre[379] a bordo de un *steamer*[380], que debía dejarlos en New York.

El americano tenía buen tipo, rasgos de príncipe y *pose* interesante, que velaba la aterradora vacuidad del cerebro.

Sólo un residuo, mal borrado en Pityusa, de novelería provinciana, pudo prestarle valor.

Así marcharon en idilio, embriagados por la luz y el ingenio que siempre esmaltan estos viajes, sobre el haz amatista, verde o plomo del mar.

Montaba el mismo buque una soprano italiana, en cuyo gesto y maneras se adivinaba pronto la huella de su arte.

A toda hora, sobre cubierta o bajo el puente, su voz, como un esmalte, crepitaba con inflexiones de simpático imperio.

—*Beatrice, presto, presto!*

—*Eccomi. Che volete?* [381]

El aya, con el cuerpo doblado y cogida la falda, aparecía asomando como una creación de Dickens[382] sus deformes anteojos, seguidos de blancas y colgantes guedejas.

---

379   *Havre*: Ciudad situada el noroeste de Francia, en la desembocadura del Sena y frente al Canal de la Mancha. Es el segundo puerto más importante del país.

380   *Steamer*: En inglés, barco de vapor.

381   «—¡Beatrice, rápido, rápido!
      —Aquí estoy. ¿Qué quieres?»

382   *Dickens*: Charles Dickens (1812-1870), escritor inglés conocido por sus novelas, basadas en el retrato irónico de la sociedad victoriana de su época, entre las que destacan *Oliver Twist* (1837-1839), *David Copperfield* (1849-1850), *A Tale of Two Cities* (1859) o *Great Expectations* (1860-1861). La mayoría de sus obras eran publicadas por entregas, pudiendo variar la trama y la extensión según la reacción de los lectores.

—*Oh, il bel mattino... come m'ingioia il cuore!*

—*Anche voi mia ragazza?*

—*Ma tu sei triste. Dio grande, si può essere così davanti all'infinito, fra tante cose giganti... vedendo le acque mirabili, il magno azzurro traversato dal Sole?*[383] —Y tendiendo el ademán, como en el calor de una alta escena, señalaba el gran disco que subía dardeando sus hilos de topacios.

Las llamadas, éxtasis y gritos se repetían cada minuto por motivos menos importantes.

Traía, en fin, revuelto el *steamer*, muy en descrédito del ascendiente de Pityusa, que no varias, sino muchas veces, había sorprendido a su yanqui departiendo con ella.

Quizá otra en su puesto hubiese acertado a conjurar el conflicto.

No supo hacerlo y sí provocar una serie de escenas, tan incongruentes, que desató a su costa las sonrisas de a bordo.

La soprano radiaba.

El galán, sin preparación para estimar la esencia de amable meridionalismo, latente en todo ello, se puso también en ridículo.

La ideal unión, antes ya de acabar la travesía, quedó deshecha, y Pityusa llorando, vuelta al suelo francés, se prometió no enamorarse de persona viva y menos tomar a pecho situaciones que tan mal sabía afrontar.

Moría, sin embargo, de ansia de amores; un infierno había alentado sobre su existencia, dejándola como a esas tierras que el ganado arrasa, con sólo vida en tal cual hueco donde asoman la expansión anemiada de sus cotiledones[384] plántulas miedosas.

Quería frescura, ingenuidad de corazón, brindándole aquel niño fondo virgen, un alma tierna que la reanimaba cuando llegó a beberla en sus labios. ¡Qué impresión sentirle blando y vivo, latiendo en brazos suyos, enrojecer y abrir los ojos al amor!

Tinny pareció seguir, sin darles importancia, los progresos del mal.

Dominaba a Pityusa, y autoritario, cambiado también por el confinamiento, por aquella vida sobre todo de dos, preparó su desquite.

Las desiguales y multiplicadas impresiones habían tendido el ánimo de ella más de aquello que su temple moral permitía.

---

383 «—¡Oh, el bello amanecer... cómo me alegra el corazón!
—¿A usted también, mi niña?
—Pero estás triste. Dios grande, se puede ser así ante el infinito, entre tantas cosas enormes... viendo las aguas admirables, el magno azul atravesado por el sol».

384 *Cotiledones*: Primera hoja del brote de una planta.

Una noche, sentada junto a la chimenea, donde ardían soplando verdes troncos del olivo silvestre, no vio a Tinny que ponía un escaño frente de ella, disponiéndose a pasar las hojas de un libro antiguo, roídas por las larvas voraces.

Seguía sin prestar atención el lengüeteo de las llamas, suave y continuo como una melodía, los aires de triunfo que cantaba el fuego entre estallidos y el gemir de la leña.

Tinny hizo un movimiento.

Sobresaltada Pityusa, elevó los ojos hasta él. Algo duro encontró en su mirar, que la estremeció.

Mas, pronto repuesta, ofrecióle atender, como otras noches, con cien sentidos a la lectura.

Era una novela inglesa, desprovista del vuelo romántico que le encantaba en otras del mismo período.

La voz de Tinny, monótona y sin inflexiones, contribuía a quitarle interés.

Pudo oír los primeros párrafos sin penetrar bien su sentido; después la voz continuó como un chorro por su cerebro arrastrando substancia y haciéndolo vibrar con mortificante eretismo[385].

Dejó por fin de oírla, desvaneciéndose todo para ella en aquel mismo punto.

Conocía Tinny el gran partido que de la sugestión puede obtenerse, y se propuso emplearla como medio para aniquilar la voluntad de Pityusa.

Pasados pocos días, no ya el silabeo monótono de la lectura, sino un gesto imperioso, una impresión violenta, el sentido intrincado de un concepto eran bastante para revertirla, dejándola sin expresión, anestesiada y el espíritu ausente.

Tinny ordenábale marchar, y ella obedecía.

—¡Vuelve!

Vacilaba un momento, volviendo a continuación como un mecanismo, con cadencia artificiosa de autómata.

Si, por acaso, subía compungido la mano a los ojos, Pityusa, sin saber por qué, muy tendidos los brazos de esmaltada china, abiertos los párpados, lloraba.

Ante el piano otras veces, gustaba Tinny ejecutar trozos de esa

---

385 *Eretismo*: Actividad muy intensa de un organismo o de una parte del cuerpo.

música nueva, intuitiva, acreditada por cupletistas y excéntricos, donde en dos o tres notas encierra el artista ritmos y módulos de pasiones, la envolvente física y simple de sentimientos de un orden dado para que cien cerebros la descompongan, perciban sus armónicos, reflejándolos en los actos primitivos. Igual que cien fonógrafos al repasar con sus agujas el mismo surco nos devuelven fielmente infinitas resonancias, los sones de una orquesta latentes allí, en la huella, invisible casi.

Las notas herían el aire, compendiando el dolor y la risa, el grito del animal que se inquieta en su jaula, y a tenor de ellas respondía Pityusa llorando o riendo, copiando la expresión y movimientos del bruto evocado.

Tinny, en fin, la sostenía a capricho en aquel extrañamiento del mundo; y los criados, con admiración, casi con miedo, atrevíanse apenas a mirar cuando pasaba junto a ellos más pálida que nunca, los ojos hipnóticos, el perfil de emponzoñada, saliendo al campo o a los balcones, para extasiarse con el matiz divino de las cosas, con la pureza de morados tonos que dejaba el día al caer.

Quizá un latido de salud le estremeciera el corazón, y frente a aquel infinito monótono, invariable, se sentía turbada extrañamente, desfallecer y morir, dando perlas ardientes de sus ojos a un fastuoso pavo real que las bebía.

Sólo como episodio pensaba alguna vez en su amante antiguo.

Unos, por no atreverse, nada dijeron; las restantes personas no deseaban hablarle de él.

El asunto, en verdad, había llegado a serle indiferente.

No sucedía así con Nikko, a quien el golpe puso fuera de sí.

Por debajo de la persona artificial y nerviosa, un sujeto diferente dormía en él, con concepto exorbitante de sí mismo, con una seguridad de su importancia como el más encumbrado magnate pudiera tenerla.

Las transacciones de amor propio eran en él fruto legítimo de orgullo, incrustada como tenía bajo el cráneo la idea de que tanto más se engrandece un personaje cuanto mejor disimula su superioridad a los que viven por debajo.

De aquí que su misantropía, cierto miedo en herir susceptibilidades, debiera atribuirse no sólo a natural timidez, sino a soberbia recóndita y dominadora, que no admitía un reproche, gustando ver siempre alrededor caras tranquilas o amistosas, cuando no declaradamente humildes.

Se había detenido en el campo sin causa, por dejadez enfermiza con vistas a aspiraciones más elevadas del sentimiento.

Su primera educación, austera y mística, le inspiraba tras cada victoria sensual recogimientos, melancolías muy serias, un deseo, en fin, de no ser y aniquilarse, rarezas todas increíbles en un joven.

Aquella vez fue así. Había recorrido sus posesiones, con el velo enfermizo y afeminado del obrero, cuando al salir diariamente de la fábrica que lo manda, busca el rincón donde le esperan algunas horas de paz.

Quería convencerse a sí mismo de que otros asuntos le reclamaban. En el fondo no había más; era inútil tratar de ver otra cosa. Quedaba siempre sobreentendida la posesión de una joya que esperaba su vuelta con el mismo celo que en cien ocasiones supo acreditarle.

Por eso cuando averiguó que estaba fría y despiadadamente burlado, su confusión fue tal que pensó perder el juicio.

No tardó en saber cómo, cuándo y a dónde se había fugado su pareja. Barajó en un momento mil expedientes para recobrarla, proyectó venganzas desastrosas, imaginó reconciliaciones con promesas de adorarla más que nunca. Era el primer movimiento del personaje interior, del irracional oculto que llora inconsciente la pérdida de su tesoro.

Al mismo tiempo la aprensión del ridículo, esa atroz mordedura que la primera derrota grave deja en el corazón, le hacían esconderse de sí propio, desear que la tierra se abriese para tragarle, mirar aturdido la marina planicie buscando sobre su azul un numen piadoso que lo llevara lejos, donde no hubiera gentes que le recordasen su vergüenza.

Algunos de sus criados, aquellos a quienes podía inculpar o pedir explicación del absurdo abandono, habían huido. Los demás no se atrevían a mirarle. Con su ingenuidad descuidada de rústicos parecían haberse propuesto recordar a cada paso el contratiempo en vez de distraerle la atención hacia otras cosas.

Otros hubieran salido de la prueba renovados, con vigor más grande para vivir, para internarse en laberintos de mayor importancia.

Él se dejó ganar por una tristeza abrumadora que le llenaba de ansiedad los días y de absurdos terrores el sueño.

No pensaba en desquites. Pertenecía a ese tipo de celosos que, deslumbrados por la conciencia de su altura, se yerguen ante la mujer, parapetándose tras un desdén más y más violento, según ellas los burlan. No comprenden que el alma femenina es frívola, que aun sin el mundo por natural condición tiende a caer, que como más próxima la tierra la solicita más, venciendo en ella casi siempre lo humano a lo divino, lo afectivo al cerebro, el señuelo de un color o un adorno a la más exquisita corrección; que es finalmente precisa la huella, la presión diversa y reiterada del hombre para tener cautivas como pájaros fascinados esas movibles cabecitas blondas, capaces de vibrar y extasiarse con el ritmo más leve.

A la agitación afectiva e intelectual siguió la asfixia, un dolor hondo, una tendencia a denigrarse y buscar situaciones humildes para encarnarlas.

La menor impresión le ponía loco; una fortuita coincidencia desataba en él temores no por mal definidos menos graves, alucinamiento abrumador y continuo hasta hacerle visiblemente encanecer. Una semana de fiebre se llevó los últimos soplos de su energía. Vacilaba como beodo, desintegrábase como las areniscas de los predios roídas por la humedad y el aire.

Decidió abandonar su tierra, dar como preparada la aventura y volver sin apresuramiento con nuevos trofeos que le acreditaran a los ojos de sus convecinos.

Entre tanto resistíase, protestaba, y como atacado en el origen, desenvolvía en luminosos cuadros interiores la perspectiva de su hereditaria debilidad.

¿A qué esta complacencia en el dolor en vez de reunir sus fuerzas, disputar la presa al rival?

Se ha dicho de ciertas atonías que disminuyen el poder de reacción. Anulan también el deseo, ciegan la conciencia para ofensas que en otros casos apreciaría, facilitando en cambio explicaciones como disculpa al negro marasmo siguiente y que todo desde aquel punto, cosas y personas, contribuyen a acentuar.

Decíase que era mejor lo sucedido, que un lazo como aquel había durado ya más de la cuenta. Por encima de tantas razones en tropel, la herida del amor propio le hacía bramar de coraje.

Braceaba desesperadamente en un mar de angustia, de rebeldía y fiebre, de atroces momentos e irresoluciones.

¡Por qué no perder el recuerdo de la vida, renacer en los primeros años, cuando con ojos límpidos miraba al cielo!

Ya no pensaba sino en sí y en sus debates, en la melancolía comatosa que se iba apoderando de él.

Los días pasaron sin traerle mejora. La tierra vestía mantos amarillos; mugían las vacas a lo lejos mirando desde las peñas acantiladas la infinita llanura, y algún pájaro retardón se detenía en los ramijos desnudos para alisar temblando su plumaje.

Nikko miraba y más miraba, sondeaba el dilatado cielo, la sábana azul que perdía a la tarde su propia entonación para vestir la de las nubes.

Solo a sí mismo conseguía encontrarse doliente y herido, frente a la sombra de un antecesor paralizado de la cintura abajo y a quien de niño viera mirar con ojos inmensos desde el rodado sillón donde daba su vuelta por el campo.

Un día, al levantarse, le faltaron las fuerzas y vino al suelo. Alzó la cabeza ansiosamente mientras trataba de incorporarse sobre los brazos. Una congoja de muerte ahogó los gritos en su garganta. El cerebro le dio vueltas. Estaba como su tío, paralítico.

Sudoroso y como larva que penosamente tira de su cuerpo aplastado, llegó arrastrándose hasta la cabecera, donde pudo oprimir el timbre.

Un criado se presentó, y algún tiempo después el médico.

¿Qué hizo? No se supo. Ello fue que el accidente pasó sin consecuencias. Nikko anduvo pronto como si nada extraño le hubiera acontecido. Hojeando sabiamente sus libros halló el buen doctor otras muchas rarezas hijas de ese incomparable histerismo del hombre, que no es histerismo, ni con constancia, masculino.

Sacó al joven del rincón donde se atormentaba, le hizo cazar y repetir al lado suyo la vida que años antes supo hacer cuando aún Fuensanta era viva.

Obedeció, comprendiendo que en ello estaba su salud.

Desde entonces viósele batiendo el monte, aprendiendo el lenguaje de las cosas, tratando de entender las infinitas señales que la Naturaleza dirige a cuantos se acogen a su seno.

Nadaba tardes enteras, hacía excursiones a las colinas calcinadas del oeste, a los barrancos y vergeles de la Font d'en Simó[386], poblados más allá de la ciudad por fronda perenne, donde los ruiseñores abrileños trinan sus amores.

Ya no encontraba los labriegos de fino tipo, que hundidos los pies en líquidos cristales sobre alfombras de crucíferas y potentillas[387] le decían durante el estío sus adiós, llevando al gran sombrero una mano afeminada y tierna; los mismos que hundiendo en el barro sus azadillas seguíanle a las tabernas del camino, donde apuraban con el mejor amor copa tras copa de un ajenjo destilado en Argel.

Nunca, en tales ocasiones, faltaban viejos montaraces que les hicieran tercio, oscilando con inconsciente balanceo de osos las apostólicas cabezas donde mazos de barbas grises braveaban, amarillas en torno a los labios y remolinadas pecho adentro.

Desbordantes de *pota*[388], vomitaban las pipas espirales celestes cuyo olor chicharroso se difundía pronto pegándose a los muebles y a los vestidos, mientras los viejos barbotaban pesimismos de la tierra, del maldito ganado, de la sequía; y los jóvenes, hundidas las manos en los bolsillos del calzón, miraban complacidos la radiación barítica[389] de los vergeles, cianosada por las exhalaciones azules de sus blusas.

El mal tiempo había barrido todo aquello dejando sin verdor los cercados, sin gorjeos los globos de yedras, zarzales y lentiscos, agitadas las aguas del puerto por ondas que huían crepitando y chillando hasta más allá del Arsenal, cuyos edificios, de grandes y abatidas techumbres, sintiendo el gusto inglés, desdibujábanse en una bruma obscura.

Más animoso otros días, llegaba cazando hasta la costa norte, atravesaba la isla según todos sus diámetros; volvía al predio derrengado, de noche siempre, para empezar nuevamente con el alba.

Como una recompensa y poco a poco, sus sentidos fueron abriéndose a la luz.

Unas veces era el espectáculo de la hembra montaraz que en la

---

386 *Font d'en Simó*: Fuente en las afueras de Mahón.

387 *Potentillas*: Género de plantas cuyo rasgo característico es la división de la hoja en cinco partes, con flores pequeñas blancas o amarillas.

388 *Pota*: Tipo de tabaco cultivado en las Islas Baleares, mucho más potente que las variedades comunes.

389 *Barítica*: Pétrea, con propiedades de la piedra baritina o barita, un mineral muy común.

mitad del día, tendida y gruñendo de placer, daba a la lechigada[390] bulliciosa el jugo de sus ubres.

Otras, el mudo brindis de las labriegas, que con sus ropas de color,
el seno ubérrimo y los atezados[391] rostros, le miraban codiciosamente
pasar desde el quicio de las cercas.

Otras, el ocaso, esa sublime cadencia y tremulación del sol al ocultarse, vistos desde atalayas cuyos grandes pedruscos coronaban plantas
secas o praderas minúsculas de junquillos, margaritas y macrocloas[392].

Nunca como entonces había sentido la infinita poesía de aquella
tierra gris, dilatada hacia el sur sin apenas relieves, pacífica y sosegada
como un lugar de encantamiento. La pobre tierra de sus mayores,
perdida cien veces y otras tantas vuelta a recobrar, donde no se veían
un edificio ni una piedra que en cualquiera de sus lados no llevasen
esculpida la fecha de una conquista o irrupción de piratas.

Gustaba verla así, como dormida bajo el sol que apresuradamente
se ocultaba encendiendo las nubes.

Tenía un suave atractivo, con sus tintas difusas, uniformes y en
progresión hacia poniente; con la claridad desgarrada de sus predios;
la neblina de cuantas chimeneas comenzaban a humear tendiendo sus
brumas perezosas sobre el campo.

Por cien caminos cantaban labrantines, y a todo el largo de la
cerosa carretera veíase el tribuleo de los peatones.

Tal era, al fin, la tierra de sus ascendientes, esmeralda engarzada
en aquel mar cuando el abril venía.

El sol iba cayendo, recortando con sus rayos nubes bajas, ani-
mando en rosa las cabelleras fatuas de los cirrus[393] y besando las lapídeas[394] mesas, los megalitos diferentes que al pie de torres o entre
cercas abaluartadas dejaron como extraños emblemas los antiguos.

Una brisa cortante corría a encontrar el sol en el otro hemisferio.

La tierra parecía gemir, cristalizar, y las brumas dudosas cuajaban
cendales místicos sobre los prados.

Sentía el joven una extraña moción de todo su ser; un reflujo suave
y dulce que lo embargaba; deseos de ocultar el rostro y dolerse; algo
como retorno del genio inmaterial, etéreo y puro que iluminó los
pasos inocentes de su niñez.

---

390 *Lechigada*: Conjunto de crías de un animal.
391 *Atezados*: Morenos, tostados por el sol.
392 *Macrocloas*: Hierbas que crecen en terrenos secos, con espigas parecidas al trigo.
393 *Cirrus*: Nubes alargadas y estrechas, con forma de pluma.
394 *Lapídeas*: De piedra.

Confió la hacienda a honradas manos, buscando en otras partes el aura de floreciente juventud que inútilmente se esforzaba en invocar.

XII

Había perdido ya Pityusa la cuenta del tiempo que llevaba en la biblioteca con los brazos caídos, desmayado y sin fuerza el cuerpo, llena de pesadumbre y decepción.

La curiosidad la llevó allí para revolver papeles, voltear cajones y estantes, buscar alguna cosa que hubiese jurado existía, aunque nunca hubiera podido dar con ella.

Eran algunas páginas emborronadas, la continuación del comenzado libro, hecha insensiblemente y en la sombra, con un ardor, con una espontaneidad que la admiraron apenas leyó.

Sabiendo que para el hombre inteligente dominado más bien por estímulos mentales, el bienestar debido al amor es pasajero cuando la idea fija, la manía, no acierta a traducirse en obra bien lograda, tenía la seguridad de que el libro iba formándose siendo en él, en el gozo de dar vida a la idea, donde Tinny cobraba el sentimiento de su fuerza.

Lo comprendió sin más que leer en los ojos radiantes, en la alegría y viveza que demostraba.

Hubo, pues, de ser ella quien llevó la humilde levadura, la chispa, rayos de luz al árido trabajo.

¡Cuán otra debió de sentirla de la que comenzaba allá en París su experiencia del mundo, llena de incertidumbre, con ansia de nombres conocidos cuyas voces timbradas por la virtuosidad llamábanla como sirenas!

Ya entonces había él, en efecto, sorprendido esas luces rápidas, el parpadear del deseo que en toda persona anuncian la curiosidad por otra, y la nerviosa inquietud por estar a su lado, mejor que donde se hallen.

Con esto se dio por satisfecho, esperando tranquilamente a que París y el tiempo se la diesen tan perfecta como él la apetecía.

Abismada en la poltrona paternal y afable, decíase Pityusa que por él había perdido voluntad, vida, pensamiento, quedando, en fin, exangüe y huera como si una araña monstruosa, hundiendo en su cuello las armadas mandíbulas, le hubiese sorbido el jugo.

Tal vez detalles que no cuidó de encubrir, desquites demasiado impacientes para no ser advertidos, la misma expresión del pituso[395], transfigurado, la vendieron.

Era toda inconsciencia; no miraba, no se detenía, nunca vio a los demás cuando quiso cumplir un gusto suyo.

Tenía, sí, la sospecha de que Tinny iba a vengarse poniendo en el empeño su intención, sus procedimientos refinados, de los cuales la morosidad que sentía, la blandura atónica de su piel, la abrumadora languidez que experimentaba, tal vez fuesen ya prematura consecuencia.

Pocas formas de vejar le eran nuevas por completo. Sobre algunas conservaba nociones absurdas, hijas de personales interpretaciones a raíz de una lección escuchada en la Salpêtrière[396] o meditando aquello que en la intimidad pudo oír.

Sobre otras, en cambio, discurría bien y hasta intentaba practicarlas para atraer y guardar el corazón de sus amantes.

Como quiera que fuese, comprendió que iba a vivir irremisiblemente esclavizada por aquel hombre, en acción continua frente de ella, agradable unas veces, odiosa y repugnante las más.

Inútilmente rebullía como díptero preso en la red de sedas viscosas y atenazado por velludas zancas. La baba anestesiante le cegaba los ojos, sofocaba sus gritos y convulsiones de espanto, mientras la horrible pesadilla, acercándose con ojos saltones, le sorbía el vigor y la voluntad embriagada con el frenesí del corazón que iba rindiendo uno tras otro borbotones de sangre.

Dormido el cerebro por la ponzoña del elogio, por los gestos, voces, escenas, por el mundo que Tinny sabía mover alrededor, por el licor de vidas concentradas con que la aturdía, todo en ella dejaba de ser, y nervios, fibras, músculos se le aquietaban como cosa muerta.

---

395 *Pituso*: Niño gracioso, pequeño y adorable.

396 *Salpêtrière*: Famoso hospital parisino conocido en la época por albergar diversos pabellones de mujeres histéricas. El psiquiatra Jean Martin Charcot, que dirigió el hospital desde 1862 hasta su muerte en 1893, puso de moda las *leçons du mardi*, famosas sesiones públicas en la que se mostraban diversos ejercicios de hipnosis con las pacientes histéricas. Estos espectáculos científicos constituían en uno de los atractivos del París y eran habitualmente frecuentadas por turistas, artistas y en general miembros destacados de la alta sociedad. Véase el prólogo que acompaña a esta edición.

Cuando ya no podía más, buscaba los brazos de él con ansia, bebiendo una palabra de amor, un templado encomio, adivinándolos antes ya de que aparecieran en los labios.

Todo ello le producía atolondramiento, llantos y un deseo frenético de acabar cuanto antes, como quiera que fuese.

Si hubiera creído resolver algo rompiendo el volumen en formación, la enorme cantidad de trabajo acumulado, sin duda lo hubiese hecho. Era pronto.

No respondía la venganza al suplicio.

Solía encontrar algún reparo las mañanas luminosas cuando se aventuraba por el monte.

Iba sola, viendo por el placer de ver, con rara fruición, los árboles, las cercas, las colinas. Todo nuevo, tierno, recortado, de contornos sarcódicos[397].

Llegaba hasta los labrantines de los predios, que, reunidos al borde de una acequia, mataban horas sacando médulas de los juncos, estirándolas y construyendo sobre piedras, con goma de los árboles, villas en miniatura y graciosas empalizadas.

Tenían atractivo. Los zagales trabajaban ardorosamente, sin hablar, volviendo para mirarla los grandes ojos asombrados, como si una insigne princesa hubiese ido expresamente a interrumpir sus juegos.

Cuando, vuelta a la quinta, veía salir el hijo del corazón, valiente sobre un potro que lo llevaba de carretera a camino y de llano a cerro, desbordábase en recomendaciones, enviando una nube de alientos y gritos cortos al pituso de tallecillo cimbrador, flexible y vivo como una garza.

Fuera de estas humildes expansiones no se atrevía a hablar, dudaba de todo, a vueltas con la emotividad enfermiza que en ella iban avivando tantos choques como sus nervios cursaban, ramificándose y desmenuzándola por dentro.

Vivía en ansiedad perpetua, desorientada y torpe, atraída por todo, pronta en reír como en llorar, sin que bastaran para aliviarle el humor los momentos de charla cruzados tardíamente con Iseta.

Su aspiración de vida natural le hacía necesaria la presencia del hombre.

---

397 *Sarcódicos*: Redondos.

Explicábase, no obstante, los dramas consumados en las personas de sus amantes por algunas compañeras que vio de pronto llevadas del patio de un *concert* a declarar en *cour d'assises.*

En la época aquella, sin mundo, sin pasiones, entre gentes que las incubaban como el volcán su lava derretida, no podía explicarse los extremos que otras hacían achacándolos a exaltación y cómica fiebre del carácter.

Había reído cuando las vio llorar, retorcerse los brazos y arañarse el rostro, pinchar con un estilo la boca de sus amantes en los retratos que de ellos conservaban.

Era entonces de natural optimista, pensando que con ser agradable, con improvisar o seguir un ideal de perfección llenaba su papel. Con poca diferencia, según lo era ya niña, cuando cruzaba el festón de la costa escuchando las salmodias del mar, palpitante a sus pies como un amigo gigantesco.

¡Oh suavidad rosa del ensueño!

Como en la tibia divagación de una enferma sentía revivir la luz, las gentes, el ibicenco campo, con el cerro de silueta de hiena y aquella fatídica memoria que la hacía temblar; el cuerpo rígido, el espectro semidevorado por la podre; el suicida, en fin, cuyo recuerdo, sin saber por qué, asociaba al del ajusticiado de Calvó cuando le veía mirar con aquel ojo gris, insondable y terrible como un remordimiento.

No hubiera podido decir el tiempo que estuvo así fluctuando entre el disgusto y la nerviosidad irritada contra Tinny.

Pensó distraer el tiempo en alguna labor, en escribir algo, cartas a las que fueron sus amigas; un diario donde pudiese dar rienda suelta a sus impresiones librándose con ello de su abrumadora pesadumbre.

Una vez comprendida la necesidad de hacer las cosas, deben hacerse.

No había visto en toda la tarde a Tinny. El tiempo le sobraba; por fuera un huracán crujía arrastrando los árboles y haciendo mugir como sirenas las aristas del edificio.

Una lámpara rosa iluminaba el forrado rectángulo de su *secrétaire.* Puso manos a la obra.

Por desgracia, la aptitud, la paciencia, el envidiado *savoir faire*[398], entre otras cosas, le faltaban.

---

398   *Savoir faire*: En francés, literalmente «saber hacer», se refiere a la elegancia de las maneras, el modo general de comportarse ante la vida.

Hubo, pues, de renunciar no sin coraje a su propósito en el momento en que, alzando la colgadura de la puerta, aparecía el solterón embutido en el disfraz impermeable con que arrostraba sus etapas heroicas.

Pityusa tembló.

Presentábase para llevarla a una fiesta que dijo había dispuesto en obsequio suyo.

No quiso entrar en pormenores para que la sorpresa fuese mayor. Ello fue que él mismo y en persona dirigió su tocado.

Cuando, una hora más tarde, desafiaban juntos el temporal, llevados como en torbellino por el viejo automóvil que incendiaba a su paso las ráfagas transversales de polvo, Pityusa creyó que un infierno andaba suelto aquella noche, y que la fiesta no podía ser sino aquelarre donde todas las furias se hubieran dado cita.

De ordinario, las dos o tres carreteras que la isla tiene duermen como encantadas bajo el azul o el ópalo del cielo.

Apenas si una veintena de tartanichos las recorren. Mas como el país tiene algo de ciertas cosas modernas, tardíamente un coche presentable circula y hasta una motocicleta. Al recién llegado le producen la impresión de ser invariablemente los mismos; los ve siempre, en todos sus paseos y salidas, haciéndole creer que se exhiben para festejarlo, o con el solo fin de animar el paisaje. Sólo en grandes ocasiones, cuando la calidad del forastero lo requiere, el coche automóvil sale a correr y a encontrarlo por las carreteras sin vida. Una nube de polvo se pierde tras él como para dar mayor ostentación a su marcha.

Los árboles raquíticos, inclinados por el mistral, parecen cuchichear entre sí y hacer ironías sobre tal rareza.

No era hombre Tinny que se sacrificara a la conveniencia de muchos indistintamente. Si aquella noche corría era porque, en efecto, la fiesta iba a darse preparada según plan suyo, por y para Pityusa.

El viento arrastraba desde la distante costa norte gotas de agua salina, derrumbando paredes y barriendo con ruido de infinitas sierras la carretera.

No era absurdo sostener que sólo en virtud de la creciente velocidad podía mantenerse el coche sobre el lomo raspado del camino.

Así marcharon hasta detenerse a menos de un kilómetro de una casa que Pityusa no pudo reconocer. Habían encendido fuego ante la puerta, destacando sus llamas la claridad espectral del edificio con fachada bien unida, muy grande y golpe no pequeño de celosías verdes.

Un familiar les esperaba al resguardo de una cerca.

Montaron en él, y pocos minutos más tarde pisaban el portal del edificio, adornado con plantas y colgaduras.

En un pequeño vestíbulo fue conociendo Pityusa a los invitados que Tinny quiso presentarle.

Creyó que eran amigos suyos de la isla, añosos todos, habiéndolos consumidos u obesos, melenados o glabros[399], bien con densa y desnuda prognación[400] de antropoides o con caras pergaminosas circuidas por trapecios y collarines de lanas blancas.

Sucesivamente iban presentándose, desfigurados, con disfraces barrocos compuestos a la moda de distintos tiempos, aunque en caricatura todos, corriendo a saltos y en flexión a alinearse como cuadrumanos[401].

Pityusa, sin saber en qué iba a terminar todo aquello, sin fuerza interior para echarlo a ridículo, impresionada sólo por el lado extravagante de la exhibición y nada segura acerca de los propósitos de Tinny, hacía lo imposible por dominar el miedo que se iba apoderando de ella.

Las luces prodigadas en techo, paredes y ángulos le suspendían el espíritu, manteniéndola como por encima de sí misma, a la vez que la visión parcial y nada concreta del conjunto, debido a su nerviosidad, la aturdía confusamente, abultándole en la imaginación el alcance y sentido de las impresiones.

No comprendía a qué pudiera obedecer la extraña ceremonia.

Del grupo de babuinos[402] una nube de gestos y expresivas mímicas llegaba, recordándole cada uno un hecho, un detalle ingrato de su vida.

El concurso se hizo numeroso, pasando desde allí a un salón tapizado de amapola ardiente, donde una mesa bien servida y cubierta de flores le esperaba.

Como en nervioso parpadeo de la imaginación, sintió cruzar la idea de que aquel banquete fuera el último en su vida.

---

399   *Glabros*: Calvos, sin pelo.

400   *Prognación*: Cuando una o las dos mandíbulas sobresalen mucho de la cara.

401   *Cuadrumanos*: Animales cuyos dedos pulgares son oponibles. Normalmente engloba cualquier clase de simio.

402   *Babuinos*: Un tipo de mono africano de pelo castaño y tamaño mediano. Aquí se usa el término para comparar al público del evento con animales simiescos.

Hiciéronla sentar de cabecera en una similitud de trono frente al anfitrión, que, reposado y sin denotar extrañeza, comunicaba tranquilo y firme con los comensales.

Todos ellos hacían ridículas figuras, se apremiaban demostrando una oficiosidad extravagante.

Los criados, de rojo, graves y pálidos, parecidos a espectros, cumplían como sirviendo un funeral apocalíptico.

Se hubiera dicho todo animado por una algarabía de mal sueño, danzando tipos, caras y gesticulaciones ante el ánimo turbado de la joven, que apoyadas las manos en el trono, sin atreverse a cosa alguna, se creía llevada lejos, muy lejos... a los países de donde nadie ha vuelto.

La animación y el vino fueron cambiando poco a poco su postración emotiva.

Las singulares inflexiones, las reverencias descoyuntadas del concurso acabaron por convencerla y rió, rió cuanto más hondo les veía abismarse por la pendiente de irracionalidad.

¿Qué tienen el licor, los colores, la dinámica de una palabra oportuna, esas mil formas de energía con las cuales el exterior se nos impone, sacude y hace vibrar?

Parece traernos una nueva persona con virtud para entender bueno lo malo, cambiar de signo la estimación de las acciones, los atributos de las cosas, haciendo, en fin, nacer en nosotros un individuo radicalmente opuesto por muchos estilos al que primero nos informaba; su alegría, el optimismo con que dora y matiza los absurdos mayores nos lo hacen simpático, aunque luego llore a solas el alma aquella abdicación ante el hermano oculto.

Con un frenesí de pesadilla entre gritos y contorsiones, fue llevada Pityusa hasta una suerte de teatrillo donde, a los acordes de una música inflamada sensual, apareció la novedad que se le había anunciado: un artista traído expresamente del *Folies*[403] parisién, en torno a cuyo nombre se circularon mil noticias y supersticiones.

Era Bob, el excéntrico malasio cuyo arte había roto la *pose* de un personaje *yankee* tenido por inconmovible.

Su gran éxito en el círculo cosmopolita lo recomendaba desde aquella fecha.

Vestido sumariamente, acababa de aparecer contorsionando la

---

403   *Folies*: Se refiere al Folies Bergère, célebre cabaret de París cuyo mayor momento de esplendor se sitúa entre finales del siglo XIX y principios del XX.

cintura y revolviendo los ojos en la cerrazón aceitunada del semblante.

Galvanizado el concurso por la fuerza de aquella epilepsia en acción, miraba sin perder un gesto ni un detalle.

Bob se movía retorciendo los brazos; dislocaba el cuerpo contorsionándolo como un reptil; dilataba enormemente su boca de lamprea, cuyos labios, girando y revolviéndose, acompañaban al roznar de fiera encelada, al erótico paroxismo de la animalidad que tiembla codiciosa entre bostezos.

Los simios ulularon. El anómalo aliento de las seniles complacencias emponzoñó la sala.

En la pequeña escena, el oceánico lo llenaba todo con el brasero de sus encías coralinas, que en ráfagas ardorosas pasaba uniéndose a la confusión alucinante de muecas, latidos, movimientos y comatosos espasmos.

La idea salió, no se supo de quién, corrió de hombre a hombre, viósela fulgurar como relámpago a un tiempo mismo en todos los ojos.

Pityusa vaciló; se sentía dominada, absorbida por ella; le incendiaba los músculos, corría por sus venas y fibras inquietándola en el asiento, junto a Tinny que parecía suplicar con la mirada.

Cuando subió al tablado y con gracia natural de consumada artista, en alto y haciendo girar la falda, improvisó un paso complejo donde íntimamente se enlazaban modos de las *étoiles*[404] en boga, los rimados compendios de su propia vida, que íntimamente como en la escala reducida de un pantógrafo le había marcado el cerebro con huella fácil de revivir y evocar, los invitados gimieron, saliendo de todas las bocas, brillando en todos los ojos un ansia encelada y vibrante.

El mismo Bob, rugiendo de codicia, se enlazó en sus giros, completó como supo aquella danza, la mímica sincera, inspirada y radiante de la artista, se desbordó después comprendiendo cuanto de él se esperaba, en un frenesí bruto bebido en los peores y más lúbricos antros.

Inflamábale los ojos el volcán, el ansia ciega y sádica del gorila.

Poco a poco, Pityusa fue cediendo; no supo disimular, perdió el color; fue hollada en contorsión suprema de asco al tiempo que un grito de infamia y bestialidad, risotadas alucinadoras venían de los

---

404   *Étoiles*: En francés, estrellas, celebridades.

simios, cuyas casacas y bordadas chupas sentía moverse en confusión revuelta y chispeante.

Ya no pudo ver más.

Al recobrar los sentidos se encontró en su cuarto de la quinta, a la suave claridad de una luz que allí, en el tibio silencio, parecía guardesa de una tumba.

Despejó de nubes su frente, abrió ansiosa los ojos, quiso convencerse de que había sido sueño y sólo sueño lo pasado.

¡¡Oh, pesadilla horrible, atroces horas de infierno, memoria mil veces maldita!!

Era verdad y no ilusión; realidad tremenda y no sueño.

El grotesco relieve de las personas, el recuerdo vivo y punzante, la abrasadora urgencia de la burla hiciéronla saltar y rugir como una leona.

Sin duda había sido indócil, veleidosa, liviana.

¿Cuántas se hubieran portado de otro modo viéndose como ella, combatidas, entregadas a sí mismas, sin amor llano y sincero, sin una sola voluntad para orientarlas?

Consultó el reloj: las dos, temprano aún.

No pudo menos de extrañar la rapidez, el vértigo en que había pasado todo.

Prestó atención. Ya no bramaba el viento.

Sólo dentro de sí, del corazón a la cabeza, una presión terrible, una rabia y ofuscación vertiginosas sintió que la asfixiaban.

Confusamente hubo de percibir que su vida en el mundo, tal como pudo ella quererla, había terminado; que quedaban destruidos para siempre sus proyectos, sus ilusiones, sus ansias legítimas de felicidad y relevamiento.

La idea de vengarse, la necesidad candente de hundir a los demás en su ruina se apoderaron de ella, mientras corría la habitación como un felino acorralado.

Disminuyó la luz, pegó el oído a la puerta, oprimiéndose el corazón que rebotaba desgarrándole el pecho como un mazo epiléptico.

Nada anormal logró percibir.

Abrió la puerta de la estancia y atravesó temblando un corredor. En el fondo, dos ojos fosfóreos vigilaban.

El ladrón que prepara a conciencia un golpe y ve próximo el momento en que va a jugarse el todo por el todo no siente una emoción más grande, un tan loco terror como el que sacudía en aquel instante el cuerpo de Pityusa.

Llegada al cuarto donde Tinny solía dormir, se detuvo. Tanteó con mano febril el pestillo. Estaba abierta.

Un bronco y cóncavo rumor la sobresaltó, dejándola como clavada en el sitio.

Era el pataleo de los caballos que retumbaba por todo el piso bajo. Se aventuró un poco más.

La luz del dormitorio, silencioso, tranquilo, derramó indiferente una caricia sobre su cara lívida, sobre su desgreñada cabeza, sobre la blanca ropa de noche que se había ceñido.

Era aquella una estancia a la inglesa y sin adornos, con los muebles indispensables.

En el lecho dormía Tinny, desfigurado, rojo, casi negro.

¿Sería sólo embriaguez, o uno de esos ataques que se incuban para ser fulminado por ellos cuando nadie, ni la víctima misma, los espera?

Pityusa sintió pavor.

Un leve ron-ron agónico, estertoroso, escapaba de los labios.

Uno de los ojos, abierto, parecía mirarla vagamente, reflejando en su córnea el tinte cadavérico de las ropas.

¿Cómo pintar lo que sintió en aquel momento al verle fatalmente entregado por una mano superior a su capricho?

¿Iba a morir?

¡Oh, terrible lucha, placer ignorado de vengarse, rebelión formidable de sus entrañas!

Podía despertar, resucitar a la vida, él, un nadie, vanidoso y engreído, perpetuar indefinidamente para ella los días de ludibrio y baldón[405].

Dirigió una ojeada en torno.

Ni un arma, ni un objeto que respondiera a su idea.

Se llevó las manos a las sienes dudando aún, para afirmar su cabeza, que vacilaba como en la embriaguez del opio.

Entre la mazorca de sus cabellos recogidos percibió un objeto, cuyo contacto la hizo estremecerse.

Era un pasador largo y rígido con cabeza de esmeralda.

---

405   *Ludibrio y baldón*: Escarnio, risa y humillación sobre alguna persona.

Sintió que una nube de fuego le cegaba la vista. Ya no dudó más.

Fue acercándose a Tinny con medrosos pasos, consiguiendo deslizar la mano izquierda bajo su cabeza.

La cuajosa pupila miraba, miraba...

Dominando un grito que sentía serpear por sus fibras, hundió con fuerza el alfiler en el cristal del ojo.

Fue un segundo de angustia, de frenesí, ¡de espanto!

Un segundo no más.

Retrocedió para mirar su obra.

¡Oh miedo loco de la carne!

Sentía aún en las falanges doloridas la impresión de aquellas resistencias, de los nervios y tabiques que atravesó para llegar hasta el cerebro, el temblor de aquel torso sacudido entre sus manos al fulminarle.

Tuvo fuerzas para cerrar, volver a su habitación, vestirse y bajar sin ser sentida a las cuadras.

En un cuarto contiguo dormía el depósito de esencia mineral empleada por Tinny para accionar sus automóviles.

Una idea postrera inspiró su fantasía al cruzarlo.

Era el epílogo de su venganza, tal vez la garantía más segura de inmunidad.

Volviendo sobre sus pasos penetró en el almacén y dejó abierto el grifo del peligroso combustible.

Voló a ensillar un caballo, y antes de huir, cuando el mozo de turno en el rincón donde había tendido su cama se retorcía como luchando con un mal sueño, incendió la esencia de petróleo, que en ambarado arroyo se deslizaba a sus pies.

Sintió rugir a sus espaldas un llamarón gigante.

El potro, asustado, se desbocó, y su galope fue despertando durante un buen espacio los ecos cadenciosos de las colinas.

Arrebatada Pityusa en su carrera, seguía con la vista al frente, sin atreverse a mirar atrás, rígida por el estupor, los ojos fijos en la franja cenicienta del camino, que tenía el fulgor de una de esas estelas con que esclarecen de noche el cielo las nebulosas argentadas.

Cuando logró dominar el potro se detuvo para ver un instante el resultado de su obra.

Estaba el campo tranquilo, confuso y negro todavía; a derecha e izquierda, hasta el confín, obscuras lomas, sombras fantasmales sobre el clarear alopético[406] de piedras.

Al frente, y en lo alto, una gigante antorcha iluminaba las colinas, elevando hasta las nubes centellas de oro que caían en vistosas parábolas.

Desde muy lejos aquella magna hoguera debía verse, sacando a los labriegos de sus granjas y asombrando el reposo de los animales de labor.

Lucía como un enorme faro, como los fuegos que en monstruosas atalayas encendieron los hombres de otras épocas.

Sobrecogida Pityusa comenzó a temblar; una emoción inmensa embargaba su pobre ser, combatido y doliente.

El galope del caballo volvió a dejarse oír en el camino, y los soles, desde sus altísimos asientos, parpadearon serenamente para sus ojos.

Como si vigilantes la guardaran desde arriba, y conociendo su duelo le ofreciesen alivio y protección, el licor de esperanza que embriaga y nos trae el divino bien de la inconsciencia.

Cruzó un pueblecillo, se detuvo más adelante bajo un árbol cuya copa recortaba en el cielo una ondulosa sombra fantasmática.

Era ya día claro cuando llegó a la ciudad, en cuyas puertas le dijeron que un barco iba a partir.

Si despertó curiosidad, no lo supo.

Se hizo llevar a él, tomó pasaje a bordo y se tendió, rendida, en su litera.

Nadie vino a inquietarla.

Cuando sintió al buque marchar, el bronco fragor de mecanismo y férreos centros removidos; cuando el reflejo del agua en movimiento penetró por la porta, copiando su espejeo el recio cristal con aro de ostensorio y oreó sus sienes una brisa iodada, quiso ver por última vez la pobre tierra donde había pasado tanto tiempo, ni sabía si viva o declaradamente muerta.

Subió a la popa y estuvo unos minutos junto al asta de la bandera, mirando el relieve gris rojizo que parecía huir hacia el oriente.

Las aguas se dilataban en sábana unida y quieta, de transparencia milagrosa; algunas boyas rompían, como desgarramientos carminosos, la pureza de aquel espejo de índigo.

---

406   *Alopético*: Que padece calvicie. Se refiere a la imagen de las piedras lisas y brillantes.

Ciudadela y su puerto diminuto, reducido como un vado, estaban ya lejos; veíanse el blanquear de edificios, la desnuda carnificación del acantilado, los ramilletes de verdor que entornaban hoteles con áticos o torrecillas esquinadas de cal.

Todavía una ilusión postrera del corazón le hizo ver en lo alto de un promontorio, recortando su silueta sobre el cielo, el pobre niño abandonado por ella que agitaba los brazos, parecía llamar, dibujando como siempre sobre el azul aquella figura juvenil de la cintura suelta, el cuerpo recto, separadas las piernas en ángulo truncado.

———•◦•———

Thank you for acquiring

Pityusa

from the
Stockcero collection of Spanish and Latin American significant books of the past and present.

This book is one of a large and ever-expanding list of titles Stockcero regards as classics of Spanish and Latin American literature, history, economics, and cultural studies. A series of important books are being brought back into print with modern readers and students in mind, and thus including updated footnotes, prefaces, and bibliographies.

We invite you to look for more complete information on our website, **www.stockcero.com**, where you can view a list of titles currently available, as well as those in preparation. On this website, you may register to receive desk copies, view additional information about the books, and suggest titles you would like to see brought back into print. We are most eager to receive these suggestions, and if possible, to discuss them with you. Any comments you wish to make about Stockcero books would be most helpful.

The Stockcero website will also provide access to an increasing number of links to critical articles, libraries, databanks, bibliographies and other materials relating to the texts we are publishing.

By registering on our website, you will allow us to inform you of services and connections that will enhance your reading and teaching of an expanding list of important books.

You may additionally help us improve the way we serve your needs by registering your purchase at:
http://www.stockcero.com/bookregister.htm